A Próxima Grande Sensação

Título original: The Next Big Thing

Coordenação editorial: Débora Guterman
Assistente editorial: Cristiane Peroni
Preparação e revisão: Fátima Couto
Projeto gráfico e diagramação: Renata Milan

Dados Internacionais de Catalogação na Publicação (CIP)
(Câmara Brasileira do Livro, SP, Brasil)

Edwards, Johanna
A próxima grande sensação / Johanna Edwards ; tradução Angelo Ikeda. – São Paulo : Editora Planeta do Brasil, 2009.

Título original: The next big thing.
ISBN 978-85-7665-425-4

1. Ficção norte-americana I. Título.

08-11454 CDD-813

Índices para catálogo sistemático:
1. Ficção : Literatura norte-americana 813

2009

Editora Planeta do Brasil Ltda.
Avenida Francisco Matarazzo, 1500 – 3º andar – conj. 32B
Edifício New York
05001-100 – São Paulo-SP
www.essencialivros.com.br
www.editoraplaneta.com.br
vendas@editoraplaneta.com.br

Johanna Edwards

A próxima grande sensação

tradução
Angelo Ikeda

essência/Planeta

Para Mamãe e Papai
(Porque, sinceramente, não são tudo?)

E para Selena

Agradecimentos

MUITO, MUITO OBRIGADA às duas mulheres que tornaram tudo isso possível: minha agente fabulosa, Jenny Bent, e minha incrível e talentosa editora, Allison McCabe. Trabalhar com elas tem sido um sonho que se tornou realidade. Não sei como tive tanta sorte. Obrigada também a todos da Berkley por oferecerem ao meu romance um lar feliz.

À minha mãe, Paula Edwards, que acreditou neste livro desde o primeiro dia, e que sempre foi minha maior incentivadora. A meu pai, Les Edwards, por me mostrar o mundo e por me ensinar o valor de uma rígida ética de trabalho. Devo muito à minha irmã, Selena Edwards, que foi uma fiel revisora e escutou minhas ideias com frequência.

A James Abbott, que foi a inspiração para todos os diálogos de Nick (mas não para a sua personalidade). Obrigada por muitas coisas: por me mostrar a Inglaterra por seis meses, por ler meus rascunhos mais grosseiros e por me treinar nas idiossincrasias geralmente incompreensíveis (e sempre divertidas) da cultura britânica.

A Chris Carwile, por compartilhar do sonho ("É só um capítulo por semana!") e por ser um ótimo companheiro e amigo de escrita.

Sou grata a Candy Justice, da Universidade de Memphis, que foi uma maravilhosa instrutora de redação e que me deu minha "grande oportunidade". A Chris Allen, meu primeiro professor de redação criativa na Colonial Jr. High – sua aula significava tudo para mim.

Agradecimentos também para a dra. Cynthia Hopson, Velda Nix, Teresa Johnson, Alan Turner, Penny e John Abbott, Anastasia Nix, Paul Turner, Stephen Usery, Susanne Enos e Chris Wheeler.

E por último, mas certamente não menos importante, obrigada a meus colegas de trabalho da WYPL-FM e da Memphis Public Library. Não teria conseguido sem vocês!

Prólogo

TODA A MINHA VIDA eu esperei por coisas: ligações que nunca aconteceram, caras que nunca apareceram, convites que se "perderam no correio". Mas, mais do que tudo isso, sempre esperei ser magra. Queria tanto um corpo delgado que conseguia visualizá-lo, como um farol no horizonte. Passei muito tempo me preparando para minha "vida de magra".

Até comprei roupas para isso.

Tenho uma caixa cheia de coisas – minha caixa de magra – acomodada na parte de trás do meu *closet.*

Antes do programa, nunca tinha falado sobre ela com ninguém, nem com Donna, minha amiga mais próxima. Toda garota gorda tem sua roupa de magra, aquela que ela se vê usando quando, miraculosamente, perder 30 quilos da noite para o dia. O vestido pelo qual todos os seus amigos e ex-namorados irão se desmanchar. Estava andando pelo Oak Court Mall quando o avistei: o vestido dos meus sonhos. Era de veludo preto e absolutamente maravilhoso, de cair o queixo. Meus olhos se fixaram no manequim que o estava vestindo, e algo dentro de mim despertou para a vida.

O manequim era magro – mas não tão magro quanto costumam ser – e, além do vestido de veludo, tinha botas pretas de couro até o joelho. Tudo naquela imagem me impressionou.

Esse manequim era *eu* – o eu no qual me transformaria.

Viajei para o futuro: passei por um verão de dieta rígida e exercícios puxados, e consegui me enxergar usando aquele vestido maravilhoso, com as botas até os joelhos. As pessoas ficariam de boca aberta, observando-me incrédulas quando eu passasse. Meus quadris, meus esbeltos quadris, rebolariam de forma sedutora de um lado para o outro.

Nada mais de tamanho 50.

"Afinal, quem é aquela?", eles se perguntariam. "Ela deve ser de Nova York ou talvez de algum lugar da costa oeste. Ninguém tão *cool* vive em Memphis, Tennessee."

Eu não costumo fazer compras em lojas para magras; não gosto dos olhares das vendedoras. "O que ela está fazendo aqui? Não temos roupas do tamanho dela." Podia sentir os olhares delas no momento em que pisei na loja. Estava pesando 90 quilos na época, e sabia que essa loja em particular não tinha nada maior do que tamanho 44. Não me importei. Estava me sentindo invencível, encorajada pela visão de Kat Larson, magra. Entrei de cabeça erguida. Não estava preocupada em saber se um GG caberia ou não.

Naquele dia eu iria comprar tamanho médio.

Passei mais de duas horas juntando roupas aqui e ali, pegando toda e qualquer coisa que me chamasse a atenção. Uma saia de couro, uma blusa de gola rolê cinza justa, uma malha xadrez, uma camisa vermelho-escura de punho preto. Ninguém falou comigo esse tempo todo. Ninguém perguntou como eu estava, ou se estava tendo um bom dia. Nenhuma das vendedoras se ofereceu para ajudar. Eu sabia que elas me achavam estranha, mas me senti um gênio. Tinha encontrado a receita secreta para perder peso! Não era tudo uma questão de motivação? E nada me motivaria mais do que um *closet* cheio de roupas caras para pessoas magras. Olharia para elas todas as manhãs e elas me lembrariam de quem eu gostaria de me tornar.

De quem eu me *tornaria*.

Afinal, comprei nove peças, incluindo o encantador minivestido preto de veludo e as botas até os joelhos. A vendedora – uma ruiva elegante determinada a me ignorar – dobrou e embrulhou minhas compras em papel de seda, depois as colocou cuidadosamente numa grande sacola branca e roxa que eu segurei como um troféu enquanto saía do *shopping*.

Não fiquei magra naquele verão, e nunca usei aquelas roupas.

Elas estão no meu *closet* até hoje, ainda no papel de seda, e incrivelmente fora de moda.

01

Devolvam o "Real" aos Reality Shows

Não importa onde você trabalhe, arrastar-se da cama para o escritório depois de um fim de semana nunca é agradável. Mas na Hood & Geddlefinger Relações Públicas, as segundas-feiras são especialmente brutais, e Richard Geddlelfinger é o homem a quem devemos agradecer por isso. Ele não acredita em um começo de semana calmo. "Ninguém chegou a lugar algum na vida levando tudo com calma", ele gosta de dizer. "A segunda dá o tom da semana inteira." Então, ele faz uma reunião obrigatória de uma hora toda segunda-feira às 8h em ponto, "para começar as coisas direito." Palavras dele, não minhas.

Não sou uma pessoa matutina por natureza. A menos que eu tenha um motivo profundamente excitante para sair da cama ao amanhecer – como, por exemplo, um encontro com Colin Farrell –, geralmente preciso de várias horas e mais ou menos 1 litro de café para acordar de verdade.

Aquela segunda em particular, o dia em que fiquei sabendo do programa, foi pior que de costume. Não tinha recebido nenhum e-mail noturno do meu namorado da Internet, Nick, e tinha ficado acordada até tarde tentando encontrá-lo online antes que ele saísse para o trabalho. Londres está seis horas à frente de Memphis, e eu sabia que Nick ficava online prontamente às 7h30 (eu sabia porque tinha esperado acordada por ele em mais de uma ocasião.)

Quando vi que ele não estava online à 1h30, horário de Memphis, entrei em pânico. Nick e eu tínhamos uma rotina, e nunca a modificamos. Nos três meses em que nos conhecíamos, Nick e eu tínhamos nos falado por telefone pelo menos uma vez por semana, e ele havia me mandado e-mails todos os dias, sem falta, mesmo que fosse apenas uma mensagem curta me dizendo que estava ocupado demais para escrever.

Seus e-mails significam tudo para mim. Eu os imprimo e, sempre que fico entediada, triste ou solitária, eu os leio. É estranho como alguém que está tão distante possa ter um impacto desses na minha vida. Como no dia, muitas semanas atrás, em que Nick finalmente disse que me amava. Eu carrego uma cópia esfarrapada daquele e-mail na bolsa.

Querida Kat,

São quase 3h e eu deveria estar dormindo, mas não estou. Em vez disso estou aqui, pensando em você. As coisas que você diz, o jeito como ri. Eu memorizo tudo para visualizá-las várias vezes. Talvez seja isto que signifique se apaixonar. É como se todas as garotas com quem eu já estive fossem um experimento. Como se este fosse o momento para o qual eu me preparei a vida inteira.

Eu te amo.

Nick

Nick nunca é tímido com suas emoções e está sempre disponível. Então, quando não tive notícias dele, surtei. E se algo de ruim tivesse acontecido? Pensei em ligar, mas nosso relacionamento ainda estava muito no começo; eu queria manter o comportamento de namorada psicopata e possessiva em um nível mínimo. Depois de horas de tormento, acabei digitando um rápido e-mail: *Ei, gato, espero que esteja tudo bem. Senti sua falta hoje à noite. Beijo, Kat.*

Então, naquela segunda eu acordei mais tarde do que pretendia, e só tive tempo de tomar uma ducha rápida e passar no *drive-thru* do Starbucks antes de chegar ao escritório. Passei correndo pela porta às 8h04, chegando à sala de reuniões no momento em que Richard começava a reunião.

"Desculpe", eu disse, ofegante, espremendo minha cadeira entre as outras da mesa lotada. Coloquei o copo de café sobre a mesa e abri meu caderno. Dei uma olhada em volta e percebi que minha melhor amiga e colega de trabalho, Donna Bartosch, também não havia chegado ainda. Isso me surpreendeu. Donna havia recebido recentemente uma advertência oficial do RH, informando que ela estava sendo observada atentamente por "atraso excessivo".

"Como estava dizendo *antes de Kat chegar*", Richard disparou um olhar rápido para mim e continuou falando, "eu conversei com vários possíveis clientes durante o fim de semana. Talvez eu tenha assumido mais compromissos do que podemos cumprir, e vou pedir a todos vocês que façam um pouco de hora extra, mas acho que vai valer a pena. Estamos falando com peixes grandes, pessoal. Se conseguirmos fechar com esses clientes, isso fará a Hood & Geddlefinger progredir!"

Em volta da mesa de reuniões as pessoas se encolheram, inclusive eu. Já tínhamos visto esse filme antes. Na última vez em que Richard dissera "um pouco de hora extra", eu acabara trabalhando quase setenta horas por semana durante um mês.

"Ótimo trabalho, sr. G.", Cindy Vander – uma loira alegre que me tirava do sério – respondeu. "Tenho certeza de que falo por todos quando digo que faremos o que for necessário para fechar esses negócios."

Eu berrei por dentro. É lógico que ela falaria aquilo. Cindy não resistia a uma oportunidade de puxar o saco do chefe.

"Ótimo, sabia que poderia contar com todos vocês", Richard se animou. "Vou precisar me reunir com cada departamento e com algumas pessoas individualmente." Ele se abaixou e pegou um pedaço de papel, examinando uma lista de nomes.

Parecia que tudo o que fazíamos na Hood & Geddlefinger eram reuniões. Tínhamos até reuniões para planejar reuniões. Não sei como conseguíamos realizar algum trabalho.

"Após a reunião, quero conversar com os pesquisadores", disse Richard. "Kat, Donna e William." Ele fez uma pausa, olhando pela sala. "Onde está Donna?" Ele disse isso para todos, mas eu sabia que a pergunta era para mim. Era de conhecimento geral que Donna e eu éramos melhores amigas.

Pensei rápido. "Ela provavelmente teve problemas com o carro", respondi. "O seu velho Nissan está nas últimas."

"É uma péssima desculpa", Richard contestou. "Se o seu carro não anda, arrume outro."

"Bem, sabe, talvez se Donna ganhasse um pouco mais", eu disse, num tom *estou-brincando-mas-estou-falando-sério*. Era verdade. Ganhávamos uma miséria na H&G. Algumas pessoas em volta da mesa riram educadamente.

"Posso tomar notas para ela se você quiser", ofereceu Cindy, a puxa-saco.

"Não vai ser necessário." Donna entrou voando pela porta, como se soubesse. Seu rosto estava vermelho, e seus cabelos loiros na altura do ombro ainda estavam úmidos. Seus brincos não combinavam, ela trazia um exemplar do *USA Today* debaixo do braço, e eu percebi imediatamente que ela não estava usando nenhuma maquiagem. Não que ela precisasse. A pele de Donna é perfeita. Não fosse o senso de humor malicioso e a generosidade ilimitada, eu provavelmente odiaria aquela mulher tamanho 34. Donna empurrou uma cadeira até a mesa de reuniões e sentou-se do meu lado.

"Imagino que você tenha uma boa desculpa", disse Richard, seco.

"Na verdade eu tenho sim senhor", disse Donna. "O senhor leu no jornal sobre o incêndio numa casa em Bartlett?"

"Eu li o jornal, Donna." Richard ergueu a mão. "Não venha me dizer que aquela era a *sua* casa. Eu sei que você mora no centro."

"Era a casa do meu namorado, Chip. Ele perdeu tudo o que tinha", ela disse, soando corretamente abalada. "Ele teve de dormir no meu apartamento ontem à noite, e hoje de manhã acordou chorando. *Chorando*", ela disse novamente, para dar ênfase. "Quando ele se acalmou, eu estava atrasada."

Eu a observei com curiosidade. Se não estava enganada, Chip morava em um apartamento.

Richard limpou a garganta. "Sinto muito", ele disse, voltando a atenção para seu *laptop*. "Preparei uma pequena apresentação no PowerPoint detalhando algumas coisas de que iremos precisar para começar."

Fiz uma inspeção rápida na sala. Richard estava ocupado mexendo no computador, e todos estavam esperando que ele começasse. Olhavam para o chão, as paredes, o teto. Ninguém estava olhando para mim. Rabisquei apressadamente uma mensagem no meu caderno e a mostrei para Donna. *E aí, o que aconteceu de verdade?*, escrevi, achando que ela tivera muita coragem para mentir sobre uma coisa daquelas. Eu nunca teria feito aquilo.

Donna me passou o caderno de volta, junto com a seção Vida do *USA Today*. "Você deveria pensar no assunto", ela sussurrou no meu ouvido. "Parece divertido."

Eu olhei para o jornal e vi que ela havia desenhado uma grande seta apontando para uma das matérias. O mais discretamente possível, abri o jornal no colo e comecei a ler.

REALITY SHOW PRETENDE SER A PRÓXIMA GRANDE SENSAÇÃO

Mark Tibulini, da Redação

Se Zaidee Panola conseguir o que quer, os dias das participantes magrelas em *Survivor* e das garotas de biquíni no *Big Brother* serão em breve coisa do passado.

Panola, produtora-executiva do próximo *reality show From Fat to Fabulous**, acha que a América está preparada para um pouco mais de gordura em sua dieta televisiva.

---

* Optou-se por manter o nome do programa em inglês para que o jogo de palavras (Fat/Fab) não se perdesse. Em tradução literal, de Gorda a Fabulosa. (N. E.)

"Vamos devolver o 'real' aos *reality shows*", disse Panola em entrevista por telefone de seu escritório em Los Angeles. "No começo, o gênero era um pouco mais aberto (a tipos diferentes de corpos). Agora, todo *reality show*, do *The Real World* [*Na Real*], da MTV, ao *The Bachelor*, da ABC, está inundado de pessoas que poderiam facilmente passar por modelos. Claro, modelos são muito agradáveis aos olhos, mas quando foi a última vez em que você viu alguém assim na vida real?

O conceito de *Fat2Fab* é simples: um grupo de mulheres jovens, todas tamanho 46 ou maior, vão lutar contra as saliências – e umas contra as outras – durante quinze semanas em rede nacional. Enfurnadas em uma mansão em Hollywood Hills, elas terão acesso às melhores ferramentas de perda de peso que o dinheiro pode comprar: uma espaçosa academia caseira, um nutricionista de prontidão, um *personal trainer* e um orientador de peso. A casa também contém uma grande geladeira cheia de comidas saudáveis – e uma despensa ainda maior, cheia de *junk food*.

"Nós a chamamos de Tumba da Tentação", disse Panola, rindo. "Nosso objetivo principal é ajudar essas garotas a vencer sua guerra pessoal contra o peso, mas não vamos forçá-las à abstenção. As chamadas 'comidas ruins' estarão ali na casa, mas faremos o possível para persuadir as garotas a não encostar nelas."

No entanto, se uma participante se sentir tentada a trapacear, Panola e a equipe não hesitarão em documentar tudo.

Se alguém der uma escapadinha para comer um *brownie* às 2 da manhã, pode apostar que estaremos lá", ela disse.

O final de cada episódio terá uma pesagem cujos resultados podem valer milhares de dólares.

"Cada garota tem sua própria conta bancária, e nós fazemos créditos ou débitos de acordo com o que diz a balança", revelou Panola. "Se ela perdeu 1 quilo ou mais, adicionamos 10 mil dólares. Mas se o peso dela tiver aumentado 1 quilo ou mais, subtraímos 20 mil."

Manter o mesmo peso da semana anterior ou ter um aumento ou perda de menos de 1 quilo não resultará em movimentação na conta. Além disso, as participantes podem ganhar um dinheiro extra passando horas na academia. No final do jogo, quem tiver a maior conta leva o dinheiro. Panola disse que desenvolver o sistema de recompensas foi extremamente difícil. Várias alternativas foram consideradas, entre elas premiar com uma quantia pré-estabelecida de dinheiro a garota que perdesse mais peso no total. O sistema que eles acabaram escolhendo foi desenvolvido sob a orientação de vários peritos da área médica.

"Como o programa é sobre perda de peso, no começo achamos que fazia sentido dar o dinheiro à garota que tivesse perdido mais quilos. Mas todo mundo perde peso de um jeito diferente", disse Panola, "e não seria justo recompensar alguém com base somente no fato de que seu corpo responde mais rápido a dietas e exercícios."

Para que os espectadores não pensem que toda essa rotina se tornará entediante, Panola dá a entender que o programa reserva algumas surpresas.

"Temos algumas cartas na manga, sim", disse Panola. "Não posso contar muita coisa, mas digo isto: as garotas terão outras oportunidades para ganhar dinheiro, além das pesagens. Elas poderão executar tarefas especiais e competir em algumas disputas bem incomuns." No final das contas, o programa é um teste de motivação.

"Estamos dando a elas o melhor incentivo do mundo para perder peso", disse Panola. "Se elas não conseguem nesse tipo de situação, é porque provavelmente não são capazes de conseguir, ponto final."

Um quadro ao lado da matéria trazia o *website* do programa e as instruções para se inscrever. "Envie o formulário de inscrição e um vídeo de dois minutos explicando por que você quer participar do programa. O material deve ser recebido (leia: recebido, não postado) até sexta-feira, 26 de abril." *Na próxima sexta.*

"Então, o que você acha?", Donna sussurrou assim que eu terminei de ler.

Não respondi de cara. Ainda estava digerindo aquilo. A última sentença da matéria – *Estamos dando a elas o melhor incentivo do mundo para perder peso* – mexeu comigo de verdade.

Desde os dez anos, minha vida tem sido de dietas. Durante o ginásio, não comia nada além de Escolha Saudável e Cozinha Magra. No colégio, troquei para Jenny Craig, depois resolvi ser original e criei meus próprios métodos de perda de peso. Havia o "Mastigar e Cuspir", que envolvia mastigar coisas como batata frita enquanto estava debruçada sobre o vaso sanitário. Depois de mastigar a comida até ela virar um mingau, eu a atirava direto da boca para dentro do vaso, tendo o prazer do sabor enquanto me desfazia das calorias. Se não tivesse uma grande aversão – que beirava a fobia – a vomitar, provavelmente teria feito a transição para a bulimia.

Também havia o plano "Nada Além de Cinco Iogurtes Desnatados por Dia". Perdi 18 quilos em menos de três meses, mas também perdi tufos enormes de cabelo. Quando me formei na faculdade, sabia de cor o número de pontos dos Vigilantes do Peso em qualquer item de *fast food*. Tive períodos de comer apenas coisas com pouca gordura e pouco carboidrato. Também experimentei Perda de Peso LA, Exterminadores de Açúcar e hipnose. Mais recentemente, a Dieta de South Beach. Tudo isso funcionou por algum tempo. Mas, depois de comer tantos sanduíches Subway, a visão de um Deleite Vegetariano vira motivo de piada.

Incentivo.

Talvez fosse esse o ingrediente secreto que faltava esse tempo todo.

E que incentivo melhor do que receber 10 mil toda semana para perder peso? Quando comecei a conversar com Nick online, esperava que ele fosse a motivação perfeita. Nick Appleby trabalha como editor de moda da *Status*, uma sofisticada revista masculina londrina. Nos conhecemos em uma sala de bate-papo. Eu sei, eu sei, coloque um gemido aqui. É embaraçoso o modo como nos conhecemos, e eu tenho evitado contar a verdade para as pessoas. Em vez disso, digo que nos conhecemos quando eu estava visitando meus pais em Denver. "Ele estava lá em férias com os amigos", eu minto. "Nos conhecemos numa estação de esqui. Foi amor à primeira vista. Foi muito triste quando tive de voltar para Memphis e ele teve de voltar para a Inglaterra, mas nosso amor é forte o bastante para sobreviver à grande distância." É a maior balela, mas a maioria das pessoas acredita.

Só Donna sabe a verdade, toda a verdade e nada além da verdade.

"Não é como se você fosse um desses imbecis que só têm amigos da Internet", Donna disse quando contei a ela. "Você estava entediada e queria se divertir um pouco. Não dava para adivinhar que encontraria um cara que te deixaria encantada."

Isso era uma declaração modesta demais. Eu nunca tinha conhecido alguém da Inglaterra antes, e nossos e-mails eram tão incríveis, tão *conectados*! Nick pintou uma imagem mágica de Londres, e sempre prometia me levar para uma visita. Dinheiro não era problema para ele; seu trabalho de jornalista pagava pouco, mas sua família era abastada. "Você vai amar isto aqui", ele escreveu. "Podemos passear de mãos dadas às margens do Tâmisa, visitar Oxford Street, comer comida indiana. Londres é uma cidade multicultural, o que eu adoro. Temos a maior população de indianos fora da Ásia. Mal posso esperar para você aprender tudo sobre a Grã-Bretanha."

Era uma fantasia maravilhosa, mas eu não tinha ideia de como torná-la realidade. Não planejei me encontrar com Nick pessoalmente, pelo menos por um bom tempo. Embora acreditasse que um dia viveríamos juntos e felizes para sempre, eu não tinha sido exatamente honesta com Nick. Para ser franca, eu estraguei tudo quando disse a ele que minha barriga era reta. Foi, sem dúvida, o maior erro que eu já cometi num relacionamento. O que acontece é o seguinte: Nick mencionou o fato de que gostaria de uma mulher que "coubesse confortavelmente em um tamanho 34, embora eu consiga lidar com um tamanho 36". Tínhamos trocado fotos tremidas de nós mesmos. Na foto dele, ele aparentava ser alto e bonito, de cabelos pretos e olhos escuros. A minha revelava uma mulher magra, um feito que eu havia conseguido pegando uma foto tirada oito anos atrás, quando pesava 79 quilos, meu peso mais baixo em todos os tempos – e retocando-a no Photoshop.

Nick escreveu de volta dizendo que eu era bonita, e que ele estava feliz pelo fato de não ter barriga. Ele disse ainda que um tamanho 38 estava "um pouco além do limite", e que um tamanho 40 era gorda demais para o seu gosto. "Faço muitas aparições públicas para a *Status*, então essas coisas têm de ser levadas em consideração".

Não tive coragem de contar a Nick que usava tamanho 50. Em vez disso, disse a mim mesma: Finalmente, exatamente do que eu preciso para dar início ao meu sonho de perda de peso. Eu sabia que ou teria de perder os quilos ou perderia Nick. Mais cedo ou mais tarde, ele exigiria um encontro. Mesmo com essa perspectiva assustadora pendendo sobre a minha cabeça, não tinha feito nenhum progresso.

Talvez um incentivo monetário fosse exatamente do que eu precisava.

"Então?", Donna espetou, ficando impaciente.

Se qualquer outra pessoa além de Donna tivesse me passado aquela matéria, eu teria feito uma bola com o jornal e a enfiado naquele lugar da pessoa. Mas eu sabia que ela tinha boas intenções.

Pensei no lado negativo da coisa. Para começar, eu teria de revelar meu *verdadeiro* peso em rede nacional. Não revelo meu peso para os meus amigos mais próximos e para minha família, não sem descontar uns 15 quilos antes. Como faria isso na TV?

Comecei a racionalizar. É verdade, toda a América vai ver como sou gorda, mas também vai ver como eu me esforço para mudar isso. Eu sempre penso que o público em geral acredita que pessoas com o meu peso não fazem nada além de ficar sentadas comendo bolo e bacon (não ao mesmo tempo). Esta seria uma ótima oportunidade para provar que não é verdade.

Peguei meu caderno e escrevi: *Você acha que vale a pena tentar?* Depois passei o caderno para Donna.

Claro! Já imaginou se você ganha todo aquele dinheiro? O que você faria com ele?

Essa era fácil. Estava sorrindo só de pensar. *Largo o emprego e me mudo para a Inglaterra. Me caso com Nick. Depois começo uma carreira como...*

"Com licença, Kat."

Instintivamente, deixei cair a caneta.

"Quer compartilhar com o resto do grupo? Se é tão fascinante, acho que todos devemos saber."

Richard tinha interrompido sua apresentação e estava me encarando. Na sala, algumas pessoas riam baixo. Minhas orelhas começaram a queimar e meu rosto ficou vermelho. Era como estar no primário e ser pega pelo professor passando bilhetes.

"Me desculpe, Richard", eu disse, guardando rapidamente o caderno. "Eu estava passando para Donna as informações que ela tinha perdido."

Esperava que ele acreditasse, mas não acreditou.

"Estou lhe pagando para trabalhar, não para passar bilhetes, criança", ele disse, fazendo uma pausa antes de mostrar uma nova tela do Power Point. Por algum motivo idiota, ele começou a me chamar de "criança". Não importa o fato de eu ter 27. "Agora, se você não se importa em prestar atenção, todos nós agradecemos."

Suspirei aliviada. Foi constrangedor, mas pelo menos ele não pegou meu caderno e leu o que eu havia escrito. Depois de escapar por um triz, tentei prestar atenção. Mas já estava pensando na minha vida pós-*reality show*.

Eu iria me tornar uma estrela.

Uma estrela rica, linda e *magra*.

02

A Dança Lane Bryant

O PRAZO DE inscrição para *Fat2Fab* se esgotava em menos de quatro dias. Se eu quisesse fazer um teste para o programa, teria de agir rápido.

A primeira tarefa da lista era comprar algo novo para vestir para o meu vídeo de apresentação, um pesadelo que eu resolvi após o trabalho, na terça. Quando você é gorda, comprar uma roupa nova não é um assunto casual. Você não pode simplesmente dar um pulo até o *shopping* e observar a última moda. Você precisa de um plano bem pensado. É o único jeito de evitar decepções, gastos excessivos ou, pior ainda, constrangimento mortal.

Uma coisa que toda garota sabe sobre comprar roupas é que você precisa de uma parceira. Embora Donna seja minha melhor amiga, nunca cogitei levá-la comigo. Não sou estúpida. Há apenas uma pessoa em quem eu confio numa situação de compras: Cara Magley, minha antiga colega de quarto da faculdade. Cara e eu nos vemos mais ou menos quatro vezes por ano, quase sempre quando uma de nós precisa de algo novo para vestir.

Cara usa tamanho 50.

Até mesmo a maioria dos caras gordos não entende o que nós, garotas tamanho extra, enfrentamos para conseguir uma roupa decente. Enquanto uma garota tamanho 46 tem dificuldades para encontrar ao menos uma peça de roupa que sirva nela na Gap, um homem de tamanho parecido não terá nenhum tipo de problema. Lojas de roupas raramente têm acima de tamanho GG em roupas femininas, mas mantêm no estoque tamanho GGGG ou maior para homens. A Gap tem até um tamanho GGGGG para aqueles caras que "precisam de mais espaço". Por que oferecer coisas para homens avantajados e se esquecer completamente das mulheres? Não somos consumidoras viáveis? E todo mundo sabe que os tamanhos das roupas dos homens são reduzidos mais generosamente, para começar.

Quando liguei para Cara e expliquei sobre o *reality show*, ela ficou eufórica por mim. Combinamos de nos encontrar após o trabalho; ela não perguntou a que loja eu gostaria de ir. Nem precisava. Havia basicamente apenas um lugar em toda Memphis que tinha o que eu estava procurando.

"Mal posso esperar – uma noite na nossa loja preferida!" Cara esfregou as mãos, fingindo ansiedade, quando entramos no shopping.

"Está mais para quinze minutos", bufei. "É todo o tempo que leva para ver o estoque deles."

"Ah, Kat. Lane Bryant não é tão ruim", ela disse.

"Verdade", concordei. "Só gostaria que eles não colocassem as melhores peças perto da entrada."

Os gênios do marketing da LB, numa tentativa de atrair mais clientes, sempre colocam os itens mais chamativos bem nas vitrines da frente da loja. O problema é que ninguém quer ser *visto* comprando lá. Nunca se sabe quem pode passar por ali e vê-la comprando roupas na "loja para garotas gordas". E não é só o medo de ver alguém que você conhece. Passei por um incidente bem chato uma vez, quando um grupo de universitários passou em frente à Lane Bryant gritando "Óóóinc!", como se estivessem chamando um porco. Ouvi falar de garotas acima do peso que são tão paranóicas com a possibilidade de incidentes como esse que só fazem compras no *website* da Lane Bryant.

Assim sendo, para enfrentar possíveis problemas, Cara e eu inventamos e aperfeiçoamos "a dança Lane Bryant".

Como era eu quem estava fazendo compras naquele dia, e ela era a ajudante, Cara ficou cuidando da porta. "Seja rápida", ela me orientou, posicionando-se atrás de uma prateleira de roupas logo à esquerda da entrada. Eu a vi fingir que fuçava em um monte de vestidos, enquanto ficava de olho no lado de fora. Ela estava firme e pronta para me dar um sinal se surgisse algum problema.

"Muito bem", eu disse, "estou pronta!"

Corri pela loja como um maratonista, apanhando roupas das prateleiras o mais rapidamente possível. Levei exatos doze minutos para localizar e provar uma blusa roxo-escura e uma bela calça preta. Depois de conseguir um conjunto aceitável, fiz uma corrida louca até o caixa. Fiquei grata por ter encontrado algo que me serviria sem evidenciar minha bunda, coxas ou qualquer outra parte desfavorável do meu corpo.

A vendedora registrou minhas compras e as colocou numa sacola azul-marinho gigante, com LANE BRYANT impresso na frente, atrás e dos dois lados. Antes mesmo de sairmos da loja, Cara enfiou a mão na bolsa e tirou uma sacola dobrada da Gap.

Transferimos rapidamente minhas compras.

"Tenho uma *ótima* surpresa para você", Cara disse enquanto saíamos para o estacionamento, jogando a sacola Lane Bryant na primeira lixeira que encontramos. "Lembra aquela camiseta GGGG que nos deixou babando no Wal-Mart ano passado, a verde com o galo gigante na frente?"

"Acho que você quis dizer *vomitando*, não babando."

"Lembro que você experimentou e descobriu que tinha um caimento perfeito, ia até os seus joelhos e ficava pronunciada como uma roupa de grávida. Bem, hoje é o seu dia de sorte, porque você vai finalmente colocar as mãos naquele tesouro." Ela piscou. "E, para mostrar que grande amiga eu sou, eu vou pagar."

Chorei de rir. "Sua sacana!", eu disse, embora, secretamente, desejasse que ela *comprasse* algo para mim. Não que eu seja pão-dura, mas os pais de Cara são muito ricos.

"Vamos. Você sabe que está morrendo de vontade de usar o galo no seu teste. Iria deixá-los de boca aberta de verdade", ela garantiu.

"Isso é um eufemismo."

Fomos de carro até o Wal-Mart, onde descobrimos que a oferta de roupas de tamanho grande estava um pouco maior. A camiseta do galo não estava lá, mas eu comprei um belo *top* marrom, uma blusa azul e um *jeans* largo legalzinho. Depois de gastar quase 150 dólares, decidi encerrar as compras.

Quando estávamos perto da saída, Cara parou. "Kat, olhe!" Ela pegou uma blusa azul-clara com um desenho de um grande jarro amarelo costurado na frente. Um caleidoscópio de flores em tons pastel brotava do centro. "O que você acha?", ela perguntou, segurando-a contra o peito. "Não é perfeita para uma saída noturna?"

Dei um sorriso forçado, tirando a blusa de suas mãos e levando Cara para fora da loja. "Acho que já nos divertimos bastante por hoje."

"Sabe", filosofou Cara, "a indústria da moda deve achar que as mulheres gordas têm péssimo gosto."

"Se eu participar de *Fat2Fab*, pode acreditar que vou contar para o país inteiro como a indústria de roupas grandes é um lixo", eu disse, abrindo a porta do carro. Dei partida e fui em direção à Union Avenue. "Depois que eu terminar, aposto que lojas como a Victoria's Secret" – nós duas suspiramos com a referência à rede de *lingeries* – "começará a vender nossos tamanhos."

"Não aposte nisso. Você não faz milagres", disse Cara.

"Ei!", gritei, como se tivesse sido atingida por um pesamento. "Por que você não tenta também? Seria demais se nós duas conseguíssemos."

Cara se encolheu. "Não", ela disse, olhado para baixo. "Não conseguiria lidar com isso. Seria como anunciar para todo o país que eu tenho um problema de peso. Além disso, meus pais me *matariam*. E, já que estamos falando nisso, tenho que ser honesta com você." Ela fez uma pausa, procurando as palavras certas. "Você tem *certeza* de que quer fazer isso, Kat?"

"Quanto mais penso a respeito, mais animada fico", eu disse. Era verdade. "Se eu conseguir, posso ser um bom exemplo", sugeri, "para mulheres gordas de todos os lugares."

Cara pensou nisso por um tempo. "Sim, *se* você conseguir – esse é um grande 'se'. Não conte com os ovos antes de a galinha botá-los." Seu tom mudou e ela me lançou um olhar triste, um olhar que escondia muitos anos de desgosto de garota gorda. "Quando você começa a contar com alguma coisa, é aí que se decepciona."

"Eles querem saber se eu tenho dificuldades para atingir o orgasmo."

"O quê? Quem quer saber?", Donna perguntou. Ela estava praticamente gritando ao telefone.

"O pessoal da seleção de *Fat2Fab*. Estou preenchendo o formulário de inscrição enquanto conversamos."

Era quarta à noite, e eu havia acabado de baixar o enorme arquivo em PDF do *website* deles. Enorme mesmo. Contando tudo, tinha 33 páginas.

"Isso é loucura", ela disse, baixando a voz. "Por que eles precisam saber sobre orgasmos?"

"Agora você me pegou. Mas o formulário inteiro é assim. Eu imaginava que as perguntas seriam pessoais – afinal de contas, estamos falando de peso –, mas não tinha ideia de que seriam tão ruins."

"Parece invasivo."

"É um interrogatório, isso sim", eu disse a ela. "A propósito, tenho boas notícias. Nick finalmente escreveu de volta."

Eram mais do que boas notícias. Não dava para descrever em palavras o tamanho do meu alívio. Tinha passado os últimos três dias num estado de ansiedade total pensando em por que ele não havia entrado em contato.

"Ele falou por que estava desaparecido?"

Eu suspirei. "Na verdade é por isso que estou ligando. Ele me disse que estava muito ocupado com o trabalho para escrever. O que você acha que isso significa?"

"Bem..."

"Por favor, Donna, seja direta. Eu aguento."

Ela hesitou. "É difícil saber. Ele pode estar falando a verdade. Pelo que você me disse, o trabalho dele parece bem intenso. Ele provavelmente fica muito ocupado indo a todos esses desfiles de moda, todas essas coisas másculas que ele faz." Ela começou a rir.

Eu sabia o que ela estava insinuando.

"Nick não é *gay*", eu disse, defensivamente.

"Eu sei, você me disse que ele não é. Mas você tem que admitir, o trabalho dele..."

Sabia que não deveria ficar zangada, mas estava. "Você se esqueceu do que eu contei? *Sexualmente...*", eu enfatizei, deixando minha voz sumir aos poucos.

"Sim, sim, Nick curte fazer sexo oral. Pode acreditar, eu não me esqueci", ela disse. "Você menciona isso a cada cinco minutos – você tem muito orgulho disso, não?"

"Na verdade, sim", eu disse, timidamente.

Parecia uma conquista importante. Não era sempre que eu "conseguia algum", e estava bastante excitada com a possibilidade. Os caras com quem eu havia saído eram adeptos da filosofia sexual pá-pum-muito-obrigado. Seria legal estar com um homem que se preocupasse com o meu prazer, para variar. "Bem, tenho que ir", disse a ela. "Só queria te deixar a par de tudo. Agora, preciso terminar isso antes de ir para a cama."

"Divirta-se."

Comecei o trabalho assim que desligamos. As primeiras perguntas eram tranquilas.

Nome: Katrina Lynne Larson

Idade: 27

Altura: 1,65m

Peso: 103 (Por mais doloroso que fosse, coloquei meu peso real, sem descontar os 13 quilos habituais).

Escreva os nomes de todos os namorados anteriores:

Essa era até fácil. Havia apenas três: *Bryce, Josh e Nathan*. Pensei em incluir Nick, mas decidi não fazê-lo. Não dava para saber quantas pessoas poderiam acabar vendo minha inscrição. E não tínhamos nos encontrado de verdade, então achei melhor deixá-lo de fora.

A pergunta seguinte era sobre meu livro favorito. Pensei por algum tempo. Precisava de algo literário, algo que mostrasse aos produtores do programa que eu era inteligente. Forcei o cérebro, tentando me lembrar do último romance importante que havia lido. Depois de muita ponderação, decidi pelo *Grande Gatsby*. Era um dos poucos livros, dos que havia lido para um curso de literatura inglesa na faculdade, que realmente haviam me interessado.

Continuei escrevendo tudo por algum tempo, do meu filme preferido (*Uma Linda Mulher*) ao meu sabor preferido de sorvete (chocolate com pedaços de chocolate). Contei a eles que era de Aquário, que adorava montanhas-russas e que meu sonho secreto era escrever romances.

Depois as coisas começaram a ficar incômodas.

Há quanto tempo você tem problemas de peso? Desde os 10 anos de idade.

Você já recebeu um apelido cruel por causa do seu peso? Se sim, qual era, quando lhe foi dado e por quem? Já fui chamada de Kat Gorda, Kat Banha, Kat Larga. **Quando?** Da quinta série ao fim do ensino médio. **Por quem?** Há pessoas demais para listar.

Alguém mais em sua família tem excesso de peso? Não, sou um lobo solitário.

Você tem inveja de pessoas magras? Todos os minutos do dia.

Se pudesse mudar alguma característica de seu corpo, o que seria? Meu quadril. Sou formato pêra total: 96-86-117. Se você esticasse meu quadril, daria quase 1,4m de altura!

Como era esperado, as perguntas sobre peso ocupavam várias páginas. Daí começaram as coisas imprevisíveis. Além de perguntar se eu atingia o orgasmo durante a relação sexual, o pessoal de *Fat2Fab* queria, inexplicavelmente, saber cada detalhe sórdido da minha vida sexual. Isso não seria tão ruim se eu realmente tivesse alguma coisa para contar. A triste verdade era que eu não dormia com ninguém há quatorze meses, desde que terminara com meu último namorado, Josh.

Ou, para ser mais técnica, depois de ser largada por Josh.

Eu respondi às perguntas da melhor maneira que consegui.

Com quantos anos você perdeu a virgindade? 19

Descreva sua primeira experiência sexual: Descrever? Aconteceu tão rápido que mal consigo me lembrar! Basta dizer que NÃO foi boa.

Quantos parceiros sexuais você teve? 3

Você já teve uma aventura de uma noite? Não, tenho muito medo de doenças.

Você já experimentou atividades sexuais com outra mulher? Este é um NÃO bem redondo.

Quando foi a última vez que você se masturbou? Eu me recuso a responder!

Quando terminei, os produtores do programa me conheciam melhor do que meus amigos mais próximos. Eles sabiam que eu tinha roubado um vidro de esmalte quando tinha 7 anos, que dois dos meus três namorados tinham me traído, que eu não tinha ido à formatura porque não tinha encontrado um vestido que me servisse, que o único remédio que eu tomei foi anticoncepcional, e que tinha experimentado maconha algumas vezes na faculdade, mas que, além disso, sempre tinha me mantido longe das drogas.

Eu pensei na última pergunta – qual seria o título da minha autobiografia – por quinze minutos antes de escrever *Altura/Peso Desproporcional.*

Estava especialmente orgulhosa dessa resposta. Parecia bem interessante; quando eu finalmente lançasse minha carreira de escritora, não precisariam contratar alguém para fazer o *marketing* do meu livro. Eu mesma poderia facilmente fazer isso.

De longe, a parte mais difícil da inscrição era a dissertação. Deveríamos escrever de 3 a 5 mil palavras, completando a sentença: "Quando eu for magra..." Era uma armadilha difícil.

Já tinha passado muito tempo listando coisas que gostaria de fazer quando perdesse peso: saltar de pára-quedas, usar biquíni na praia, ir a um encontro às escuras, comprar *lingerie*. Na verdade, a pergunta 29 era: *O que você faria se pudesse estalar os dedos e se transformar num tamanho 36?*

Pensei na dissertação por horas. Levantei e dei comida para o meu peixe, liguei a TV e assisti ao programa do David Letterman, visitei alguns *sites*. Eu estava protelando, sabia, mas também estava perplexa. Finalmente, decidi que era melhor escrever alguma coisa e não me preocupar com a maneira como seria recebida. Peguei a caneta e escrevi:

Quero ser uma loira alta e magrela.

Provavelmente porque sou morena, baixa e gorda.

Embora, por um tempo, eu tenha sonhado em ser a Kate Winslet, quando Titanic era a última moda. Ela era tão pálida (como eu) e flexível, apesar de não ser muito alta ou magra! Quer dizer, ela era certamente magra, mas, para os padrões de Hollywood, era grande.

Claro, todos nós sabemos como o ideal de mulher de Hollywood é distorcido.

Ligue a TV ou assista a qualquer filme e estará lá, na sua cara, como um anúncio gigante de anorexia. As revistas são cruéis para a nossa auto-estima, e os livros não são muito melhores. Não importa como você os folheie, as pessoas gordas sempre são motivo de piada. O mais assustador é a rapidez com que aceitamos isso. É muito mais fácil atormentar os gordos. O que podemos dizer? Não podemos negar que estamos acima do peso. Está escrito pelo corpo todo.

Mas o que eu quero saber é: o quão gordo é gordo?

Howard Stern detona garotas que pesam 50 quilos mas que têm um tantinho de celulite, e todo mundo sintoniza para incentivá-lo. Atrizes que são um palito, como Gwyneth Paltrow e Courtney Cox, colocam roupas grandes, e o país inteiro se acaba de tanto rir. Eu sou a única que acha isso ofensivo? Conheço vários caras rechonchudos que simplesmente adoram O Amor É Cego. *Eu nem consegui assistir. Os trailers me fizeram sentir violada e enojada. Gwyneth Paltrow não tem ideia do que é ser uma mulher acima do peso. O fato de ela alegar o contrário é um enorme tapa na cara. E a fase gorda de Monica em* Friends *é uma piada de mau gosto. Uma foto de antes e depois nunca seria daquele jeito! Eu poderia passar fome todos os dias pelos próximos cinquenta anos e nunca seria esbelta como Courtney Cox. Meu braço direito, sem dúvida, pesa mais do que o seu corpo inteiro. É por isso que eu acho que seria engraçado, de um jeito irônico, se eu me tornasse uma estrela de TV. A gorda Kat, ao lado de todas essas atrizes magrinhas.*

Certo, eu seria uma estrela de reality show. *Mas isso é o suficiente para mim!*

Terminar a dissertação pareceu acabar com um bloqueio mental; terminei voando o restante do formulário. Até a parte livre – um espaço em branco que nos encorajava a "dizer aos produtores alguma coisa que você gostaria que eles soubessem" – foi fácil. Inspirada por David Letterman, esbocei uma lista de dez coisas chatas que as pessoas dizem para garotas gordas.

1. *Você tem um rosto tão lindo!*
2. *Tem uma dieta nova que você deveria experimentar.*
3. *Estar acima do peso deve ser um saco.*
4. *Já ouviu falar em exercício?*
5. *As pessoas gordas não são saudáveis.*
6. *Tudo bem alguém como eu comer comidas gordurosas, porque sou muito magra. É uma pena que você tenha que prestar atenção naquilo que come.*

7. Ouvi dizer maravilhas da operação de derivação gástrica.
8. Fulano e fulano perderam 20 quilos da noite para o dia com a dieta Tae Bo-Slimfast-Atkins-Jenny Craig-Vigilantes do Peso-Hollywood.
9. Pule a sobremesa.
10. Apenas coma menos e faça mais exercícios.

Estava orgulhosa de mim mesma por ter sido tão honesta. No final das contas, havia mentido apenas sobre uma coisa; não fiz qualquer menção a Nick. Senti uma pontinha momentânea de culpa, mas sabia que era para o meu bem. Na hora de revelar meu estado civil atual, marquei a opção "solteira", e segui em frente sem hesitar.

03

Ninguém Entra em um Reality Show Agindo Naturalmente

"PELO QUE ESTOU vendo, Kat, você não fez nenhum progresso. E, francamente, estou surpreso. Não é nem um pouco a sua cara negligenciar uma tarefa."

Meu trabalho na Hood & Geddlefinger consiste em uma coisa: pesquisar possíveis clientes – indivíduos, assim como corporações – e depois preparar um dossiê de informações sobre eles. Envolve examinar relatórios empresariais entediantes, *clippings* e fontes na Internet. Após a reunião de segunda, na qual eu fiquei fantasiando, Richard deu à equipe de pesquisa uma lista de sete empresas. Ele pediu informações sobre todas elas até quarta-feira à tarde. William e Donna ficaram com duas empresas cada um, e eu fiquei com três. Para alguém de fora, pode parecer que eu peguei o abacaxi, mas era o contrário. Preparar um dossiê sobre minhas três pequenas empresas teria exigido pouquíssimo esforço de minha parte.

Digo "teria", porque nunca o preparei.

Em vez disso, trabalhei na minha inscrição em *Fat2Fab*.

De repente, era quinta de manhã, e eu estava sentada no escritório de Richard Geddlefinger. Ele tinha me abordado no instante em que entrei pela porta e me arrastara para uma reunião particular. Eu não gostava do escritório de Richard. É uma mistura impressionante de alto nível cultural e cafonice. A mistura de mobília rígida verde e marrom, paredes marrom-claras com acabamento de gesso e calendário com modelos de biquíni é estranha. Só falta um quadro de cachorros jogando pôquer. Mas o que me incomoda mesmo são as cadeiras. Eu não caibo nelas. Os lados apertam minhas coxas, juntando minhas pernas como duas salsichas gigantes. Sentada ali, eu me sentia enorme.

"Richard, eu fiz o melhor que pude. Sério." Eu estava inquieta, tentando ficar à vontade, enquanto defendia sem convicção minha falta de produtividade. "Eu tentei os *sites* – os servidores tinham caído. Pesquisei o *Commercial Appeal* procurando artigos, e não encontrei nada. Deixei mensagens em cada empresa e ninguém me ligou de volta. Não sei o que mais você quer que eu faça."

Até para os meus ouvidos minhas desculpas soavam ridículas.

Richard me encarou com um olhar cortante. "Quantas vezes você tentou ligar?"

"Uma vez, talvez duas – tentei falar com todo mundo pelo menos duas vezes", corrigi rapidamente.

"Você ligou duas vezes!", ele exclamou. "Por favor, criança, você sabe que não pode deixar uma mensagem e jogar a toalha. Você liga, você manda fax, você manda e-mail!"

Eu me mexi desajeitadamente na cadeira. "Vou tentar melhorar, prometo."

"Trabalhe nisso até o final do dia. Quero essas informações antes de você ir embora."

"Não sei se consigo. Vou sair mais cedo hoje. Tenho três horas extras da semana passada para serem compensadas, lembra?"

Richard ergueu as sobrancelhas. "Não tem mais." Ao ver o choque estampado em meu rosto, ele completou: "Eu te deixo sair mais cedo amanhã. Você pode começar o fim de semana mais cedo."

Sob quaisquer outras circunstâncias, eu ficaria excitada. Richard raramente deixava qualquer um sair mais cedo numa sexta. Mas eu esperava sair mais cedo naquele dia, para gravar meu vídeo-teste e levá-lo ao FedEx a tempo de conseguir a entrega para o dia seguinte.

"Isso não é bom", eu disse, com tristeza. "Não posso mesmo ficar até mais tarde hoje, Richard. Eu... Eu tenho uma consulta no dentista hoje à tarde!", tentei.

Ele bufou. "Você está parecendo a Donna. Agora, sério, eu preciso dessas informações até o final do dia. Entendeu?" Ele fez um gesto me dispensando, e eu saí para o corredor.

Donna sabia que algo estava errado assim que me viu.

"Que merda, Kat, o que Richard disse?", ela perguntou, nervosa, enquanto eu ia para meu cubículo. "Ele não te despediu, né?"

Eu suspirei. "Não, mas disse que eu tenho que terminar três dossiês antes de ir embora hoje." Sentei na minha mesa, afundando a cabeça nas mãos.

Donna se inclinou e me deu um tapinha no ombro. "Talvez não leve tanto tempo quanto você pensa. O que você já fez?"

"Donna, eu nem comecei."

Eu olhei para cima bem a tempo de ver seus olhos se arregalarem. Esperava que ela fosse me animar com alguma piadinha certeira. Mas ela pareceu assustada. "Como assim, você não começou? Que *diabos* você está fazendo desde segunda?"

"Sonhando acordada." Sorri torto. "Com o programa, com Nick. Fazendo compras para o meu vídeo-teste. Preenchendo a ficha de inscrição. Agora estou muito ferrada. Vou perder o prazo de inscrição!"

"Talvez sim, talvez não. Me dê metade da sua lista de tarefas e vou ver se consigo ajudar."

Ela não podia estar falando sério. "E o *seu* trabalho?", perguntei. "Você não precisa terminá-lo primeiro?"

"Terminei ontem. Richard já aprovou quase tudo." Ao ver minha expressão relutante, ela acrescentou: "Não me importo em ajudá-la. Só me prometa uma coisa, tudo bem?"

"Sim, qualquer coisa."

"Não se esqueça de mim quando for rica e famosa!"

Com a ajuda de Donna, consegui sair do escritório às 3h15 da tarde. Cheguei em casa em tempo recorde, passando pela porta quando o relógio marcou 3h30. Isso me deu várias horas para gravar algo que podia ter dois minutos de duração, no máximo. Assim que a fita estivesse pronta, minha inscrição poderia ser assinada, selada e entregue. Simples.

Tive problemas logo de cara.

Tinha apenas dois minutos para impressionar os produtores do *Fat2Fab*, então era crucial que eu fizesse cada segundo ser importante. Eu precisava de uma abertura matadora para fisgá-los. Peguei o caderno espiral e rabisquei: *Vocês estão prontos para deixar Kat se revelar? Se vocês me escolherem, eu mostrarei o verdadeiro significado da Sensação Kat!*

Risquei rapidamente o que tinha escrito. Era mais que ordinário, mesmo para um *reality show*.

Olá! Eu sou Kat Larson. Bem-vindos à minha nova e melhorada vida de magra!

Alegre demais. Além do mais, eu não *tinha* uma nova e melhorada vida de magra ainda. Era por isso que eu precisava participar do programa.

Eu sou Kat, e estou desesperada. Não consigo viver mais um dia como uma pessoa gorda.

Muito deprimente. Eles pensariam que tenho tendências suicidas.

Fiquei nessa por quase meia hora antes de o telefone tocar. Grata pela interrupção, corri para a sala e peguei o telefone sem fio, olhando para o número gravado no identificador de chamadas.

Era Nick.

"Oi", eu disse, tentando soar indiferente. Não queria me descuidar e contar a ele sobre o vídeo. Não estava planejando dizer nada a ele sobre o *reality show*.

"Não esperava que você fosse responder", ele disse, surpreso.

"Por que você ligou, então?" Uma pergunta cabível.

"Me senti mal. Não tenho estado muito disponível ultimamente. Queria deixar uma mensagem carinhosa para você. Dizer como sinto sua falta", ele disse.

"Oh, que meigo! " Olhei para o relógio. Eram 16h30. O tempo estava se esgotando, mas calculei que poderia gastar cinco minutos. "Como estão as coisas na *Status*?"

"*Steitãs*", ele corrigiu. "Vocês, americanos, nunca pronunciam nada corretamente."

Eu sabia que algo estava errado. Não era a cara dele ser grosseiro. "Eles estão te mantendo muito ocupado?"

"Não mais", ele me contou, suspirando. "Eles encurtaram minha seção do mês que vem. Na verdade, foi bem absurdo. Perdi quatro páginas, o que significa que vou ter que jogar fora alguns artigos."

"Por que eles fariam isso?", perguntei.

"Um imbecil da seção de entretenimento conseguiu uma entrevista de última hora com aquele tonto do Johnny Depp. Aparentemente, Johnny é mais importante do que a nova linha Gucci. Que monte de merda!"

Preferiria Johnny Depp a Gucci a qualquer hora, mas não disse isso a ele.

"Que merda", repeti, sorrindo. Adoro o jeito britânico de falar. "O que isso significa?"

"Ora, vamos, adivinhe. Não é tão difícil."

Não sabia dizer se ele estava sendo sarcástico ou não.

"Significa que alguma coisa não está dando certo, concluiu.

"Como um elevador? Ou um ascensor, como vocês, britânicos, diriam?", provoquei.

"Oh, céus, vamos ficar fazendo isso a noite inteira? Porque eu consigo pensar em várias outras coisas para conversar..." Sua voz ficou fraca.

Olhei para o relógio. Cinco minutos já tinham se passado... Bem, pensei, podia gastar mais cinco.

"Pensei muito em você hoje", Nick disse, timidamente. "Fico imaginando as coisas que faremos juntos... Beber um conhaque ao lado da lareira, longas conversas tomando café... Nunca conheci alguém com quem eu conseguisse conversar assim antes."

Sorri. "Eu sei. Eu também." Era verdade. Apesar da grande distância que nos separava, eu era mais próxima de Nick do que de quase todo mundo. Ele não reprimia suas emoções como a maioria dos homens. Ele era honesto, genuíno. E se entusiasmava com tudo – de filmes a política, de arte a cultura. Sentia que poderia aprender muito com ele.

"É uma tortura estar sem você, Kat. Nestes últimos dias não fiz nada além de pensar em você. Tinha esperança de que você viesse para cá e me fizesse uma surpresa. Isto é uma sugestão, a propósito."

Sem chance. "Adoraria, Nick, mas você sabe que eu não tenho dinheiro."

"Eu a imaginei entrando pela porta da frente do meu apartamento, como você estaria linda..."

Fiquei vermelha. Não sabia exatamente o que dizer.

"Estou falando sério. Ou talvez eu pudesse ir para Memphis. Não tenho prazos apertados neste momento, e poderia dar uma escapada. Diga sim, Kat, e eu saio no primeiro vôo."

Eu me sentei, pasma, olhando para o telefone. Por que essa urgência repentina de me encontrar? "Por que a pressa?", perguntei, tentando manter um tom equilibrado. Estava rezando para que minha voz não demonstrasse a que ponto eu estava aterrorizada.

Nick suspirou. "Estou me sentindo meio para baixo ultimamente. É duro querer alguém e saber que a pessoa está a mais de 6 mil quilômetros de distância. Mexe com a sua cabeça." Fiquei em silêncio por um minuto, então Nick acrescentou: "Tenho uma ideia melhor, Kat. Vou comprar uma passagem para Londres para você. Você pode tirar uma semana de folga do trabalho? Ou que tal vir para cá para um fim de semana prolongado? Pense em como seria estarmos nos braços um do outro. Passar a noite juntos. Fazer amor pela primeira vez..."

De jeito nenhum ele iria querer fazer amor com todos os meus 103 quilos. "Eu gostaria, Nick, mas não é possível."

Silêncio.

"Nick?"

"Preciso desligar, Kat. Tenho coisas a fazer, coisas para pensar."

Nunca o tinha ouvido soar tão abrupto. Senti a dor de uma punhalada bem no centro do peito. "Você não está pensando em terminar comigo, está?", eu sussurrei. O relógio estava marcando quase 16h45, mas, de repente, o teste não parecia tão importante.

"Não, não, nada disso. Só preciso de um pouco de espaço." Seu tom ficou mais suave, e eu senti todo o meu corpo se expandir num suspiro. "Como eu disse, só estou estressado. Pense na data em que você quer se encontrar comigo. Te ligo em alguns dias."

"Te amo, querido."

Ele fez uma pausa por um minuto agonizante, e depois disse: "Também te amo."

Desligamos, respirei fundo e fui direto trabalhar no meu vídeo. Eu precisava da minha nova e melhorada vida de magra AGORA. Me livrei da roupa do trabalho e vesti a blusa roxa e a calça preta da Lane Bryant. Ajustei a câmera sobre a cômoda e comecei a gravar. Como não havia pensado no que queria dizer, teria que improvisar. "Seja você mesma", dizia o *site* de *Fat2Fab*. Um nobre conselho, mas eu não era estúpida.

Ninguém entra em um *reality show* agindo naturalmente.

Estraguei as duas primeiras tomadas; deixei a câmera muito baixa, e ela acabou gravando meus seios. Irritada, coloquei uma lista telefônica sob a base da câmera e tentei novamente. Esperei a fita terminar de rebobinar e comecei a gravar. Alisando a camisa, dei um passo e comecei a falar. "Oi!", gritei, sorrindo alegremente. "Eu sou Kat Larson, e serei *a* garota da hora dos *reality shows*!" Preferi uma abordagem alegre. Era improvável que os produtores quisessem uma garota entediante que ficava sentada num sofá o dia inteiro olhando para as mãos. Fiquei divagando sobre os problemas de roupas grandes, o sofrimento de crescer sendo tamanho 48 num mundo tamanho 34 e a eterna busca por um cara que não fosse afugentado pelo estigma de namorar uma "garota gorda". Como não tinha acesso a nenhum equipamento de edição, precisava filmar tudo em uma tomada, sem erros, sem tropeçar nas palavras, sem perder a linha de raciocínio. E não poderia ultrapassar o tempo permitido. Um bom encerramento é tão importante quanto uma boa abertura, e eu tinha que me certificar de deixar espaço suficiente para terminar apropriadamente. Não queria simplesmente desaparecer.

Então rebobinei a fita e comecei tudo de novo.

Marquei o tempo, e descobri que minha saída – uma acrobacia espalhafatosa para fora do quarto – levou cerca de dez segundos para ser realizada, do começo ao fim. Isso me deixava um minuto e cinquenta segundos para encaixar todo o resto.

O que não é muito tempo.

Encontrar algo para marcar o tempo foi um problema. Coloquei o despertador no chão, à minha frente. Não podia programá-lo para tocar a cada intervalo de dois minutos por motivos óbvios, mas percebi que podia ficar de olho nele. Infelizmente, quando assisti ao teste, pude ver claramente que meus olhos se voltavam constantemente para baixo. Parecia que eu estava me esforçando para me manter acordada. Definitivamente, não era um bom sinal.

Não queria que eles pensassem que eu tinha narcolepsia.

Percebi que podia programar o despertador do meu celular para vibrar, e foi o que eu fiz. Coloquei-o no bolso de trás da calça. Era o melhor que eu podia fazer. O problema é que ele cairia no chão assim que eu começasse a minha acrobacia. Tentei ajeitá-lo por alguns minutos, mas não consegui deixá-lo seguro, e já eram quase 17h30, então decidi não me preocupar. Se meu telefone quebrasse, pelo menos seria por uma boa causa.

Após várias tentativas falhas, finalmente acertei uma tomada.

Eu parecia esperta, divertida e interessante. Não tropecei em nenhuma palavra e não perdi a linha de raciocínio. Infelizmente, perdi o equilíbrio no meio da acrobacia e caí como um trambolho no chão, estragando tudo. "Quem eu estou enganando?", resmunguei alto, sentindo meu humor piorar. "Estou me transformando numa grande piada." Um sentimento de derrota começou a me dominar. Não conseguiria entrar na TV de jeito nenhum, não importava que o vídeo-teste fosse bom ou não. Não importava o que dizia o artigo do *USA Today* – os produtores certamente só selecionariam pessoas lindas.

Eles fariam um programa sobre garotas "gordas" que pesavam perto de 70 quilos e escondiam sua beleza por trás de cortes de cabelo ruins, óculos ridiculamente grossos e vestidos havaianos. O primeiro episódio mostraria várias imagens dessas garotas pseudogordas chorando muito, sentadas em volta de uma mesa e se empanturrando de lasanha e bolo de queijo. No final da série, todas elas teriam perdido uns 20 quilos e começado a se vestir melhor. O episódio final as mostraria apaixonando-se por clones do Brad Pitt e afirmando que "agora nós sempre fazemos exercícios, e isso faz toda a diferença". Seria o pior, o mais estereotipado programa da televisão. Eu deveria saber. Ninguém quer fazer um programa sobre uma garota semiconfiante que pesa mais de 90 quilos.

Soltei um suspiro profundo.

E não pude evitar uma última tentativa. Posicionei a câmera e apertei o botão de gravar.

"Oi, eu sou Kat Larson", comecei, "e sei por experiência própria o que é ser jovem e gorda nos Estados Unidos..."

04

Perdedores, não garanhões

"ENTÃO, O QUE você está pensando em fazer quanto ao Nick?", Donna perguntou. Era tarde da noite de quarta-feira e estávamos sentadas num boxe de *On The Border*, bebendo drinques e esperando nossa comida chegar.

"Ele disse que queria um tempo para pensar nas coisas, então é isso que vou dar a ele... Muito, muito tempo. Nada de e-mails, nada. Tratamento de silêncio total." Fiz uma careta.

Donna riu e depois me olhou enigmaticamente. "Você já deu a ele quase uma semana sozinho. Não sei se é uma boa ideia esperar ele ligar."

"Desculpe interromper, mas não aguentei. Você tem uma risada incrível. É como música."

Foi a pior cantada que eu ouvi em muito tempo. O cara que passou a cantada estava enfeitado com um terno caro, e mesmo assim seu cabelo estava amarrado num rabo-de-cavalo crespo. Tive a sensação de que ele era um artista que não tinha chegado a um acordo com seu lado corporativo. Não era o tipo de Donna, mas ela pareceu interessada mesmo assim, e deu um grande sorriso.

"Obrigada pelo elogio", ela disse. "Você é uma gracinha."

"Sou Jon", ele disse, estendendo sua mão. "Qual o seu nome?"

Ele nem olhou para mim uma segunda vez.

Donna se apresentou e convidou Jon para se sentar. Ele pegou a cadeira livre de uma mesa ao lado e a puxou para a beirada de nosso boxe. "Não vou te prender por muito tempo, prometo. Vou deixar você voltar para sua amiga."

Sua amiga! Eu estava indignada. Ele nem teve o trabalho de perguntar meu nome!

"Como eu disse, precisava conhecer a dona dessa risada tão hipnótica." Ele sorriu de um jeito arrogante, inclinando-se sobre a mesa até seu rosto estar a apenas alguns centímetros do de Donna. "Estava indo para a porta quando passei por sua mesa. Sua risada literalmente me parou."

Virei os olhos tão violentamente que eles ficariam incrustados na parte de trás da minha cabeça. Donna é abençoada com feições impressionantes – um rosto elegante, cabelos loiros brilhantes, pele perfeita –, mas não há nada em sua risada que se destaque. Não é fofa ou alegre. Nem é alta ou irritante. É comum.

Quem Jon pensava que estava enganando? As garotas bonitas ouvem elogios sobre sua beleza o tempo todo; a melhor maneira de marcar pontos é tentar um ângulo diferente.

"Bem, estou lisonjeada por ter causado tamanho impacto", Donna disse.

Eles continuaram conversando por alguns minutos, flertando e jogando conversa fora. Eu abstraí a maior parte, concentrando-me na minha bebida. Estava num humor terrível. Para começar; apesar da promessa de me ligar, Nick vinha me evitando desde a nossa briguinha quase uma semana atrás. Agora, minha "noite das garotas" estava se transformando num primeiro encontro para Donna. Me senti como uma piada ruim, a famosa segura-vela. Tentei enxergar o lado bom. Apesar de sua cantada banal, Jon não estava se revelando um cara tão ruim. Ele era arquiteto, tinha estudado na mesma faculdade que Donna e se formara três anos antes dela. Sua paixão era trabalhar como voluntário na Moradia para a Humanidade (ou pelo menos foi o que ele disse) e dirigir um Mercedes, o que ele casualmente inseriu na conversa. Sempre me surpreende o fato de os homens mencionarem carros como a maioria das pessoas menciona nomes.

"Adoraria te levar para sair no meu Mercedes."

"Parece interessante." Donna sorriu.

Bebi minha sangria e pedi outra. "Dupla, por favor. Não, tripla", brinquei com o garçom.

Ele me estudou por um minuto. "Não é um coquetel", ele me informou. "É vinho. Só vem de um jeito."

"Eu sei disso", eu disse, secamente. "Estava brincando."

Se Donna tivesse feito a piada, aposto que o garçom teria dado risada por dias. Eu estava rapidamente me tornando rancorosa.

"Após o jantar você e eu poderíamos sair para dançar", Jon estava dizendo. "Conheço um ótimo clube de salsa. Eles fazem as melhores *margaritas* da cidade."

Bocejei alto, lembrando-os da minha presença.

"Oh, acho que não." Donna fez um gesto na minha direção. "Hoje é uma noite de garotas. Me desculpe."

Jon se levantou e tirou a carteira do bolso de trás. "Este é o meu cartão", disse, sorrindo. "Me ligue esta semana ou mande um e-mail. Nós marcamos alguma coisa."

Ele segurou a mão de Donna num aperto prolongado. "Aproveite sua noite", ele disse, afastando-se da mesa. E continuou se movendo de costas – evitando por pouco uma colisão com um ajudante de garçom – até chegar à saída, como se não conseguisse tirar os olhos de Donna. Quanto a mim, bem, Jon conseguiu passar por toda a despedida sem nunca reconhecer diretamente a minha presença.

Esse tipo de coisa já aconteceu comigo inúmeras vezes. Já vi homens segurarem a porta para a garota à minha frente para depois deixá-la bater na minha cara. Já me sentei olhando para a parede enquanto alguns caras se apresentavam para todas as garotas na mesa e depois me ignoravam completamente.

"Me desculpe por isso", Donna disse, enfiando o cartão de Jon na carteira. Ela estava positivamente radiante. "Aquilo foi meio estranho, não?"

"Não muito. Seria estranho se não acontecesse com você o tempo todo." Tentei manter a voz calma, mas não funcionou.

"Qual o problema?", Donna perguntou. Como se lesse minha mente, ela acrescentou: "Não quis fazer você se sentir excluída."

"Não foi nada", eu disse, mudando de assunto. "Então, percebi que você não disse a ele que tem namorado."

"Não." Ela sorriu, envergonhada. "Com certeza, não."

"Donna! Você não está pensando seriamente em trair o Chip!"

Ela considerou a hipótese. "Ainda não me decidi. Você acha que eu deveria?"

"Trair? Claro que não!"

"Estive pensando. Talvez esteja na hora de jogar a toalha para o velho Chip. Estamos juntos praticamente a vida inteira, e nossa relação perdeu muito da graça. Ele não é tão divertido como era quando começamos a namorar."

Não podia acreditar no que estava ouvindo. "Vocês estão juntos não faz nem seis meses!"

Uma garçonete se aproximou da mesa com os braços lotados de comida. "Uma salada de *fajitas* sem *guacamole*, sem creme de leite, sem queijo."

Levantei a mão. "É minha."

Seu rosto demonstrou surpresa. Ela não disse nada, mas eu podia decifrar sua reação. Dizia o seguinte: *Garotas gordas só comem coisas fritas num barril de banha.* Ela colocou o prato à minha frente.

"*Nachos*?", ela perguntou. Donna fez um gesto. A garçonete colocou o prato à sua frente. Estava transbordando de fritas, carne moída e pelo menos três tipos de queijo. "Bom apetite. Seu garçom estará por aqui em um minuto para verificar se está tudo em ordem."

Eu queria bater naquela garçonete. Eu não seria pega em público comendo algo que engorda tanto quanto *nachos*. Se eles tivessem um prato de frutas, eu teria pedido. Ela deveria saber: garotas gordas nunca comem demais em público. Não queremos dar à população mais munição do que ela já tem. Mastiguei com raiva minha salada e pensei em como Jon tinha me ignorado. Os homens eram tão previsíveis! Só uma vez eu gostaria de ter um cara fantástico dando atenção para *mim*.

Quando ficasse magra e fabulosa, trataria todo mundo da mesma forma – os bons, os maus *e* os feios. Mesmo tendo o tipo de corpo que atrairia a atenção de modelos, eu os ignoraria em favor de homens comuns. Não *namoraria* nenhum desses caras, é claro. Estaria com Nick. Mas poderia fazê-los sentirem-se *especiais* apenas flertando.

Perdedores, não garanhões. Esse seria o meu lema.

"Então, de volta ao Nick", Donna disse, pegando uma batata frita e colocando-a na boca. "Odeio dizer isso, mas talvez seja melhor ligar para ele e se desculpar."

"De jeito nenhum", eu soltei, entre mordidas. "Se ele quiser conversar, *ele* pode *me* pedir desculpa."

"Kat..." A voz de Donna foi sumindo. Ela passou uma batata frita no queijo.

"O quê?", perguntei, asperamente.

"Olha, você quer que eu seja direta? Sem piadas de gay, sem subterfúgios."

"É claro."

"Sério, Kat. Você não pode ficar brava comigo quando eu disser isto."

"Eu aguento", menti.

"Já faz mais de três meses que você e Nick começaram a conversar. E nesse tempo todo você mandou o que para ele, uma foto sua? Ele não tem ideia do seu... você sabe ... do seu tamanho." Ela desviou os olhos dos meus. "Nick não é um santo e, francamente, ele não seria tolo de colocar todos os ovos numa cesta. Não ficaria surpresa se ele tivesse um casinho." Tentei interromper, mas ela levantou a mão para me impedir. "Você me disse para ser direta, lembra?"

Admiti com tristeza, pegando um *nacho* de seu prato. "Continue."

"Mesmo se ele não tiver outra namorada na Inglaterra, o que eu acho improvável, é só uma questão de tempo até ele se cansar da sua enrolação. Vocês já investiram tempo *demais* numa relação que estava – em todas as probabilidades – condenada desde o começo. Aposto que Nick só quer te ver para saber, de um jeito ou de outro."

Comi minha salada em silêncio, olhando feio para Donna. Ela tinha dito basicamente que eu tinha sorte de ter alguém como Nick interessado em mim e que eu teria que fazer o impossível para mantê-lo.

Como se estivesse lendo meus pensamentos, Donna apertou meu braço. "Sinto muito, Kat", ela disse, suavemente. "Eu não quero ferir seus sentimentos. É duro, porque sei como você se importa com Nick. Não quero que você o perca. Sério. Siga o meu conselho e ligue para ele assim que chegar em casa hoje à noite. Você vai ver. Aposto que ele ficará animado em ter notícias suas."

"Mesmo se eu ligasse, não há nada que eu possa dizer para melhorar as coisas. Ele vai começar se oferecendo para me pagar uma passagem para Londres... Você não acha melhor eu adiar até pensar em alguma coisa para dizer, uma boa desculpa que deixe as coisas mais fáceis?"

Dona mordeu o lábio inferior. "A oportunidade", ela disse, "está passando. Se você esperar demais, Nick pode acabar sendo aquela que escapou."

Era um pensamento aterrorizante, mas eu sabia que ela estava certa. "Mas o que eu vou dizer quando ele quiser saber por que eu não posso ir a Londres?"

"Diga que sua mãe está doente, diga que você destruiu seu carro", ela sugeriu. "Use o jornal para conseguir inspiração, como eu – faça o que for preciso. Mas, se você quer segurá-lo, tem que mantê-lo interessado."

Tomei um gole enorme de sangria e fiquei pensando em suas palavras. Estava tentando bancar a difícil, mas e se o tiro saísse pela culatra? "Eu achava que os caras não gostassem de garotas que fossem muito disponíveis. Você sabe, a emoção da conquista e coisa e tal."

Donna riu. "Kat, você está a um oceano de distância. Não chamaria isso de disponível."

Estava começando a me recompor. "Talvez eu mande um e-mail rápido quando chegar em casa..."

"Ligue, não mande e-mail", Donna insistiu, fincando o garfo na minha salada e experimentando um pouco. "Ugh." Ela torceu o nariz.

"A Inglaterra está seis horas à nossa frente, então não posso ligar para ele hoje à noite – serão quase quatro da manhã. Vou ligar amanhã, quando chegar em casa da H&G."

Donna fez um gesto de aprovação com a cabeça. "Caras como o Nick não ficam no mercado por muito tempo. Faça isso na primeira oportunidade que tiver.

Na noite seguinte, cheguei correndo em casa do trabalho, atravessando os sinais amarelos e quase batendo de lado num caminhão do correio. Apesar do que Donna havia dito, não acreditei que Nick tivesse outra namorada na Inglaterra. Nem por um minuto. Mas ela estava certa sobre uma coisa – caras como ele não ficam no mercado por muito tempo. Parei o carro no estacionamento do meu prédio, saltei e subi correndo as escadas até o meu apartamento. O telefone estava tocando quando entrei. Peguei o telefone sem me importar em checar o identificador. Devia ser o Nick!

"Alô", eu disse, ofegante.

"Oi, aqui é Zaidee Panola ligando de *Fat2Fab*. Estou tentando falar com Kat Larson."

Meu queixo caiu. Zaidee Panola! Reconheci o nome da matéria do *USA Today*. Tinha lido o artigo tantas vezes que cada detalhe ficara marcado no meu cérebro. Seja legal, eu disse para mim mesma, *apenas seja legal.* "Aqui é Kat", eu disse, fazendo o possível para soar relaxada.

"Oi, Kat, que bom que consegui te achar. Esta é uma boa hora para conversar?"

Nossa, claro, é uma boa hora para conversar!, pensei. "Estou livre", eu disse, esperando parecer casual.

"Ótimo, porque eu gostaria de passar algumas coisas com você. Em primeiro lugar, os produtores assistentes e eu analisamos seu vídeo-teste e estamos interessados em *possivelmente* tê-la no programa."

Ela colocou uma grande ênfase na palavra *possivelmente*, como se quisesse mandar o recado de que eu ainda era uma de várias candidatas.

"O processo de seleção é razoavelmente complexo, mas fico feliz em dizer que você sobreviveu às primeiras eliminações. Então, meus parabéns por isso. Agora, o que eu preciso fazer hoje é saber detalhes de algumas coisas que você mencionou na sua inscrição e no vídeo."

Respirei fundo. Gostaria de ter sido avisada com um mínimo de antecedência, de ter algum tempo para me preparar. Esperava que eles não fossem me ligar dentro de pelo menos um mês, e não fazia nem uma semana. "Pode perguntar", eu disse. Meu coração estava batendo forte e rapidamente, e eu podia sentir piscinas de suor se formando sob meus braços.

"Ótimo! Fique à vontade, Kat. Isso vai levar alguns minutos."

Tombei no sofá e respirei bem fundo para acalmar os nervos.

Zaidee começou com uma patada. "Você dormiu com apenas três homens em toda a sua vida. Você acha que seu peso tem algo a ver com isso?"

Eu engasguei. Era uma pergunta difícil, e não era algo que eu me sentisse à vontade para discutir com uma completa desconhecida. Não queria responder abertamente, então disse: "Meu peso teve importância em tudo o que eu já fiz, então sim."

Mas ela não desistia facilmente. "E como seu peso interferiu nas suas relações sexuais, se você puder ser mais específica? Você acha complicado expor seu corpo para os homens? Você fica tímida em se despir na frente de um amante?"

Me esforcei para manter o tom de voz o mais alegre possível. Estava começando a me sentir atormentada por um medo muito real de chorar. Deduzi que, contanto que continuasse fazendo piadas, estaria bem. "Uh, sim e sim." Eu ri. "Quando seus quadris têm 1,2 m de altura, você meio que quer deixá-los cobertos."

"Certo. Eu queria perguntar sobre isso. Você fez um comentário na sua inscrição de que seus quadris têm quase 1,2 m de altura. Tenho que admitir que nunca ouvi essa antes. O que quer dizer isso?"

Eu expliquei que meus quadris – que mediam 120 centímetros – teriam 1,20 m de altura se fossem esticados.

"Boa. Você encontrou um jeito de fazer graça com uma situação deprimente. Eu admiro isso", Zaidee observou. "Agora, você pode me falar dos ex-namorados?"

Isso continuou por um bom tempo. O telefonema parecia uma partida de tênis, com Zaidee jogando as perguntas e eu as rebatendo de volta. Discutimos tudo da minha inscrição e nada do meu vídeo. Na verdade, ela nem mencionou o vídeo até o finalzinho da nossa conversa de meia hora.

"Tive um bom pressentimento sobre você na hora em que vi o vídeo-teste, e tenho que dizer, Kat, você não decepciona."

"Uau." Respirei, sem ter certeza de como responder ao seu elogio. "Obrigada. Fico feliz que você tenha gostado."

"Gostado? Eu *adorei!* Os caras do escritório não pararam de falar nele."

"Oh, uh, ótimo", eu resmunguei, desconcertada.

"Você foi bem aberta, Kat, e isso nos ajuda muito neste processo, então, obrigada. Oh, e antes de você desligar, preciso que faça mais uma coisa para mim. Me mande por e-mail duas fotos digitais suas, uma de rosto e outra de corpo inteiro. Elas precisam ter sido tiradas nos últimos seis meses, e estar em formato jpeg, 300 dpi. Você sabe escanear e anexar fotos?"

Eu disse que sim. Meu conhecimento de Photoshop, afinal de contas, me fora útil para retocar a foto que eu tinha mandado para Nick.

"Preciso delas o mais rápido possível. Por mais criativa que tenha sido a sua ideia do vídeo dos 'seios falantes', temos que ver uma foto mais real antes de tomarmos qualquer tipo de decisão."

"Seios falantes?, eu repeti. *Eu tinha apagado aquela tomada, não?*

"Desculpe, não quis ofender. É o apelido que o pessoal do escritório deu para o seu vídeo. Mais ou menos do mesmo jeito que você tem cabeças falantes quando assiste ao noticiário. Mas não importa como você o chame, foi uma abordagem criativa."

Fiquei sem saber o que dizer.

05

Então, Como Você Pode Ver, Estou Muito Ferrada

"Tenho uma surpresa para você."

Estas foram as primeiras palavras que saíram da boca de Nick quando liguei para ele no dia seguinte.

Nada de "Olá", nada de "Me desculpe por não falar com você há uma semana."

"OK." Respirei, preparando-me para o pior. "O que foi?"

"Não posso te contar! Aí não seria surpresa, não é?"

"Vamos, Nick, me dê uma dica."

"Boa tentativa, mas não. Isto é bom demais para estragar."

"OK. Então o que você andou fazendo nesta última semana?", perguntei, mudando de assunto.

"Nada de mais, mesmo."

"O trabalho está te mantendo ocupado?", arrisquei. A conversa estava muito embaraçosa.

"Não. Lembra, estou sem prazos no momento."

"Ah, sim", eu disse, repreendendo-me silenciosamente. Seu editor havia reduzido sua seção em favor de uma matéria com Johnny Depp. Como eu poderia ter me esquecido? "Como está o tempo no Reino Unido?"

"Está bem chuvoso no momento, uma primavera inglesa típica. E em Memphis?"

"O calor está sufocante", disse a ele. "Chegou a 33 graus ontem, e a umidade está em mais ou menos 60%."

Depois de nossas brincadeiras sobre o tempo eu fiquei ali parada, sem saber o que dizer. Havia tanta coisa que eu queria dizer a ele, tanta coisa que eu queria explicar! "Nick...", eu comecei, e minha voz foi sumindo. "Eu... humm, senti muito a sua falta."

"Eu também", ele disse, mais calmo. "Parece que se passaram anos desde que nos falamos pela última vez."

"Você queria espaço, lembra?", eu disse, tímida. "Você disse que queria tempo para pensar."

Ele riu. "Eu sou tolo assim às vezes. Nunca sei o que eu quero."

"Isso significa que você não está mais bravo comigo?"

"Bravo com você!", Nick exclamou. "Kat, eu *nunca* estive bravo com você. Eu estava decepcionado, magoado e confuso por você não querer me ver. Mas não estava nervoso."

Soltei um grande suspiro que não tinha percebido que estava segurando. "Quando você ficou uma semana sem me ligar, eu tirei todo tipo de conclusões horríveis. Achei que nossa relação estava condenada."

Nick pareceu assustado. "Por que você pensaria algo assim?"

"Não sei, acho que só fiquei preocupada. Esperava que você fosse ligar."

"Eu pretendia te ligar", ele se desculpou. "Mas aí minha mãe ligou e me convidou para ir a Salcombe, em Devon. Estava louco para fugir da cidade, então fui para lá por uns dias. Eu adoro esse lugar, o ar é muito mais fresco no interior do que em Londres. Minha família tem uma casa de veraneio lá – uma casa de fazenda convertida, do século XVIII."

Eu imaginei uma pequena e pitoresca casa de fazenda na costa da Inglaterra. Me fez lembrar de algo saído de um romance da época da Regência. Era irônico, mesmo, porque eu havia passado boa parte da minha vida lendo romances. Agora, estava vivendo um. "Parece incrível. O que você fez enquanto estava lá?"

"Nós temos 9 hectares e estábulos, então passei um bom tempo vagando por ali a cavalo", Nick começou.

Eu o imaginei de calças e jaqueta de montaria enquanto cavalgava um poderoso corcel. Talvez um dia cavalgássemos juntos, eu atrás dele, com os braços firmemente presos em volta de sua cintura.

Afundei na cama. Poderia escutar seu sotaque a noite toda. Era tão elegante e encantador! "Foi um descanso maravilhoso. Adoraria te mostrar um dia. Devon fica no Sudoeste da Inglaterra, Kat."

"Já ouvi falar de lá."

"Me desculpe, não quis ser arrogante. Mas eu sei como vocês, americanos, são quando se trata de geografia", ele provocou. "Se um lugar fica fora dos Estados Unidos, vocês mal sabem que existe."

"Ei!", protestei. "Meus conhecimentos de geografia são muito bons, obrigada."

"Agora são? OK, pense rápido: qual é a capital da Suécia?"

"Estocolmo", devolvi.

"Muito bem." Ele parecia satisfeito. "Mas, mesmo se você tivesse errado, eu ainda estaria perdidamente apaixonado por você, Kat."

Fiquei atordoada como uma adolescente. Tomei fôlego. "Também te amo."

"Me sinto sortudo por ter te conhecido", Nick disse. "Do jeito que as coisas acontecem às vezes, me sinto muito solitário."

Era difícil de acreditar. Sua vida parecia tão glamorosa... "Tem tanta coisa acontecendo na sua vida!"

"Agora", ele disse, "eu tenho tudo."

Fiquei vermelha. "Sim, eu também..."

Ficamos tagarelando animadamente, flertando e nos atualizando sobre tudo o que tínhamos perdido durante a semana anterior. Quando estávamos quase desligando o telefone, Nick soltou a bomba.

"Quanto à surpresa que eu mencionei antes, você precisará estar em casa entre o meio-dia e as 4h da tarde no próximo sábado. Isso vai ser um problema?"

Sim, parecia um enorme problema!

"Uh, vou fazer o possível", eu disse. "Talvez tenha que trabalhar, você sabe. Richard nos deixou com milhões de horas extras por causa desses novos clientes."

"Kat, é muitíssimo importante que você esteja aí. Faça o possível."

Garanti a ele que faria. Dissemos adeus e eu imediatamente liguei para a de Donna. "Tudo bem se eu ficar na sua casa no sábado?", perguntei, assim que ela atendeu.

"Por quê? Seu apartamento está sendo dedetizado ou algo assim?"

"Antes fosse!" Eu hiperventilei. "Daria qualquer coisa para meu apartamento ser invadido por cupins, ou baratas, ou formigas, ou tatus! Comparado a isso, seria uma bênção!"

"Tatus? Eles comeriam as formigas, não?"

"Estava tentando provar meu ponto de vista!", berrei. "Posso ficar com você ou não?"

"Calma, Kat, isso não está fazendo nenhum sentido."

"Nick está vindo!", gritei. "Ele vai chegar a Memphis em uma semana! Ele vai aparecer na minha porta no próximo sábado."

"Oh, meu Deus!", Donna berrou. "Como você sabe?"

Eu rapidamente expliquei para ela. "Então, como você pode ver, estou muito ferrada."

"Talvez sim, talvez não", ela disse, lentamente. "Acho que você está se precipitando. E se ele somente encomendou flores ou algo assim?"

"Sem chance. Para um cara como Nick, flores não são grande coisa. Ele não planejaria isso com uma semana de antecedência."

"Bem, me desculpe." Donna parecia irritada. "Não tinha percebido que ele era o tipo de cara que manda flores todo dia."

Senti uma breve ponta de culpa por me gabar. Até onde eu sabia, Chip nunca havia mandado flores para Donna. Nem mesmo no aniversário dela.

"Kat, de que vai adiantar você dormir na minha casa? Isso não vai mudar nada."

"Nick nunca iria me procurar aí." Era um plano mal concebido, mas foi a única coisa em que consegui pensar.

"Então, você vai deixar esse pobre coitado viajar milhares de quilômetros e depois deixá-lo plantado do lado de fora do seu apartamento?"

Fechei os olhos. "Sim. Não. Não sei!"

"Você não acha que isso é incrivelmente cruel?"

A palavra cruel não era forte o bastante. "Acho que é, sim." A culpa já estava tomando conta de mim.

"Você vai ter que encontrá-lo a qualquer momento, você sabe."

"Não antes de ficar magra", eu disse, com firmeza. "Não posso deixá-lo me ver enquanto ainda tenho" – pensei rapidamente, tentando me lembrar do que tinha dito a ela antes – "quase 90 quilos."

Donna não disse nada, então eu continuei pressionando: "Então, posso ficar aí ou não? Porque, se sua resposta for não, vou reservar um quarto no Ramada."

Donna suspirou. "Está bem. Vou arrumar o sofá."

Na terça seguinte eu estava de volta ao escritório de Richard. Dessa vez, porém, sob melhores circunstâncias. Em vez de me repreender por não terminar meu trabalho a tempo, Richard estava elogiando meus esforços.

"Você tem sido uma guerreira de verdade, criança. Desde a nossa conversa, percebi que você começou a trabalhar com vontade e se organizou. Sei que posso contar com você num momento de aperto."

Sorri, para mostrar que gostara dos elogios. "Obrigada. Isso significa muito."

Já eram mais de 9h15 quando ele me deu a notícia. Tenho certeza do horário, porque estava observando o ponteiro maior do seu relógio de parede da Cindy Crawford quando ele falou. Meus pensamentos entravam na conversa e saíam dela. O que Nick fará no próximo sábado quando descobrir que não estou em casa, eu pensava quando algo chamou a minha atenção.

"... esta promoção."

Havia duas palavras que Richard raramente dizia: *aumento* e *promoção*. Tinha esperança de que uma não viesse sem a outra.

"Você está falando sério, Richard?", perguntei.

"Como um ataque cardíaco."

"Uau! Estou... surpresa. Você pode explicar um pouco melhor?" Era uma última tentativa de fazê-lo repetir o que tinha dito enquanto eu não estava prestando atenção. Felizmente, deu certo.

"Bem, não é nada oficial ainda. Tenho que discutir com o meu sócio, Jake Hood, mas gostaria que você começasse a ter uma participação ativa nas nossas apresentações. Na verdade, tenho um possível cliente chegando na outra quarta-feira. Funerária Mercer and Sons. Você os conhece?

Eu disse que conhecia. "Mas apenas de ouvir falar, graças a Deus."

Ele riu. "Quero que você passe a próxima semana se familiarizando ainda mais com eles. Faça umas pesquisas, recolha algumas informações." Ele deu um largo sorriso. "Depois, na próxima quarta, você e eu nos sentaremos e venderemos a eles nossos serviços."

"Obrigada, Richard!" Eu estava radiante. Conseguir um lugar na equipe de apresentação seria um grande passo para mim. Não era o emprego dos sonhos, mas *mesmo assim*. "Sobre o que você quer que eu fale?", perguntei. "Preciso preparar um tipo de discurso, certo?"

"Não, não é necessário. Acho que espontaneidade funciona melhor nessas situações. Não é bom parecer muito ensaiada."

Fomos interrompidos por uma batida na porta.

"Com licença", Cindy Vander disse, enfiando a cabeça na sala. "Não quero ser grossa, mas há uma ligação urgente para Kat. É um interurbano." Ela ergueu as sobrancelhas.

Eu dei um pulo, quase derrubando a cadeira no chão. Não era incomum para mim receber interurbanos; eu lidava com clientes de fora do Estado o tempo todo. Mas algo no tom de sua voz me fez achar que tinha que ser Nick.

"Você atende ao meu telefone agora?", questionei, correndo para a porta.

Ela era a imagem da inocência. "Oh, não. Eu estava passando por acaso por sua mesa quando o ouvi tocar. Sabia que você estava em reunião e pensei em ser útil. Então, anotei o recado."

"É para isso que serve a secretária eletrônica", resmunguei, correndo pelo corredor até meu cubículo. Peguei o telefone e desliguei a espera.

Era Zaidee Panola.

Engraçado como ela sempre liga quando estou esperando Nick.

"Oi", eu disse, desconfortável, pega de surpresa por ela ter ligado para o telefone do trabalho. "Me desculpe por te fazer esperar."

"Não tem problema; a garota que atendeu o telefone foi bastante gentil em te chamar."

Ah-oh, eu pensei. Isso não me parece bom. "Você não contou para ela por que estava ligando, não?"

"Ela perguntou."

"E?" Prendi a respiração.

"Eu disse que era pessoal. Ela foi bem insistente, mas não se preocupe. Eu a deixei sem ação."

Eu ri. "Obrigada."

"Disponha. Vocês têm algum tipo de rivalidade no escritório?"

"Algo do tipo", bufei. "Digamos que não me dou muito bem com ela."

"Entendi. De qualquer forma, o motivo da minha ligação: em primeiro lugar, obrigada pelas fotos, Kat. Agradeço por você mandá-las tão rapidamente. Agora, só tenho mais algumas perguntas, e depois podemos seguir para a fase dois do processo."

Acabei demorando quase meia hora para responder a "mais algumas perguntas".

Inicialmente, tentei ser discreta, folheando um arquivo do escritório enquanto conversávamos. Num determinado momento, aquela fofoqueira da Cindy Vander se aproximou sorrateiramente do meu cubículo, e eu tive que colocar Zaidee em espera por alguns minutos. Não sei se ela engoliu ou não. É difícil fingir que é uma ligação de negócios quando você está discutindo programas de dieta e *lingeries* grandes.

Quando Zaidee finalmente terminou de me interrogar, ela me agradeceu pelo meu tempo novamente.

"OK, então, parece que eu tenho tudo de que preciso", ela concluiu. "Estou indo para uma reunião com os outros produtores. Temos que comparar anotações, e depois disso vou te ligar de volta antes das 5h com uma decisão final, de um jeito ou de outro."

Fiquei ofegante. "Quer dizer que vocês vão decidir agora se eu estou no programa?" Meu estado de choque era palpável.

"Não, agora não." Zaidee riu. "Acalme-se, querida. Estamos somente afunilando para as 25 finalistas que traremos para o teste em Los Angeles. Você leu as informações do formulário?"

"Devo ter perdido essa parte", eu disse, sem convicção. "Estava com muita pressa quando o preenchi." Eu queria me socar assim que as palavras saíram da minha boca. Não queria que ela achasse que *Fat2Fab* não era importante para mim. "O que eu quero dizer é que não sabia do programa até pouco antes do prazo final."

"Ótimo. Falo com você daqui a pouco, Kat."

"OK, vou esperar sua ligação."

Não saí da minha mesa a tarde toda, nem para usar o banheiro, nem para pegar uma água, nem mesmo para almoçar com Donna.

Já eram mais de 17h, e nenhum sinal de Zaidee.

"Talvez ela quisesse dizer 5h no horário do Pacífico", Donna sugeriu mais tarde, enquanto afogávamos as mágoas durante o jantar, no Buckley's. Eu estava lamentando as expectativas frustradas, e Donna estava lamentando o fim de um relacionamento; ela tinha oficialmente terminado com Chip no começo daquela tarde. Uma deliciosa refeição de massa e vinho tinto parecia apropriada. Dane-se minha dieta eterna. Se eu não estaria na televisão, o que importava?

Balancei a cabeça. “Pensei nisso também. Mas o fuso horário da Califórnia está apenas a duas horas do de Memphis. Não saí do escritório antes das 19h30. Se ela tivesse ligado, eu saberia.”

“Vai ver ela supôs que você tinha ido para casa e tentou ligar para o seu apartamento”, Donna sugeriu.

“Não havia nada no identificador de chamadas. Eu verifiquei.” Dei uma grande mordida no espinafre italiano.

“Oh!” Donna tragou sua taça de vinho e a encheu novamente. Era a quinta em menos de uma hora. Para alguém que tinha tomado a iniciativa de terminar o namoro, ela não estava lidando muito bem com a situação. “Você conhece esses tipos de Hollywood. Sempre ocupadíssimos! *Fat2Fab*, Kat está chegando!”

“*Shhh!* Fale baixo!”

Donna deu de ombros, sem entender. “O que foi?”

“Eu gostaria de manter isso em sigilo”, sussurrei, olhando ao redor do restaurante levemente iluminado. “Todo cuidado é pouco.”

“Oh!” Donna balançou a cabeça conscientemente. “Razões legais, certo? Você poderia ser desclassificada por falar sobre isso.” Ela enfiou um pedaço inteiro de pão de alho na boca.

“Não, nada disso. É que” – fiz uma pausa, procurando as palavras certas – “acho que fico constrangida, é isso. Só o nome do programa já é meio humilhante. Não quero que as pessoas saibam.”

“Vai ser difícil manter segredo quando você estiver em rede nacional”, ela riu discretamente. De repente, seus olhos ficaram enormes. “Você sabe o que tem que fazer, Kat? Se você quiser participar do programa, tem que ser proativa.”

“Proativa”, repeti, entre mordidas de ravióli.

“Não fique sentada esperando essa tal de Zula vir até você.”

“Zaidee”, corrigi.

“Tanto faz. Mostre a ela que você está falando sério. Mostre a ela que Kat Larson quer uma chance!”

Não disse nada, e ela continuou: “Ligue para o escritório dela amanhã cedo, perturbe-a um pouco. Vai provar que você está mesmo interessada. Foi exatamente o que minha prima fez para conseguir estágio naquela firma de Wall Street. Ela mandou faxes perturbando-os por semanas."

"De certo modo, acho que isso é um pouco diferente. Wall Street *versus* um *reality show* barato", eu disse, comparando as duas situações com as mãos. "Não estão exatamente na mesma categoria, se é que você me entende."

Donna bebeu mais vinho. "Sim, se você quer saber, o *reality show* é muito mais *interessante*. Quem quer trabalhar na bolsa de valores?" Ela franziu o rosto.

"Bem, de qualquer forma, não posso ligar. A ficha de inscrição dizia especificamente para *não* ligar."

Donna desprezou o que eu disse. "Não dê atenção a essa besteira. Essa é a mensagem que os corretores de Wall Street mandaram, e não queriam dizer uma palavra daquilo. Vamos, aposto que vai aumentar bastante suas chances."

Eu não estava tão certa. Para Donna, talvez esse tipo de estratégia funcione. Mas eu não sou agressiva o suficiente para fazer isso. "É uma má ideia."

"Tanto faz, Kat. Você seria ótima. Eu poderia te treinar."

Fiz sinal novamente para ela falar baixo. "Não tenho o telefone do escritório de Zaidee", menti.

O diretório do Yahoo, meu bem. Eles têm todos os telefones comerciais do país."

"Por falar nisso", grunhi, continuando com outro assunto doloroso, "Nick me enviou um cartão eletrônico hoje. A mensagem dizia: 'Menos de uma semana! A grande surpresa em breve estará a caminho. Te amo. Nicholas J. Appleby'. Ele assinou o nome completo, coisa que nunca faz. Ele diz que o faz lembrar um personagem de Charles Dickens. O que você acha disso?

"Charles Dickens!" Donna começou a rir descontroladamente.

"Ai, meu Deus." Olhei para ela. "Você está completamente bêbada. Não acredito que estou perdendo tempo pedindo conselhos a você."

"Não, não! Estou bem, Kat, perfeitamente bem."

Puxei a garrafa de vinho para o meu lado da mesa, deixando-a em segurança, longe do alcance de Donna. "Ainda bem que eu estou dirigindo", comentei.

Donna riu. "Sim."

"Sim?", eu repeti.

"Sim, eu acho que Nicholas J. Appleby parece algo tirado de um romance de Charles Dickens."

06

Baratas Ferozes

"Como vai minha filha preferida?", ele rugiu.

"Estou bem, como estão você e mamãe?"

"Com saudades de casa", ele reclamou. "Sua mãe não para de falar em Memphis. Eu só sinto falta do churrasco."

"Bem, Memphis sente falta de vocês", eu disse, sentindo-me uma completa imbecil.

"Sua mãe estava olhando a World Wide Web hoje." Meu pai é a única pessoa que eu conheço que ainda chama a Internet de World Wide Web. "E ela achou um voo cibereconômico de Denver para Memphis. Você sabe o que é cibereconômico, Katrina?

"Sim, eu sei", disse, olhando para o relógio. Zaidee poderia estar tentando entrar em contato comigo neste momento. Temos chamada em espera, mas não confio naquilo de jeito nenhum.

"Eles têm umas ofertas especiais para você fazer viagens de fim de semana por quase nada. Podemos fazer uma viagem de ida e volta por 99 dólares pela Northwest Airlines. Parece bom?"

Pisquei, surpresa. "Pai, eu me distraí."

Eu conseguia escutar minha mãe gritando ao fundo, repreendendo-o por não dar todos os detalhes.

"Certo, certo", ele disse. "Sua mãe e eu estávamos pensando em viajar no fim de semana para Memphis – de sábado até terça. Você está livre neste fim de semana?"

Parecia uma ironia cruel que todo mundo planejasse aparecer na minha porta no sábado.

Considerei minhas opções. Se dissesse não, minha mãe pegaria o telefone e faria chantagem emocional. Eu sou, afinal de contas, sua única filha. E eles não estão ficando mais jovens. Tudo o que eles querem é me visitar. Não poderia separar três dias na minha agenda cheia?

Mas se, por outro lado, eu dissesse sim, eles inevitavelmente iriam querer ficar na minha casa. Imaginei meu pai, de cueca samba-canção com desenho de peixes, abrindo a porta de casa e convidando Nick para entrar. "É sempre bom conhecer o namorado de Katrina", ele diria, dando-lhe um tapa nas costas. "Você fala meio estranho. De onde você é? Connecticut?"

Sério, aquilo poderia acontecer.

"Nossa, pai, parece ótimo, só tem um problema."

Cruzei os dedos atrás das costas e pedi perdão. "Estão dedetizando meu apartamento neste fim de semana", eu disse, lembrando-me da minha conversa com Donna.

"Dedetizando? Qual o problema?"

"Baratas."

"Baratas!", escutei minha mãe gritar. Ela estava na extensão. "Kat, você tem que ir para um hotel. Você não pode ficar aí enquanto eles jogam esses produtos químicos. Vi um especial na TV outro dia sobre uma garota que morreu porque ficou em casa enquanto seu apartamento era dedetizado."

Ai, meu Deus. Lá vem.

"Você precisa de dinheiro para o quarto?", ela perguntou. "Porque se precisar, não tenha vergonha de pedir."

"Não, mãe, tudo bem. Vou ficar com a Donna."

"E isso não vai ser um inconveniente para ela?", ela perguntou.

Eu suspirei. "É claro que não. Ela disse que tudo bem."

Meu pai se intrometeu. "Sinto muito saber disso. Podemos ir em outro fim de semana."

Dei um tremendo suspiro de alívio. "Obrigada por entender."

"Bem, estou muito preocupada. Há quanto tempo você tem esse problema de baratas?", minha mãe perguntou.

"Ah, só há uns dois dias."

"Dois dias!", meu pai exclamou. "Devem ser umas baratas ferozes se elas se multiplicaram o suficiente em dois dias para uma dedetização."

"São de uma raça especial", eu disse, "ou espécie. Ou seja lá do que for que chamem os insetos", me atrapalhei. Eu era uma péssima mentirosa.

"Nunca ouvi nada parecido", meu pai disse.

"Ah, sim, essas baratas são bem raras. São enormes, e é impossível se livrar delas, a menos que você as extermine nos estágios iniciais..."

Por volta de meio-dia, Zaidee ligou.

Ela não mediu as palavras.

"Espero que você não tenha nenhum plano importante para este fim de semana, Kat", ela disse, assim que eu atendi. "Porque você virá para Los Angeles."

Fiquei tão chocada que derrubei o telefone de verdade.

"PUTA MERDA!", gritei, pegando o telefone de volta. Tapei a boca rapidamente. "Me desculpe, não costumo ser tão vulgar."

"Sem problemas. É chocante, eu sei."

"*Este* fim de semana!", repeti. "Daqui a três dias!"

"Dois, na verdade. Você vai partir na sexta à noite, e voltar no último voo na madrugada de domingo. Nós demos um jeito para ninguém faltar ao trabalho. Pelo menos, esse é o nosso plano provisório. Pode mudar enquanto prosseguimos."

Inspirei profundamente. "Qual o horário do meu voo?"

"Eles ainda não o reservaram. Eu tinha que falar com você antes de dar o sinal verde. Você vai conseguir, não?"

"Ah, sim. Absolutamente. Na verdade", eu disse, sorrindo, "você não poderia ter escolhido um fim de semana melhor, mesmo se quisesse."

Zaidee me informou rapidamente dos detalhes. Seu escritório iria enviar um pacote para meu apartamento com a passagem de avião, a reserva de hotel e vales para o táxi.

"Estará tudo acertado. Se, por algum motivo, você não receber o pacote até amanhã à noite, ligue para a minha assistente imediatamente." Ela me passou em seguida os telefones da assistente.

Assim que desligamos, fui correndo para a mesa de Donna.

Fiz o possível para soar casual, mas Donna soube no momento em que viu minha cara.

"O programa ligou", ela adivinhou, sorrindo.

"Parece que não vou precisar me esconder na sua casa este fim de semana", eu disse, fazendo uma pausa desnecessária para causar efeito. "Vou para Los Angeles!"

Eu tinha um milhão de coisas para fazer, e praticamente tempo nenhum para dar conta de tudo. O primeiro passo, o mais importante, até mais importante do que fazer as malas, era deixar as coisas acertadas com Nick. Felizmente, a conversa com meu pai tinha me inspirado. Liguei para ele do meu celular na hora do almoço. Danem-se as pesadas tarifas internacionais.

"Kat!", ele exclamou. "Que bom escutar sua voz adorável! Você está doente?"

Estranhei aquela guinada brusca. Uma hora minha voz era adorável, depois eu parecia doente. "Não, por quê? Pareço estar resfriada?"

"Oh, não, não! Não estou acostumado a receber ligações suas durante o dia, é só isso."

"Estou em horário de almoço. O que você está fazendo, *baby*?"

"Estava em uma Jenatona quando você ligou."

Eu não tinha ideia do que era uma Jenatona. Devia ser algum tipo de jargão britânico estranho. "O que é uma Jenatona?", perguntei, nervosa.

Parte de mim estava com medo de descobrir. "Você não está me traindo com alguma garota chamada Jen, está?"

"De certo modo, sim."

"Oh, meu Deus... Por favor, diga que está brincando."

"Jennifer Garner", ele explicou. "A atriz. Sou um grande fã dela."

"Não sabia que ela era famosa na Inglaterra."

"Ela é. Além disso, faço questão de conhecer todas as atrizes maravilhosas."

Esperava que ele não quisesse dizer pessoalmente. O trabalho de Nick na *Status* dava a ele a oportunidade de conhecer várias celebridades.

"Ela é uma deusa", ele disse.

Depois, ele falou sobre seus "lábios carnudos e sedutores" e suas "pernas delgadas que se estendem por quilômetros" e sua "bunda bronzeada e firme". O que era um saco. Por que os homens sempre sentem a necessidade de verbalizar como as outras mulheres são lindas? É uma tentativa equivocada de nos impressionar? "Ela é boazinha", resmunguei. "Meio desengonçada, se você quer saber." Graças a Deus Zaidee tinha finalmente ligado.

Estava mais aliviada do que nunca por ter me inscrito em *Fat2Fab*. Fora uma jogada bem esperta. Quando o programa terminasse, eu estaria mais próxima do tipo de mulher que Nick queria. "Preciso te contar uma coisa", comecei. Não tinha certeza de como dar a notícia, então fui direta: "Não estarei na cidade quando você... *seu presente* chegar no sábado." Fiz um esforço para minha voz soar irritada em vez de aliviada.

"Por que não?", ele perguntou, depois sua voz mudou dramaticamente. "Você está vindo para Londres, não está?", ele exclamou. "Kat, que incrível!"

Ele parecia tão animado que fiquei com pena de decepcioná-lo.

"Oh, não, não é isso. Meu pai me ligou há alguns minutos e, bem, ele comprou uma passagem para eu ir a Denver. Eles tinham essa promoção cibereconômica pela Northwest Airlines – você pode comprar uma passagem de ida e volta por 99 dólares. Sinto *muitíssimo*. Ele comprou para me fazer uma surpresa."

O humor de Nick mudou. "Imagino que você não tenha muita escolha."

"Estou entre a cruz e a espada."

"Entendo." Nick fez uma pausa. "Você pode conseguir alguém para ir até sua casa e receber o pacote quando chegar lá?"

"O *pacote* ainda vai chegar, apesar de eu não estar lá?"

"Eu o enviei hoje de manhã, via FedEx. É tarde demais para pegá-lo de volta."

Franzi as sobrancelhas, confusa. "O proprietário pode guardar o pacote até eu voltar, na segunda", eu disse. Então, era mesmo um pacote?

"Não confio em estranhos. O que eu te mandei é bem valioso."

"É?"

"Sim, e bem caro. Se você não vai estar lá, bem – eu ficaria mais à vontade se soubesse que você pedirá a alguém de confiança para recebê-lo."

"Donna pode fazer isso!", falei, abruptamente. Agora eu estava morrendo de curiosidade de saber qual era a surpresa. "Tenho que pedir para ela vir aqui alimentar o meu peixe enquanto eu estiver fora."

"OK", ele disse, parecendo estar aliviado. "Bem, então aproveite bastante, Kat. Falo com você quando voltar."

"Te amo, *baby*."

"Também te amo."

Coloquei o fone de volta na base e afundei na cadeira. Minha mente estava girando, e meu coração estava batendo tão rápido que eu achava que saltaria para fora do peito.

Uma surpresa. Valiosa. Cara.

Lentamente, tudo estava ficando claro.

Nick iria me pedir em casamento!

Corri pelo escritório procurando por Donna. Ela estava na sala de descanso, sozinha, lendo uma revista de moda e comendo um sanduíche.

"Donna", eu berrei, voando pela porta.

Ela pulou. "Nossa, Kat, pode falar mais baixo?", ela reclamou. "Uma de nós teve uma noite difícil ontem."

Eu a ignorei. "Prepare-se", eu disse, sentando-me à sua frente. "Acho que Nick vai me pedir em casamento!"

"Ãh?" Ela largou o sanduíche de creme de amendoim e geleia que estava comendo e me encarou com os olhos semicerrados. Parecia mais desnorteada do que surpresa.

"Aquele pacote-surpresa que está chegando no sábado é um anel de noivado!", revelei.

Várias pessoas que estavam próximas se viraram para olhar.

"Vocês se importam?", Donna perguntou a um grupo de mulheres sentadas perto de nós. "Estamos tentando ter uma conversa particular."

"Uma conversa particular no volume máximo?", uma das mulheres retrucou.

Donna balançou a cabeça, confusa. "Kat, agora não estou entendendo nada. Eu achava que *Nick* fosse a surpresa. Que história é essa de pacote?"

Rapidamente, contei os detalhes de nossa conversa. "Então, como você pode ver claramente, esta é a única explicação lógica", concluí.

Ela deu um longo e decidido gole em seu suco de laranja antes de dizer: "Você ficou oficialmente louca".

"Não, não fiquei. Apenas ouça os fatos."

"Eu *ouvi* os fatos. Ainda acho que você está louca."

"Mas ele disse que era caro", protestei.

"Muitas coisas são caras, Kat. Quase todo tipo de joia é cara. Ele provavelmente comprou um par de brincos, ou talvez um relógio."

Minha cara caiu. "Ei, não é porque você está de mau humor por causa do seu rompimento com o Chip que precisa virar uma estraga-prazeres."

Ela revirou os olhos. "Você não acha que está se empolgando demais? Há uma diferença muito grande entre um 'presente caro' e um 'anel de noivado'. E, de qualquer forma, só um idiota pediria em casamento alguém que ele *nunca viu*!"

"Minha relação com Nick não é baseada em *aparências*. Nosso amor é mais forte que isso."

"Oh, por favor! Se não é baseada em aparências, por que você não manda para ele uma foto atual e sem retoques?"

"Tanto faz." Levantei da cadeira. "Você só está com ciúme."

"Ah, sim, estou com *muito* ciúme", Donna disse, sarcasticamente. "Eu não consigo suportar que você tenha um namorado de Internet que mora a 30 mil quilômetros de distância. Cresça, Kat. Não estou com ciúmes do seu fracassado."

Não podia acreditar no que estava ouvindo. Donna nunca tinha falado comigo dessa maneira. "Na semana passada você comentou que bom partido ele era. Agora ele é um fracassado?"

"Caia na real, Kat, o mundo não gira em torno de você."

Meu queixo caiu. Sua declaração não merecia resposta. "Te vejo quando voltar da Califórnia", eu disse, saindo orgulhosamente da sala. A surpresa de Nick teria que ficar com o proprietário até eu voltar, na segunda. Não pediria a Donna para recebê-la de jeito nenhum. "Ah, e mais uma coisa", eu disse com raiva, colocando a cabeça para dentro da sala novamente. "Aprenda um pouco de geografia. A Grã-Bretanha fica a 6 mil quilômetros daqui, não 30 mil."

Donna continuou comendo seu sanduíche. Ela nem teve o trabalho de olhar para mim.

07

Sem Chance

Passei a viagem de Memphis a Los Angeles lutando contra o enjoo – só voei duas vezes na vida – e me estressando só de imaginar onde acharia um táxi quando pousássemos. Meu conhecimento limitado da costa oeste, baseado em revistas, filmes e programas de TV, não me adiantou muito. Não me sentei ao lado de Steven Spielberg no avião, não havia um chofer de limusine esperando minha chegada e não deparei com Tom Cruise no setor de bagagens. Eu esperava brilho e glamour, celebridades e mansões de astros do cinema.

Encontrei estradas congestionadas e ruas cheias de lixo.

Para ser justa, não vi muito da cidade. Do momento em que cheguei ao aeroporto até minha partida, fui mantida virtualmente trancada no Brentwood Bel-Air Holiday Inn. Não havia nada de elaborado ou pomposo no hotel – um prédio alto, branco e cilíndrico localizado ao lado da estrada – mas eu gostei. Ficava espremido num terreno pequeno entre um horrível complexo de apartamentos *art déco* e o Getty Center Museum, e dava para enxergá-lo a quilômetros. Cheguei ao hotel em um táxi amarelo, pago com um vale fornecido por *Fat2Fab*. Até que foi fácil achar um táxi.

Tudo o que eu tive de fazer foi seguir as placas que diziam TÁXI.

Passei pela recepção e fiz o *check-in* na sala de conferência do 16º andar, conforme as instruções do pacote que Zaidee havia mandado. Minha reserva estava em nome do programa, e eu tive que pegar a chave do quarto com um membro da equipe de produção. Quando o elevador chegou ao 16º andar, eu estava uma pilha de nervos, apertando o estômago e tentando impedir que meus joelhos entortassem. Meu corpo não responde muito bem ao estresse – eu tremo, suo, gaguejo, meu estômago revira. Não sei se é genético ou o resultado de crescer numa vizinhança insegura. De qualquer maneira, culpo minha mãe. "Pelo amor de Deus, recomponha-se, Kat", eu disse para mim mesma. "Você chegou até aqui. O que poderia dar errado?"

Quando o elevador chegou ao 16º andar, as portas se abriram para revelar uma moldura metálica que dizia Testes *Fat2Fab* em grossas letras cor-de-rosa. A porta de um dos quartos se abriu e uma garota negra corpulenta, carregando uma bolsa de tecido, dirigiu-se ao elevador.

Sim, eu estava no lugar certo.

Empurrei a porta e entrei.

Um homem baixo e troncudo apareceu. "Você está aqui para os testes?"

Olhei para ele. Queria dizer: "Não, sou uma garota de 103 quilos que por acaso chegou até aqui cheia de bagagem". Diplomaticamente, decidi responder: "Sim, estou".

"Você pode deixar suas malas aqui." Ele fez um gesto para um lugar próximo à porta onde uma pilha já estava se formando. "*Check-in* na mesa. Eles lhe darão um quarto."

Deixei a bagagem ali e fui até a mesa. Bem ao lado havia uma enorme mesa de *buffet* cheia de bandejas de biscoitos, pães e pequenos sanduíches. Obviamente, eles queriam que nós estívessemos bem e gordas antes de aparecer na TV.

A garota à minha frente foi para o lado preencher uns papéis. Toda a cena me lembrou a faculdade, com todo mundo circulando ansiosamente, esperando para pegar a grade horária e um dormitório.

"Próxima!", chamou uma loira de cabelo de fada.

Fui até a mesa. "Oi, sou Kat."

"Carteira de motorista", ela me interrompeu.

Assustada, enfiei a mão na bolsa procurando a carteira. Ela ficou me encarando impacientemente enquanto eu penava para encontrá-la. Olhei para trás. Não havia ninguém esperando para ser atendido. Achei a carteira de motorista e a entreguei.

"Tenho que tirar uma cópia disto", ela disse, pulando da cadeira e indo até uma pequena copiadora próxima. Voltou um minuto depois e devolveu a carteira, junto com um cartão magnético do quarto e uma pilha de papéis do tamanho de um livro escolar. "Assine e coloque a data aqui, aqui e aqui", ela disse, abrindo o documento e separando várias páginas. "Quando você terminar, leia e marque com suas iniciais o final de cada página. Vá se acomodar no seu quarto e traga os formulários de volta assim que terminar." Ela empurrou os papéis na minha direção.

"Mas são mais de 50 páginas!", engasguei. "Preciso ler tudo?"

Ela deu um grande suspiro, fazendo a franja se levantar da testa. "Eu te aconselho a ler", ela disse, seca. "Nunca assine nada sem ler antes. Isso é uma pequena dica para você."

"Me desculpe. Não sabia que teria tanto trabalho antes dos testes."

"A primeira parte é um acordo de confidencialidade; a segunda parte é um formulário que nos autoriza a investigar seu passado e a realizar um teste de drogas."

"Vocês estão realizando testes de drogas?" Fiquei parada, boquiaberta.

"Você fará um teste físico completo", ela me informou. "Está tudo no pacote." Ela se virou e começou a arrumar a mesa. Percebi que a conversa tinha acabado e fui pegar minha mala.

Meu quarto ficava no quarto andar. Havia duas camas de casal nele. Joguei minhas coisas na cama mais próxima à janela, esperando que uma colega de quarto aparecesse e pegasse a outra. Ninguém apareceu.

Quando finalmente terminei de ler e colocar minhas iniciais no longo documento, já eram mais de 10h da noite. Peguei o elevador e devolvi a papelada. Fiquei decepcionada ao ver que a loira seca ainda estava atendendo. Esperava encontrar alguém mais amigável, já que tinha algumas perguntas sobre o processo de seleção. Sem nem mesmo um "olá", ela pegou os documentos. Tirou cópias das páginas que eu tinha assinado e me deu uma programação com os eventos dos próximos dias.

Eles haviam preparado sanduíches, assim como salgadinhos e bolos, então enchi um prato e voltei para o meu quarto. Peguei a programação e a examinei enquanto comia.

Programação dos Testes - Sábado, 11 de maio*

POR FAVOR, APAREÇA PONTUALMENTE PARA
TODOS OS EVENTOS AGENDADOS!!!!
ATRASOS PODEM RESULTAR EM ELIMINAÇÃO DO
PROCESSO DE SELEÇÃO. COMO SEMPRE,
PONTUALIDADE É UMA VIRTUDE.

7h30	*Café-da-manhã continental na sala de reuniões 1603*
8h00	*Entrevista Grupo A na sala de conferências*
9h30	*Entrevista Grupo B na sala de conferências*
11h00	*Entrevista Grupo C na sala de conferências*
12h30	*Almoço:* buffet *servido na sala de reuniões 1603*
13h30 - 18h30	*Exames médicos e teste de drogas: local a ser anunciado*
19h	*Jantar* buffet *servido na sala de reuniões 1603*
20h	*Entrevista Grupo D na sala de conferências*

* Os concorrentes são aconselhados, embora não obrigados, a permanecer nas dependências do hotel durante todo o dia. As entrevistas podem ser agendadas durante os "períodos de descanso" da sua programação. Imediatamente após a entrevista de seu grupo, você terá de preencher um questionário, o que poderá exigir um comprometimento de tempo substancial.

Para meu horror, *Kat Larson – Grupo A* estava escrito no topo da página. É lógico. Eu era a maior noctívaga do mundo, então, é claro, fui agendada para a entrevista da madrugada.

Olhei para o relógio no criado-mudo. Eram quase 23h, 1h no horário de Memphis. Donna ainda devia estar acordada. Ela nunca dormia cedo nos fins de semana. Vinha sentindo pontadas de tristeza por causa de nossa briga. Além de "olás" apressados, mal tínhamos nos falado nos últimos dias. Eu tinha prometido a mim mesma dar um gelo até ela se desculpar por desvalorizar meu relacionamento com Nick. Mas a distância me fez ver que era bobagem; definitivamente, nada que valesse arruinar nossa amizade.

Peguei o telefone.

"Alô", ela respondeu ao primeiro toque.

"Ei, sou eu. Não te acordei, né?"

"Não, ainda estava acordada." Ela não disse nada por um tempo. "Kat?"

"Primeira e única", eu brinquei.

"Eu achei que você ia para Los Angeles hoje."

"Três chances para você adivinhar de onde estou ligando. O estado ensolarado."

Ela riu. "Isso é a Flórida. Acho que a Califórnia é o estado do urso."

"Urso?", repeti, indecisa. Estalei os dedos. "O estado dourado! É isso!"

Rimos muito. Donna disse: "É bom ter notícias suas. Estava imaginando como você está se virando. Então, como é o estado dourado?"

Foi como se a briga nunca tivesse acontecido. Contei tudo para ela, e ela me falou do seu dia. Ela tinha encontrado Jon, o cara do On the Border, para beber depois do trabalho.

"Tudo o que ele fez foi falar de seu Mercedes e de sua 'saudável' carteira de investimentos", ela reclamou. "Depois, no fim do encontro, ele teve a cara-de-pau de perguntar se eu queria pagar a conta! Que é isso? Rachar é uma coisa, mas quando o cara é rico, me desculpe, ele paga."

Estávamos nos divertindo tanto que, antes de eu me dar conta, uma hora tinha se passado.

"Você precisa que eu vá alimentar seu peixe amanhã?", Donna perguntou.

"Não, Cara vai cuidar disso. Mas tem uma coisa que você poderia fazer por mim, se não estiver muito ocupada."

"Eu pego o pacote de Nick", ela concordou, interrompendo-me antes mesmo de eu perguntar.

"Obrigada, Donna!"

"Boa noite. Você precisa de uma boa noite de sono para estar em plena forma amanhã."

Desliguei o telefone com a promessa de ligar para ela na noite seguinte e dar as notícias. Embora fossem 2h no horário de Memphis, eu não estava nem um pouco cansada. A ansiedade tomara conta de mim, acelerando meu corpo a ponto de parecer impossível pegar no sono. Me ajeitei na cama e liguei a TV, mudando de canal até achar uma estação onde estava passando *O Clube dos Cinco*. O filme estava na metade, mas eu já o tinha visto tantas vezes que não importava. Quando finalmente cochilei, o sol já estava no horizonte. Mesmo assim, quando o despertador tocou, às 7h na manhã seguinte, saltei da cama com tanta energia que parecia que tinha dormido a noite toda.

É impressionante como a gente consegue se virar com poucas horas de sono numa situação de pressão.

A primeira pessoa que vi foi uma garota extremamente pesada – provavelmente pesando cerca de 180 quilos – , de cabelos castanhos escorridos que iam até a cintura. Ela estava usando um belo vestido amarelo de verão, alguns números menor que seu tamanho. O decote estava tão apertado que empurrava seus seios enormes até perto do queixo.

Eram 8h no sábado de manhã, e nós seis, que formávamos o Grupo A, estávamos circulando pelo corredor do 16º andar, esperando para ir até a sala de conferências para nossa primeira entrevista.

"Meu nome é Regan, e esta é Sarah", ela disse, apontando para a ruiva.

"Sou Kat", disse.

Regan e Sarah estavam discutindo a lista de concorrentes de *reality shows*, enquanto eu fazia o possível para abstraí-las. Por favor, por favor, que as entrevistas comecem logo, rezei. A porta se abriu, e a loira arrogante da noite anterior colocou a cabeça para fora.

"OK, pessoal, vocês podem entrar."

Olhei para o relógio. Eram mais de 8h20. Era muita cara-de-pau nos fazer esperar tanto, depois de enfatizar como era importante que nos apresentássemos para as entrevistas no horário. Entramos na sala de conferências aos empurrões, espremendo-nos como um rebanho de gado. Enquanto tentava passar pela porta, Regan pisou no salto do meu sapato, fazendo-me tropeçar e quase desabar. Olhei feio para ela. Era impressionante como todas estavam ansiosas para entrar.

Assim que eu vi a estrutura que fora montada, entendi por quê.

A sala tinha sido completamente modificada da noite anterior. A mesa e o *buffet* tinham sumido. Uma tela branca enorme fora colocada na parede preta, e à sua frente havia duas fileiras de cadeiras dobráveis. Cabos ocupavam cada centímetro do chão, conectando-se com câmeras, microfones e uma dúzia dos maiores refletores que eu já tinha visto. Uma câmera enorme estava sobre um tripé sofisticado, e havia muitos caras em volta carregando vários equipamentos.

Todas foram correndo em direção às cadeiras, lutando para conseguir um lugar na primeira fileira. Nunca vi um grupo de garotas gordas se mover com tanta rapidez.

"Muito bem, pessoal, antes de vocês se acomodarem, preciso que venham até aqui para colocarem o microfone", a loira chamou, estalando os dedos e apontando para uma mesa.

Brigamos para formar uma fila perto da mesa. Me vi acomodada perto do final da fila, logo atrás de Regan. Consegui escutar uma voz masculina ensinando às garotas como prender os microfones na roupa e passar o fio sob a camisa. Não adiantava; Regan me bloqueava a visão. Teria que me lembrar de não sentar atrás dela durante a entrevista.

Quando minha vez finalmente chegou – parecia que tinha se passado um ano –, um cara magro com marcas de acne no rosto me entregou uma caixa preta do tamanho de uma carteira. A parte de cima da caixa tinha um longo fio preto com um pequeno microfone de lapela ligado a ele.

"Prenda isto na parte de trás de sua calça", ele instruiu, asperamente. "Passe este fio sob a camisa e coloque isto no colarinho." Ele apontou para o pequeno microfone preto.

Eu apalpei a caixa, tentando prendê-la no cinto.

"Vire-se", ele resmungou. Eu me virei e, com um rápido movimento, ele a colocou no lugar. Ele me entregou o fio. "Bem rápido, passe isto até em cima."

Fiquei irritada por ele estar tão impaciente. Ele tinha dado bastante tempo para as outras garotas se arrumarem. Regan, por exemplo, precisou de ajuda especial para prender a caixa na parte de trás do vestido.

"Não se afaste disso quando falar", ele orientou quando eu terminei de prender o microfone. "Não vai captar nada se você se afastar."

Puxei a parte de trás da camisa por cima do microfone, conscientemente. Era mais do que surreal. Me senti como uma âncora de telejornal. Mal podia esperar para contar tudo para Donna.

Quando terminei, as únicas cadeiras disponíveis eram as da fileira de trás. Não era a posição ideal, mas fiquei aliviada em ver que nenhuma das garotas sentadas na frente eram particularmente grandes. Dei a volta rapidamente e me sentei ao lado de Sarah.

"Oi, pessoal. Sejam bem-vindas à fase dois do processo de seleção de *Fat2Fab*. Eu sou Gigi Rucker, a produtora-assistente."

Gigi. Então esse era o nome da loirá má.

"Gostaria de começar dizendo, em nome de todos os envolvidos no programa, como agradecemos pela sua paciência. Os próximos dias serão intensos, mas eu quero que vocês todas relaxem e se divirtam!"

"Para ela é fácil falar isso", Sarah sussurrou. "Não é ela que vai ser examinada."

Concordei. Estava tão tensa que diversão era a última coisa em que eu estava pensando.

"Antes de prosseguir, preciso estabelecer algumas regras", Gigi continuou. "Isto é muito importante, por isso vou precisar de toda a sua atenção."

Algumas das candidatas continuavam falando na fileira da frente, mas Gigi as calou com um olhar frio. "Já dissemos isso, mas vale a pena repetir. Quero ter certeza de que vocês entendem a importância da declaração de confidencialidade que assinaram ontem à noite." Ela pegou uma cópia em cima da mesa e ficou balançando o papel, como para nos lembrar. "Há muitos termos técnicos aqui, mas vou falar sobre os pontos principais. Em primeiro lugar – e isso é absolutamente crucial –, o que acontecer neste fim de semana deve ser mantido em sigilo."

Gigi fez uma pausa, examinando a sala. Lentamente, seus olhos pararam em cada uma de nós, como se ela estivesse tentando avaliar nossas reações.

"Vocês estão *estritamente* proibidas de discutir assuntos do processo de seleção com *qualquer um* fora destas quatro paredes. Isso significa: nada de voltar para casa e falar para a sua melhor amiga. Nada de e-mail para a mamãe para contar o resultado. A família e os amigos devem perguntar como foi, e quando eles o fizerem, quero que vocês olhem na cara deles e digam 'Ãh-ãh, minha boca é um túmulo'. Vamos, repitam comigo!"

Ela balançou os braços, incentivando-nos a repetir. "Ãh-ãh, minha boca é um túmulo!", Gigi repetiu.

"Isso é sério?", resmunguei, com os dentes cerrados.

Sarah olhou para mim, confusa. "Parece que sim", respondeu.

"Vamos, garotas, não estou escutando!"

"Minha boca é um túmulo. Minha boca é um túmulo. Minha boca é um túmulo!", repetimos em coro. Me senti uma completa idiota.

"Bom trabalho", Gigi disse, rapidamente. "Parece besteira, mas há um grande risco envolvido neste tipo de projeto. Se alguma coisa vazar para a imprensa, pode colocar em risco meses de trabalho duro."

"Então não é permitido falar com a imprensa?", Regan perguntou. "Por exemplo, se o jornal da minha cidade quiser fazer uma matéria comigo, tudo bem?"

Algumas garotas quase começaram a gargalhar. Não podia culpá-las; era uma coisa bem tola de se perguntar.

"Achava que estávamos além desse tipo de pergunta, mas, aparentemente, não. Olhem na página 3", Gigi orientou, sem tentar esconder a irritação. "Você não pode conversar com a mídia sem permissão por escrito dos produtores de *Fat2Fab*. Se vocês começarem a receber ligações da imprensa – o que, podem acreditar, vai acontecer –, não conversem. Não se preocupem em explicar a situação para eles. Se vocês derem a esses abutres a mínima resposta, eles irão usá-la, e fora de contexto. 'Sem comentários' é a resposta mais segura."

"Me desculpe", Regan murmurou. "Eu não sabia."

Gigi balançou a cabeça afirmativamente. "Estes documentos são legais, pessoal, então, repito: é muito importante que vocês sigam as instruções. A violação das regras pode resultar, na melhor das hipóteses, em sua eliminação automática do programa. Na pior, vocês podem se ver encrencadas com um processo *bem caro*."

Olhei em volta da sala. Até ali, eu tinha contado tudo para Donna, atualizando-a em relação aos detalhes do processo. Seria quase impossível excluí-la de repente!

"Para que o programa prossiga sem nenhum tropeço, temos que assegurar o maior sigilo", Gigi explicou. "O que me leva ao ponto dois. Embora não haja problemas em vocês se encontrarem neste fim de semana – na verdade, preferimos que vocês o façam –, vocês terão que manter certos detalhes pessoais em segredo. Tudo bem discutir seus gostos e interesses e suas experiências com seu peso." Ela fez uma pausa, dando um sorriso brilhante. Imaginei que Gigi se sentisse superior, sendo a única garota magra em uma sala de gordas. "Não revelem seu sobrenome, o estado onde residem e sua ocupação. Não troquem e-mails, telefones ou o endereço de *sites* pessoais. Está claro?"

Respondemos que sim. Algumas garotas pareciam estar tão petrificadas que eu imaginei que elas talvez já tivessem quebrado essa regra.

"Ótimo. Se quebrarem as regras, estão fora do programa. Simples assim."

Fiquei me perguntando qual era o problema. O que importava que eu soubesse os sobrenomes de Regan ou de Sarah, ou que elas soubessem o meu? Do que os produtores tinham medo?

"Agora, a parte divertida. Como vocês devem saber, encurtamos a lista de candidatas através de uma série de entrevistas por telefone", Gigi continuou. "Algumas de vocês falaram comigo e algumas, com Zaidee Panola, nossa produtora executiva. Zaidee virá até aqui falar com vocês..." Gigi olhou para o relógio "... a qualquer momento."

"Será que alguém disse a Zaidee que a pontualidade é uma virtude?", Sarah sussurrou.

"Antes de ela chegar, deixem-me falar um pouco sobre Zaidee."

Eu não estava particularmente interessada em ouvir a história da vida de Zaidee. Estava louca para deixar logo essa entrevista para trás.

"Zaidee é uma produtora bastante participativa, ela gosta de se envolver em cada aspecto do processo. E eu a respeito imensamente por isso", Gigi disse. "Este é o programa preferido dela. Sem Zaidee, não existiria *Fat2Fab*. Ela criou o programa e conseguiu o financiamento para que vocês, adoráveis damas, estivessem aqui hoje. Zaidee já escreveu muito. Além de ser autora de uma meia dúzia de roteiros de filmes para a TV, ela trabalhou em programas de TV como roteirista por catorze anos. Antes de se tornar produtora executiva de *Fat2Fab*, ela trabalhou em várias novelas populares.

"Ela costuma orientar escritores novatos?", gritei. "Você sabe, dar conselhos sobre a carreira e coisas do tipo?"

"Zaidee já ajudou vários."

Abri a boca para falar novamente quando uma mulher magra de cabelos castanhos entrou apressada na sala de conferências.

"Me desculpem pelo atraso, garotas. O trânsito estava infernal. A estrada estava congestionada por quilômetros."

Zaidee Panola.

Eu soube de cara. Mesmo sem o benefício de uma apresentação formal, era impossível não saber quem ela era. Ela vestia um terninho preto lindo e carregava uma linda pasta de couro. Observei a maneira como a equipe se submetia a ela; um homem apareceu ao seu lado com uma garrafa de água, enquanto outro empurrava uma cadeira, para o caso de ela querer se sentar.

"Obrigada, rapazes", ela disse, antes de se voltar para nós. "Vocês devem ser minhas adoráveis candidatas! Eu sou Zaidee." Ela passou por todas, apertando a mão de cada uma. "Agora, antes de começarmos, alguma de vocês tem alguma pergunta que gostaria de fazer?"

"Bela roupa", Sarah gritou. "Onde você comprou?"

Zaidee sorriu, mostrando os dentes perfeitos. "Essa coisa velha?" Ela deu uma volta. "É um Ralph Lauren da coleção do ano passado. Mas, não conte para ninguém."

Nós rimos. Ela tinha jeito mesmo para deixar as pessoas à vontade.

"Muito bem, agora que já terminamos com as perguntas vitais sobre moda, o que vocês acham de começarmos as entrevistas?" Ela abriu a pasta, retirando dela uma pilha de *folders*. "Eu sei que já as enchi de perguntas, mas tenho mais algumas."

Alguém resmungou.

"Prometo pegar leve", Zaidee disse. "Isso vai ser bem tranquilo. Nem um pouco difícil..."

"Não esperava que fosse tão... constrangedor!", eu disse, quando terminamos. Sarah e eu tínhamos nos separado de Regan, que tinha ido tirar um cochilo, e estávamos nos dirigindo para o salão para beber alguma coisa.

Sarah deu de ombros. "É a mesma coisa que perguntaram na ficha de inscrição e no telefone. Qual a diferença?"

"Não sei", eu disse, apertando o botão do elevador para o salão. "Acho que é pior pessoalmente."

"Se você acha que isso foi ruim, devia ver o que eles perguntam no teste para *Na Real*." Ela tremeu. "Meu Deus, quase toda pergunta é sobre sexo."

Olhei para ela, surpresa. "Você tentou participar de mais algum?

Ela fez sinal que sim. "*Survivor*, *Extreme Makeover*, *The Bachelor*. Diga o nome de qualquer programa, eu fiz o teste para ele. Só não posso fazer o teste para *American Idol*, porque não tenho talento.

"Mas por quê você faz isso?"

"Adoro *reality shows*", ela disse, simplesmente. "Sou completamente viciada nisso."

Me encostei na parede do elevador e fiquei pensando nisso. "Eles aceitam pessoas gordas nesses programas?", perguntei.

"De vez em quando aceitam. Não é frequente. Cheguei à fase final de *Survivor* e *Na real* – me trouxeram aqui nos testes para os dois. Mas nenhum dos outros programas me chamou." Ela sorriu. "É por isso que é tão excitante. Finalmente, tenho uma chance real de participar de um! Antes, sempre era atrapalhada pelo meu corpo, mas desta vez isso vai contar a meu favor."

Chegamos ao primeiro andar e entramos no salão. "Então, o que você acha de nossas chances?", perguntei, enquanto pegávamos duas Cocas *diet* da máquina. Sentamos em um dos sofás.

"Difícil dizer", Sarah pensou. "Chegar até aqui já foi um grande passo. Eu diria meio a meio." Ela tomou um grande gole de sua bebida.

"Sério?"

"Pense um pouco. Nós somos 25. Eles provavelmente vão escolher entre dez e quinze para o programa. As probabilidades são de que ou eu, ou você, ou Regan seja escolhida."

Ao ouvir o nome de Regan, fiz uma careta. "Qual é a daquela garota?", perguntei. "Ela parece meio atrapalhada. Bem imatura."

"Ah, ela não é ruim", Sarah disse. "Ela só tem 19 anos, o que você esperava?"

Mudei de assunto. "No que você acha que os produtores vão basear sua decisão?"

"Nossa, nem saberia por onde começar. Se eu tivesse a fórmula secreta, teria conseguido a vaga em *Survivor* e *Na Real*." Seus olhos se marejaram. "Cheguei tão perto nas duas vezes, é isso que me mata."

Dei um tapinha em seu ombro. "Não pense nisso. Aposto que você vai conseguir em *Fat2Fab*. Se você enaltecer a outra experiência, eles devem te escolher."

Sarah se endireitou no sofá imediatamente, balançando a cabeça com veemência. "Ãh-ãh. Isso é o beijo da morte. Vou *minimizá-las* se tanto. Pensei seriamente em mentir na inscrição. Mas todo cuidado é pouco. Seria o fim se alguém da equipe aqui me reconhecesse de um dos outros testes para *reality show*."

Olhei para ela enigmaticamente. "Qual é o problema? Sério, não sei como isso poderia te prejudicar."

Ela inclinou a cabeça para trás e tomou outro grande gole de sua Coca *diet*. "Causa rejeição nos produtores, é isso. Eles ficam se perguntando por que os outros programas me rejeitaram, talvez haja um motivo para eu não ter sido escolhida antes. Pense da seguinte maneira: você não iria para uma entrevista na Sony e diria: 'A Warner não me quis, a Universal não me quis, mas espero que vocês me queiram!'"

Fazia sentido. "Por que você acha que eles nos entrevistaram em grupo?", perguntei, mudando de assunto. "Eles são tão paranóicos com sigilo que estou surpresa por terem nos deixado ficar na mesma sala."

"Isso os ajuda a ver como reagimos em ambientes sociais", Sarah me informou. "Eles não querem acabar com um enfeite gigante. As entrevistas individuais de hoje e de amanhã, é por elas que eu estou esperando. É ali que você tem a chance de brilhar, de mostrar a sua fome de vencer."

"Desculpe o trocadilho", ela acrescentou.

Nós duas demos um sorriso forçado.

08

Um Anúncio Ambulante de Prozac

Quando Gigi me informou sobre os exames médicos, tinha imaginado um grupo enorme de garotas gordas de avental de papel fino enfileiradas na parede. Quando a programação revelou que o local ainda não havia sido decidido, imaginei que eles nos fariam desfilar no saguão e nos examinariam ali.

Ou nos levariam para o salão.

Por isso, quando um dos membros da equipe de *Fat2Fab* entrou na sala de jantar no horário do almoço passando informações sobre a visita médica, tudo o que eu consegui fazer foi parar de comer.

"Você acredita que estão nos obrigando a fazer exames médicos?", Regan perguntou, nervosa.

Regan, Sarah e eu tínhamos conseguido cadeiras perto da mesa do *buffet* e estávamos engolindo rapidamente hambúrgueres, pizzas e batatas fritas. Eu fiz um gesto com a cabeça me solidarizando. Só ficava imaginando o bombardeio que uma garota como Regan deveria receber dos médicos. A primeira coisa que sempre escuto de um médico é: "Temos que fazer alguma coisa a respeito do seu peso". A última coisa que eu escuto quando saio do consultório é: "Da próxima vez, quero ver você mais magra." A primeira vez em que vi que meu médico, o dr. Irwin, havia escrito *tratando obesidade* no meu prontuário, quase chorei. Ok, esqueça o quase. Chorei *mesmo.* O que ele escreveu não deveria ter me chocado – eu sei que ele estava apenas fazendo seu trabalho –, mas me chocou. Não que eu não saiba que sou gorda. E, para que eu nunca esqueça, há pessoas de sobra – mesmo completos desconhecidos – que estão mais que dispostas a me lembrar. Com certeza não preciso ouvir isso de um médico. E, principalmente, não preciso de suas promessas vazias.

Em três ocasiões diferentes, na verdade, me consultei com médicos que professaram saber como "tratar" meu problema de peso. Um prescreveu comprimidos, os quais, depois de ler os efeitos colaterais (incontinência intestinal), decidi não tomar. Prefiro pesar 100 quilos do que ter de usar fralda geriátrica. Outro médico recomendou cirurgia de banda gástrica. "Há alguns riscos envolvidos, como ulcerações hemorrágicas e vômito incessante", ele me disse. "Mas volto a enfatizar que são muito raros. No geral, é um procedimento bastante positivo. Já vi pacientes que não podiam andar de tão gordos retomarem a vida."

"Eu consigo andar bem", eu disse. "Mas obrigada, de qualquer forma."

Mas o pior foi o dr. Irwin. Ele realmente me deixou obcecada por emagrecer.

"Vamos tirar esse peso de você, Kat", ele me disse na primeira consulta. "E vamos fazer isso da maneira certa, sem cirurgia ou medicamentos perigosos."

Ele checou minha tireoide, minha glucose, meus rins, minha vesícula e um monte de outras coisas. Sua enfermeira tirou sete frascos de sangue de mim. O local onde ela me picou, na curva do meu cotovelo, ficou verde por dias.

"Se for uma tireoide inativa, resolveremos tudo rapidinho", o dr. Irwin me assegurou. "Remédios para tireoide te fazem perder peso de um jeito que você não acredita."

Ele parecia muito seguro de que tinha descoberto o problema, e de que o estava quase resolvendo. Fiquei superfeliz. Finalmente, minhas preces haviam sido atendidas! Fiquei radiante por dias, pensando no remédio milagroso para tireoide que iria me "curar".

O dia em que os resultados dos exames chegaram foi devastador. O dr. Irwin não encontrou nada, e, pode acreditar, ele checou tudo. Normalmente, isso seria uma ótima notícia. Mas eu a recebi como uma sentença de morte. Minha cura fácil tinha evaporado.

Continuei me consultando com o dr. Irwin depois disso, mas nunca mais confiei nele do mesmo jeito.

Sarah interrompeu meus pensamentos. "Eles fazem exames médicos em todos os testes para *reality shows*. Os produtores não querem ninguém que possa ficar doente ou se machucar. Se isso acontece, é como se eles estivessem pedindo para ser processados." Ela colocou algumas batatas fritas na boca. "Na verdade, estou aliviada em relação a esse exame. Pelo menos não serei a única pessoa acima do peso."

Terminamos de comer e nos levantamos da mesa. Tínhamos sido divididas em grupos para os exames médicos, mas, infelizmente, desta vez nem Sarah nem Regan estavam no mesmo grupo que eu. Dei adeus para elas e fui para o meu quarto me preparar.

Minha consulta estava marcada para as 14h, tempo exato para tomar uma ducha e me trocar. Os exames médicos estavam sendo feitos no sétimo andar. Tinha deduzido que os exames seriam numa suíte ou num local de encontro, mas acabaram sendo num quarto para duas pessoas, como o meu.

Pelo menos não era no salão.

A médica, uma mulher jovem e sorridente usando um jaleco branco onde se lia *Dra. Sloane*, me cumprimentou na porta. "Kat?", ela perguntou, indecisa.

Balancei a cabeça afirmativamente, ela segurou a porta e fez um sinal para que eu entrasse. Uma enfermeira ficou ao lado de uma mesa que tinha vários frascos. Duas outras garotas estavam sentadas, nervosas, em uma das camas. Alguns minutos depois, uma terceira chegou.

"Agora que estamos todas aqui, alguma de vocês tem perguntas sobre o que vamos fazer hoje?"

Ergui a mão. "Tenho várias perguntas. Ninguém me falou *nada*."

Ela detalhou rapidamente o procedimento. "Vou fazer um exame físico rotineiro. Auscultar seu coração, checar a pressão sanguínea, a capacidade pulmonar e assim por diante. Também precisaremos de urina, sangue e uma pequena amostra de cabelo da nuca. Nada invasivo. Nada com que se preocupar. Parece que vocês foram visitadas pelo anjo da morte..."

Olhei para as outras candidatas. Elas estavam pálidas como fantasmas. Provavelmente tinham ouvido os mesmos discursos que eu de médicos para "garotas gordas". Felizmente, a dra. Sloane parecia legal. Mesmo que ela nos pesasse e nos fizesse vestir os pavorosos aventais de papel.

Ela terminou os procedimentos por volta das 15h e nos liberou.

"Obrigada, garotas", ela disse. "Agradeço pela paciência."

Assim que voltei para o meu quarto, peguei o telefone e liguei para o celular de Donna.

Já passava das 17h em Memphis, o que significava que meu pacote já havia chegado. Era a hora da verdade! Meus dedos estavam tremendo tanto que errei o número duas vezes e tive que começar de novo. Finalmente, consegui acertar o número. Ouvi o telefone chamar. Quando ela atendesse, eu pediria para abrir o pacote e me contar o que havia dentro. Eu sabia que deveria esperar até chegar em casa na segunda – é o que Nick teria preferido –, mas não conseguiria. Ainda faltavam dois dias. Precisava saber naquele instante!

Donna atendeu no segundo toque.

"É de platina ou de ouro?", gritei no telefone.

"O que é de platina ou ouro?", Donna perguntou.

Eu odiava quando ela ficava brincando comigo assim. "Meu anel de noivado!", gritei.

"Ah, sim, o pacote."

O tom de sua voz não era promissor.

"O que aconteceu?", perguntei, com o coração apertado.

"Não é tanto *o que* aconteceu. É quem", ela disse. "O proprietário do apartamento não quis me entregar. Ele disse que é crime federal ler a correspondência de outra pessoa."

Toda a energia foi sugada do meu corpo e eu caí de costas na cama. Me senti como um balão murcho. "Você está brincando."

"Infelizmente, não. Ele disse que não podia entregar sua correspondência para ninguém a não ser você."

"Que sacana."

"Ele não é das pessoas mais amigáveis.", ela concordou. "Mas eu o entendo. Qualquer um poderia dizer que é seu amigo. Ele não tinha como saber. E, como você disse, esse pacote é caro. Me desculpe, Kat, eu tentei."

"Eu sei. Obrigada."

"Mas eu vi o pacote em cima da mesa", ela disse, pensativa. "Pelo menos, *acho* que vi. Não consegui chegar perto o suficiente para ler o nome. Mas era uma caixa gigante da FedEx, do tipo que você usaria para mandar uma TV. Você sabe se o Nick mandou pela FedEx?"

Me esforcei para lembrar. "Não tenho certeza, mas sei que ele escolheu o horário de entrega, então, provavelmente foi. Mas aquele não deve ser o meu pacote", eu disse, balançando a cabeça. "Um anel de noivado viria numa caixa pequena."

Escutei Donna bufar.

"Não diga nada", eu lhe avisei. Esperava que ela tivesse escutado, mas não.

"Odeio me repetir, mas não consigo me segurar. Sou sua amiga, e isso é muito perturbador. Em primeiro lugar, Kat, não sabia que você estava tão ansiosa para casar."

Não estou. Estou ansiosa para ficar noiva, para andar por aí exibindo um anel de brilhante. Ansiosa para arrumar minha vida.

"Em segundo lugar", Donna continuou, "você quer mesmo um anel de noivado de um *completo desconhecido*?"

"Nick não é um completo desconhecido!", protestei.

"Até você se encontrar com ele, ele é um completo desconhecido", ela argumentou. "E se ele te manda um anel de noivado – pelo correio –, ele é um completo desconhecido que ficou louco."

"Vamos mudar de assunto."

"Ok", ela concordou, suavizando o tom. "Como foi hoje? Imagino que tenha terminado as entrevistas, já que está me ligando."

Tirei os sapatos com chutes e rolei para o canto extremo da cama. "Não exatamente", eu disse. "Ou talvez, melhor dizendo, não tenho certeza."

"Ãh?"

Expliquei que estávamos "de prontidão" o dia todo, sem saber quando – e se – seríamos chamadas para cima para outra rodada de perguntas. Estava prestes a começar a criticar Gigi e sua atitude, quando me lembrei do que ela havia dito. *Minha boca é um túmulo*. Não deveria estar falando sobre nada disso! Inspecionei o quarto do hotel, desconfiada, olhando o criado-mudo e espiando debaixo da cama. Não sei o que esperava encontrar. Uma câmera escondida, um gravador? Se eles quisessem mesmo grampear meu quarto, teriam usado algo minúsculo e indetectável. "Melhor eu não falar sobre isso", eu disse. "Minha boca é um túmulo", mandei, para o benefício de Gigi. Se alguém da equipe de *Fat2Fab* estivesse escutando, eu queria mostrar que havia prestado atenção em seu conselho.

"Ah, ok", Donna disse. "Não sabia que esse assunto era proibido também."

"Não, não. Quero dizer, é!", me embaralhei, procurando as palavras certas. "Motivos legais", eu disse finalmente, quase sussurrando.

"Por que você está falando tão baixo?", Donna perguntou, imitando meu tom.

"O quarto pode estar grampeado!", eu disse. "Não quero que ninguém ouça o que estou dizendo."

"Kat, você é demais. Se houvesse grampos no seu quarto, pode acreditar, eles conseguiriam escutar o sussurro. E, de qualquer forma, por que você está preocupada com grampos?"

"Nós assinamos acordos de confidencialidade", eu disse, ainda mantendo a voz baixa. Todo cuidado é pouco. "Se contarmos para qualquer um de casa o que está acontecendo aqui, podemos ser desclassificadas..." Fiz uma pausa dramática. "Ou até processadas!"

"Isso não me surpreende. Mas não me preocuparia muito."

"Você não sabe como são essas pessoas", insisti.

"Kat, você pode, por favor, falar com sua voz normal?", Donna disse.

"Ãh-ãh", sussurrei. "Grampos."

"Se os produtores fossem fazer alguma coisa, eles grampeariam seu telefone, não o quarto. Eles ficariam preocupados com suas ligações para as pessoas da sua casa e os segredos", Donna me repreendeu. "Use a cabeça."

Franzi a cara. Donna estava sendo um pouco dura.

"Além disso", ela acrescentou, "há leis de privacidade para nos proteger desse tipo de coisa. Não vivemos num estado policial."

Alguém bateu na porta.

"Kat", uma voz gritou. "Você está aí?"

"Donna, tenho que desligar", sussurrei.

Batendo o fone e pulando da cama, corri pelo quarto. Rezei para Gigi não estar do outro lado da porta, pronta para me mandar arrumar as malas. Olhei pelo olho mágico. Quando vi quem era, dei um grande suspiro de alívio.

"Oi, Regan", eu disse, abrindo a porta para ela entrar. Fiquei surpresa de encontrá-la ali – ela nunca tinha perguntado o número do meu quarto, nem mesmo o andar em que eu estava. "O que foi?"

"Aquela Gigi está tentando te ligar há meia hora, mas sua linha está ocupada", ela disse. "Ela me mandou aqui para te buscar."

Oh! Minha pulsação acelerou. "Você sabe o que ela quer?", perguntei, tentando soar casual. "Nada ruim, espero", acrescentei.

"Não, é uma coisa boa!", Regan disse, radiante. "Ela quer fazer uma entrevista individual!"

"Hoje?", perguntei, surpresa. "Eu achei que isso não iria acontecer até domingo."

"É, mas estão fazendo algumas hoje à tarde. Terminei a minha há alguns minutos." Ela ficou pulando para cima e para baixo. "Foi fantástico. Senti uma ligação de verdade entre mim e Zaidee. Estou tão animada, Kat! Devemos ser as favoritas se elas pediram para nos entrevistar de novo tão rápido!"

"Espero que você tenha razão", eu disse, indo até o espelho e passando uma escova no cabelo. "Só me dê um minuto para me aprontar." Por dentro, eu estava preocupada. E se Regan estivesse errada? E se o motivo para elas quererem nos ver tão cedo era porque estávamos no grupo a ser cortado? Quanto mais eu pensava nisso, mais preocupada ficava. Peguei meu *nécessaire* e fiquei procurando o delineador e a base. Essa podia ser minha última chance de impressioná-las. Eu devia a mim mesma remover todos os obstáculos.

"Rápido", Regan disse. "Você não quer deixá-las esperando ainda mais!" Ela deu um sorriso largo. "Eu sou uma das finalistas, sei que sou! Tenho que ficar me beliscando para acreditar que é verdade."

"Regan", comecei, fazendo uma pausa para aplicar *gloss*, "como você pode ter tanta certeza?"

"A *própria* Zaidee disse que eu fiz um trabalho espetacular. Ela é a pessoa que toma todas as decisões."

Eu me contorcia ansiosamente numa cadeira metálica dobrável que havia sido colocada bem à frente de Zaidee. Ela estava cercada por Gigi e três homens que eram produtores assistentes. Bati o pé, esperando que eles começassem. Eles estavam folheando cadernos e arquivos, e sussurrando entre si.

"Jimmie, quero um *close-up* justo no rosto de Kat durante toda a entrevista. Não abra a imagem a menos que eu diga."

Um homem alto, de pele escura, caminhou vagarosamente e começou a mexer numa grande câmera que estava presa num tripé. "Um segundo", ele gritou. "Me dê um minuto para o enquadramento."

Quando a câmera começou a rodar, os produtores se revezaram fazendo-me perguntas.

"Qual é o principal motivo para você querer estar em *Fat2Fab*?", Zaidee começou.

"Conseguir um corpo menor e uma carteira maior", ironizei.

"E a razão secundária?"

"Mudar minha vida. Tenho vivido essa existência apagada há 27 anos. Estou pronta para a próxima fase", soltei, surpreendendo a mim mesma.

"O que você imagina que vai acontecer nessa 'próxima fase'?", Gigi perguntou.

A verdade era que eu me enxergava mais magra, me tornando uma romancista mundialmente famosa e sendo a sra. Nicholas J. Appleby. Mas não podia dizer exatamente isso a eles. "Ser magra sempre foi um sonho meu", eu disse, simplesmente. "É quase como se, ao me tornar magra, tudo o que tiver acontecido até aquele ponto deixará de ter importância. Minha vida vai começar de verdade." Mas, eu sabia que isso não era completamente verdade. Havia muitas coisas que eu amava – meus amigos, minha família, meu senso de humor –, mas meu peso sempre parecia dominar tudo.

"Qual o tamanho da sua vontade de perder peso?", um dos homens perguntou. Eu achei que era como perguntar: "Qual o tamanho da sua vontade de ganhar na loteria?"

Escolhi uma abordagem contundente: "Eu faria qualquer coisa no mundo para ter uma barriga reta". Não estava mentindo. Se tivesse que escolher entre uma barriga reta e, bem, praticamente todo o resto, escolheria a barriga reta. Nada de viagem de primeira classe ao redor do mundo, ou um Porsche, ou mesmo 1 milhão de dólares. Nada se compararia com isso.

"Além de preencher os pré-requisitos físicos, por que você acha que seria uma boa candidata para *Fat2Fab*?", Zaidee perguntou. "Que qualidades você trará ao programa?"

Eu disse a ela que gostava de me divertir, era animada e pronta para qualquer coisa. "Para o bem ou para o mal, nunca haverá um momento de tédio quando eu estiver por perto!", falei bem alto. Esperava que minha voz tivesse revelado entusiasmo e autoconfiança. Eles olharam para mim como se eu tivesse perdido as estribeiras.

"Você gostaria de dizer mais alguma coisa?"

"No colégio, as pessoas costumavam tirar sarro de mim porque eu era gorda." Eu me encolhi, afundando na cadeira. Não era uma de minhas lembranças mais queridas.

Você sabe como as pessoas são. Gorda é gorda. Não enxergam nada além disso."

"Você pode explicar melhor o que quer dizer?", Gigi perguntou, anotando algo no caderno.

Suspirei, irritada. Isso não era física quântica. Não entendia por que tinha que explicar cada pequeno detalhe para eles. "A maioria das pessoas, quando olha para uma garota acima do peso como eu, não enxerga que sou uma pessoa gentil, ou uma amiga leal, ou uma pessoa que sabe escutar." Fiz uma pausa, sentindo a garganta apertar. "Para eles, sou apenas uma garota gorda. Simples assim. Tudo sobre a minha identidade é embrulhado no fato de eu ser gorda. É como se eu estivesse presa nesta concha horrível que eu tenho como corpo e, por mais que tentasse, não conseguisse escapar dela." As lágrimas começaram a escorrer pelo meu rosto. Honestamente, não tinha intenção de chorar. Não era uma tática para conseguir a simpatia deles, nem mesmo uma tentativa de parecer mais "real". Simplesmente aconteceu.

Zaidee estalou os dedos e um dos membros da equipe veio correndo com uma caixa de lenços de papel. Fiquei me perguntando se aquele era o seu trabalho, ficar lá sentado o dia todo com lenços de papel para o caso de alguma candidata se desmanchar em pranto.

Esperava que as lágrimas fossem temporárias, mas senti que não conseguiria me conter. O estresse dos últimos dias, combinado com a falta de sono, fez com que as lágrimas brotassem com uma rapidez assustadora. Não importava o que eu fizesse, não conseguia segurá-las.

Com a cabeça nas mãos, soltei tudo.

De repente, tinha 18 anos novamente, passando pela minha primeira e última sessão com um conselheiro de perda de peso. Me disseram na época, à queima-roupa, que eu era uma má candidata para um programa de dieta. "Você tem a cabeça muito fechada", o conselheiro disse, irritado. "Você usa seu peso para se distanciar das outras pessoas. Enquanto o fato de ser gorda for útil para você, você não vai emagrecer." Eu havia chorado na época também, e, assim como agora, o conselheiro tinha me ajudado com lenços de papel.

"Não tive a intenção...", balbuciei, perdendo a linha de raciocínio. "Me desculpem, eu só estou preocupada." Solucei, puxando um monte de lenços e esfregando-os no rosto. Se eu ainda não tivesse conseguido a vaga, agora tinha arruinado minhas chances mesmo. Zaidee e companhia não iriam me querer de jeito nenhum depois dessa demonstração lamentável.

Eu parecia um anúncio ambulante de Prozac.

"Não se desculpe, Kat", Zaidee disse. Ela mordeu o lábio inferior e olhou para mim com simpatia. "Você não é a primeira pessoa a se desmanchar em lágrimas e não será a última. Essas entrevistas têm seus momentos duros."

Zaidee se virou e fez algumas observações sussurradas para os outros entrevistadores.

Aí vem. Ela está se preparando para me decepcionar suavemente, pensei. Ela vai me dizer obrigada, mas não.

"Acho que terminamos por hoje", Zaidee disse, finalmente. Ela me deu um largo sorriso. "Nos vemos aqui novamente amanhã, às 10h."

* * *

No dia seguinte, Sarah me alcançou do lado de fora da sala de conferências. Eu tinha acabado de passar pela minha entrevista do meio da manhã – não houve lágrimas desta vez – quando ela chegou correndo.

"Você quer comer alguma coisa e depois ir ao Getty?", ela perguntou, andando ao meu lado. "Tem um ônibus que sai a cada quinze minutos, mais ou menos, e te leva até lá. Ou, se arte não é a sua praia, podemos dar uma olhada no Beverly Center. Ouvi dizer que há ótimas lojas lá – Dolce & Gabbana, DKNY, Armani. Não que eu tenha dinheiro para comprar essas coisas, muito menos caiba nelas, mas é sempre legal de olhar."

Olhei para ela. "Não podemos sair."

"Sim, eu sei que eles já vão servir o almoço, mas, sinceramente, preferiria sair e comer em outro lugar. Mesmo que signifique gastar meu próprio dinheiro. É nosso último dia em Los Angeles. Eu gostaria de ver algo da cidade em vez do interior deste hotel. Você sabia que eu estive aqui três vezes e tudo o que eu vi foram hotéis e aeroportos?"

Abri a boca para interromper, mas ela continuou falando. "Que tal tentar o Spargo ou o Cheesecake Factory? Podíamos pegar um táxi. Eu sei que é caro, mas acho que valeria a pena."

"Não temos tempo suficiente", consegui cortar, finalmente. "Zaidee quer que eu volte para a sala de conferências às 13h30."

"Por que ela iria querer que você voltasse? Eles nos deram a tarde de folga para fazer turismo e relaxar..." Sua voz foi sumindo. "Oh, entendi."

"Ei, tenho certeza de que não é o que você está pensando..." Coloquei a mão em seu ombro.

"Não, é exatamente o que estou pensando. Já passei por isso antes, lembra?" Seu lábio inferior estava tremendo. Onde estava o cara dos lenços quando a gente realmente precisava dele?

"Não dá para tirar nenhuma conclusão disso", eu disse, sabendo muito bem que, se a situação fosse inversa, eu estaria arrasada. "Talvez eles já tenham decidido te escolher."

"Não é assim que funciona", Sarah disse.

Abri a boca para protestar, mas ela me cortou.

"Bem, eu tenho que ir se quiser pegar o ônibus." De ombros caídos, ela se dirigiu ao elevador.

Eu tinha acabado de voltar para o meu quarto e estava me preparando para fazer as malas – o último voo saía à 1h40, mas eu tinha que sair do quarto até o meio da tarde – quando Gigi me ligou.

"Kat?", ela perguntou, assim que eu atendi.

"Sim." Quem mais atenderia o meu telefone?

"Kat, o que você acharia de pegar o último voo na terça em vez de hoje à noite?"

"Terça!", exclamei. Ela tinha me colocado numa fria. "Eu tenho que estar no trabalho às 8h amanhã de manhã."

"A decisão é sua, mas eu a aconselharia a ficar mais dois dias. Há muita coisa acontecendo neste fim de semana. Vou dizer para você alto e em bom som – o fato de você ficar ou não terá um *grande* impacto no fato de você ser escolhida ou não. Entendeu?"

Com um comentário desses, como eu poderia recusar? Fechei os olhos e respirei fundo. "Ok", eu disse. "Mude minha passagem. Eu fico."

Gigi desligou sem se despedir. Abri a mala e comecei a retirar os itens que tinha arrumado minutos antes. Como não havia planejado ficar em Los Angeles todo esse tempo, quase não tinha roupas suficientes. Meias e roupas íntimas – duas coisas que eu me recusava a usar novamente antes de lavar – eram muito caras. Estava quase ligando para a recepção para ver se eles tinham serviço de lavanderia, quando me lembrei.

Richard Geddlefinger!

A grande apresentação com a Mercer and Sons Funeral Home era na quarta. Mesmo em dias fracos, Richard não gostava que os empregados faltassem por doença. Não havia como ele me deixar faltar ao trabalho – bem antes da apresentação, ainda por cima –, a menos que eu tivesse um atestado médico para comprovar. Por outro lado, se as circunstâncias fossem extenuantes...

Há um ditado que ouvi Donna repetir várias vezes ao longo dos anos: "Se você vai mentir, que seja uma mentira *escandalosa*". De acordo com sua lógica, quanto maior o embuste, melhor. "Ninguém vai acreditar que você teria a cara-de-pau de inventar uma coisa tão ridícula." Cruzando os dedos, liguei para o escritório de Richard. Após quatro toques, a secretária eletrônica atendeu. Estava contando com isso. O identificador de chamadas da Hood & Geddlefinger só mostra o número enquanto está tocando, não o armazena depois que você desliga.

"Richard', comecei. "Tenho que ir para Denver imediatamente ver os meus pais. Meu pai sofreu um acidente estranho."

09

"A Starbucks da Indústria Funerária"

"Temos que ver como você reage em frente às câmeras", Zaidee declarou. "Temos que ver se você consegue relaxar e ser você mesma, ou se você trava."

Os últimos dois dias do processo de seleção começaram às 7 da manhã e terminaram perto da meia-noite. Entre outras coisas, passei por um exame psicológico de três horas com um especialista em distúrbios alimentares, depois recebi uma lista de "tarefas" para cumprir. Entre elas, ficar fuçando num mercado por uma hora, andar pelos jardins do Getty Center Museum e comer no McDonald's no Hollywood Boulevard. Fui levada de um lugar a outro em uma *minivan*, seguida por um câmera e um técnico de áudio.

Foi uma experiência estranha.

Ainda mais indescritível foi a reação de completos desconhecidos.

Aonde quer que eu fosse, virava instantaneamente o centro das atenções. Um grupo de turistas japoneses apontou e acenou enquanto eu caminhava pelos incríveis jardins do Getty (Zaidee não havia conseguido autorização para filmar dentro do museu, então não vi nenhuma das obras de arte). Eles me seguiram, tirando fotos e filmando-me com suas câmeras.

Duas vezes pediram meu autógrafo.

Na primeira vez, um garoto se aproximou hesitantemente enquanto eu estava comendo no McDonald's. O segundo incidente aconteceu no mercado. Um grupo de adolescentes risonhas me seguiu por alguns minutos antes de finalmente me cercar no corredor de laticínios. "Hmm, com licença, mas você poderia me dar seu autógrafo?" Com os dedos tremendo, uma delas empurrou um menu de entrega de comida chinesa para minhas mãos, apontando um lugar no canto onde havia um pedaço de espaço em branco.

"Claro", eu disse, enfiando a mão na bolsa e pegando uma caneta. Escrevi *Felicidades, Katrina Larson* na parte de baixo do menu, e o devolvi para ela.

"Obrigada!", ela se emocionou. "Obrigada! Obrigada!"

"Você sabe quem eu sou?"

Todas elas me encararam inexpressivamente. "Mais ou menos", disse a garota que havia me dado o menu.

"Nós te vimos em várias coisas, mas não lembramos seu nome", arriscou uma outra.

"Sabe", eu disse, decidindo confessar, "na verdade, não sou ninguém importante. Me desculpem por desapontá-las."

Elas começaram a rir nervosamente. "Oh, tanto faz", disse a garota do menu, olhando para o alto. Ela virou a cabeça para o lado, fazendo um sinal para o câmera. "Você é *famosa*."

Na quarta-feira, arrastei o corpo exausto para o trabalho. Saí direto do aeroporto e cheguei lá o mais rápido possível – nem passei no meu apartamento para pegar a surpresa de Nick. Mesmo assim, estava quase 45 minutos atrasada. Imaginava que Richard estaria esperando por mim no meu cubículo, mas não estava. Na verdade, tudo estava surpreendentemente calmo no escritório. Deveria ter percebido que algo estava errado, mas não.

Sentei em minha mesa e comecei a checar meus e-mails.

"Não se esqueça, Kat, você tem uma reunião de apresentação hoje", Cindy cantarolou, passando por minha mesa.

"Sim, eu sei disso", respondi.

"Me desculpe, pela maneira como está vestida, não tinha certeza."

Olhei para minhas roupas. Estava vestindo a mesma camiseta cinza-clara e a calça preta que tinha usado no avião. Havia uma mancha escura perto da parte de baixo da camiseta, onde eu havia derramado Coca *diet* durante uma turbulência. Tinha feito o possível para removê-la com sabonete e água, mas a mancha estava lá.

Respirei fundo. "Que gentil de sua parte dizer isso, Cindy."

"Só estou tentando te fazer um favor."

Olhei para cima e vi Donna passeando casualmente. Ela estava quase em seu cubículo quando viu Cindy. "Como anda a vida de puxa-saco, Cynthia?"

"Não tenho do que reclamar", ela observou, lançando um olhar cortante para nós duas. "Mas, se não estou enganada, Kat vai ter muito do que reclamar."

"Que diabos isso quer dizer?", perguntei.

"Você vai descobrir", Cindy disse, sorrindo com malícia.

Nesse momento, Richard colocou a cabeça para fora do escritório. "Kat! Quando você chegou?", ele gritou.

"Entrei há cinco minutos."

"Bem, é melhor você ir para a sala de reuniões. Nossa reunião com a Funerária Mercer and Sons começa em menos de cinco minutos."

"O quê?", eu gritei. "Achei que só seria hoje à tarde."

"Foi reagendada."

Olhei freneticamente para Donna. "Eu não sabia", ela falou.

"Sr. G., eu ficaria mais do que satisfeita em substituir Kat se ela não puder fazer a apresentação", Cindy se ofereceu, sem perder tempo. "Ela esteve fora por vários dias. Precisa de tempo para pegar de novo o jeito das coisas."

"Eu acho que Kat é mais do que capaz de me dizer do que ela precisa", Richard disse. Pisquei, surpresa. Nunca o tinha ouvido me defender antes. "Kat, você está preparada para a apresentação de hoje?"

"Estou preparada", falei para ele, embora não estivesse. Fiquei toda nervosa. "Vou pegar um café e o encontro lá dentro."

"O mais complicado de vender relações públicas é que não somos um campo de negócios tradicional", Richard disse, passando telas de PowerPoint. "As pessoas geralmente nos confundem com publicidade, mas há uma diferença notável. Em publicidade, você vê o fruto do seu trabalho na forma de um produto acabado: um comercial de televisão, um comercial de rádio, um pôster. Em relações públicas, nos especializamos em espalhar o boca-a-boca. Nós somos o famoso homem que não está lá. Você não pode nos ver, mas pode sentir nossa presença."

"Sr. Gobbleberger", Gray Mercer começou. Sua voz era frágil e sua pele parecia couro velho. Ele parecia velho. Fiquei pensando se ele não precisaria dos próprios serviços num futuro próximo. "Não entendo o que o senhor está me dizendo. Por favor, diga algo que eu consiga compreender. Um tipo de exemplo."

"Geddlefinger", Richard corrigiu. E sorriu amigavelmente. "Na minha próxima encarnação, voltarei como Smith."

"Não existe essa coisa de 'outra vida'. Ou você vai para o céu ou vai para baixo, mas não volta para a terra. A Bíblia nos diz isso", o sr. Mercer pontificou. "O que o senhor é, algum tipo de adorador de Buda?"

Ops, pensei. A reunião tinha apenas começado, e já havia começado mal.

"Oh, não, sou cristão. Desculpe a piada na hora errada", Richard recuou.

"Não existe boa hora para fazer piada com o Senhor", o sr. Mercer falou secamente.

"O senhor está absolutamente certo."

Odeio admitir, mas era divertido ver Richard se contorcendo.

"Na Hood and Geddlefinger, nós trabalhamos duro para garantir que todos os nossos clientes recebam ampla cobertura na imprensa, e que a cobertura tenha um tom positivo", Richard continuou. "Conseguimos isso elaborando *press releases* bem escritos e gastando horas pensando em estratégias de marketing. Minha sócia Kat Larson dará alguns exemplos de como um serviço de relações públicas pode ajudar a melhorar o perfil de uma empresa. Kat?" Ele fez um sinal para mim.

"Um exemplo?", repeti, surpresa. Não esperava que ele fosse me passar a bola tão cedo.

"É para isso que lhe pagamos, criança."

Gray Mercer se virou para me olhar.

"Ok, bem, firmas de relações públicas fazem muitas coisas para muitas empresas diferentes", comecei, tentando ganhar tempo. Tinha me dado um branco. Não que eu tivesse tido tempo de preparar um discurso, para começar, mas tinha pensado em algumas coisas que planejava dizer. Agora, estava totalmente perdida. "Tornamos uma empresa ou produto conhecidos de forma indireta, através do boca-a-boca e colocação de produtos. Por exemplo, se você está assistindo a um programa como *Plantão Médico* e vê alguém usando uma camiseta Gap, bem, isso é relações públicas."

"Eu não vejo *Plantão Médico*", disse o sr. Mercer, balançando a cabeça.

"Oh, não é apenas *Plantão Médico*", eu expliquei. "São vários programas. Nós – bem, não *nós* na H&G Relações Públicas especificamente – ... outras firmas conseguem citações em filmes e na televisão também. Os espectadores não percebem que viram o comercial de um produto, mas viram."

"Estamos falando de propaganda subliminar?", o sr. Mercer perguntou, alarmado. "Porque é isso que está parecendo, e eu acredito firmemente que isso seja ilegal."

"Não, nada disso", eu garanti. "Estou falando de *colocação* de produtos."

"Kat", Richard disse, duramente, "dê a esse bom cavalheiro um exemplo de algo *relevante*, por favor."

Uma ideia me ocorreu. Era tão simples, tão brilhante, e estava na minha cara. Eu apontei em volta da mesa para os copos de café, e gritei: "Starbucks! É um exemplo perfeito."

"Starbucks?", o sr. Mercer repetiu. "A rede de cafés?"

"Sim, essa mesmo."

Ele balançou a cabeça lentamente. "Não entendi."

"A publicidade deles é bastante limitada, se comparada à da maioria das empresas do mesmo tamanho. Mesmo assim, todo mundo no hemisfério ocidental já ouviu falar da Starbucks. E sabe por quê? Duas palavras:

boca-a-boca. Bem, na verdade, são três palavras", me perdi. "Mas o que eu queria dizer era *relações públicas*. A Starbucks tem uma excelente equipe de relações públicas, que garante que seu nome e seus produtos estejam por aí. E isso, sr. Mercer, é o que gostaríamos de fazer pelo senhor." Seu rosto era a imagem da confusão, então eu acrescentei: "Quando as pessoas querem um copo de café forte, o primeiro lugar em que elas pensam é a Starbucks. Quando a Hood & Geddlefinger Relações Públicas terminar o trabalho, a Mercer and Sons será a Starbucks da indústria funerária!"

"Me dê um bom motivo para não te despedir", Richard disse, andando de um lado para outro na sala de reuniões.

Ele havia começado a bronca no momento em que o sr. Mercer foi embora.

"Richard", protestei. "Eu fiz o melhor que pude. Como é possível pensar numa boa estratégia de relações públicas para uma funerária? Ninguém tem boas lembranças quando se trata de funerais. É uma batalha perdida."

"Você disse a Gray Mercer que ele precisava de colocação de produto em *Plantão Médico*, pelo amor de Deus!"

"Não é verdade, essas não foram exatamente as minhas palavras", lembrei. "Mas, agora que você tocou no assunto, *Plantão Médico* seria um bom lugar para promover uma funerária. Contanto que..."

"KAT!", ele berrou. "Você pode parar de tagarelar por um segundo e pensar no que você fez? Você foi para uma reunião com um cliente e estragou completamente a venda com analogias bizarras e estranhas. A Starbucks das funerárias? Em que diabos você estava pensando?"

Ele começou a massagear a testa com a mão. "É óbvio que você estava muito despreparada. Você tem algo a dizer em sua defesa?"

Fiz caretas. Não tinha nada para dizer em minha defesa. E a pior parte é que ele tinha razão. Só havia mais uma carta na manga. "Richard, tenho que confessar uma coisa. Eu não estava em Denver no fim de semana", eu disse, respirando fundo. "Eu estava em Los Angeles fazendo testes para um novo *reality show*. E, embora não seja certo que eu serei escolhida, minhas chances são muito boas."

Ele ficou ali parado, com a boca aberta. Esperei alguns segundos para ver se ele iria se recompor e dizer alguma coisa.

Como ele não disse, eu continuei. "Antes de me despedir por mentir para você, me escute. Se eu for escolhida para esse programa, talvez seja a melhor coisa que já aconteceu com a Hood & Geddlefinger. Será a maior colocação de produto – *eu*. Quando eu terminar de falar bem da sua firma, todo mundo deste lado do Mississippi vai querer a H&G como representante."

A boca de Richard se fechou, e depois ele sorriu.

Fazia cinco longos dias de agonia desde que o pacote misterioso de Nick havia chegado.

Assim que cheguei em casa, fui correndo feito uma louca até o apartamento do proprietário do apartamento. Com má vontade, ele pegou a caixa da FedEx – grande como Donna havia descrito – e me aconselhou a deixar a correspondência no correio da próxima vez que planejasse me ausentar por tanto tempo.

Sua atitude não derrubou meu humor. Eu estava nas nuvens: não apenas tinha conseguido salvar meu emprego, como também convencera Richard a me dar quatro meses inteiros de licença – não remunerada, claro – se fosse uma das escolhidas. E agora eu tinha o meu presente. Era tudo o que importava.

Não quis abri-lo em público, então corri o prédio inteiro em dois segundos cravados. Apesar do tamanho, a caixa era leve como uma pena. Muito esperto o Nick de disfarçar uma caixinha com uma caixona! No instante em que pus os pés no meu apartamento, rasguei a caixa.

Nick havia me mandado um vestido.

Não um anel de noivado.

Um lindo, impressionante vestido Gucci vermelho. Tamanho 34.

Fora desenhado para caber numa supermodelo. Além do fato de ser quase transparente, o vestido tinha um decote que quase mostrava o umbigo, e as costas praticamente não existiam. Não importava quanto peso eu perdesse, nunca conseguiria usá-lo. Era cortado para revelar um corpo perfeito – não havia lugar para defeitos. Parecia o tipo de vestido que uma estrela em ascensão usaria para a cerimônia do Oscar.

Fiquei olhando para o estúpido vestido Gucci por tanto tempo que achei que ia ficar cega perante um mar de vermelho vibrante. Me senti como se tivesse tomado um soco de surpresa.

Nick também tinha incluído a última edição da *Status* com a tão difamada matéria de capa com Johnny Depp, que havia encolhido sua seção. Anestesiada, fiquei folheando a revista até encontrar as matérias de Nick. Não havia muita coisa dele, mas havia uma pequena matéria intitulada "Gucci: O Preferido Está de Volta."

O telefone estava tocando. Olhei para o identificador de chamadas. Era Donna. Deixei a secretária eletrônica atender. Ela diria apenas: "Eu avisei".

Vaguei até a cozinha e abri a tampa de uma garrafa de uísque. Peguei o copinho do Snoopy – o único que eu tenho – e o enchi até a borda. Depois, inclinei a cabeça e virei tudo de um gole. Me senti como um clichê de Tennessee. Nunca fui fã de bebidas fortes; a garrafa tinha sido um presente de Natal de Donna. Eu precisava de todo o conforto que conseguisse.

Estava ajeitada no sofá com minha garrafa de uísque quando Nick ligou.

E ligou de novo.

Ele deixou tocar até a secretária eletrônica atender, depois desligou e tentou novamente. Ele podia se tocar? Além disso, já era mais de meia-noite na Inglaterra. O que ele ainda estava fazendo acordado? Era um caso extraordinário de *timing* ruim, mas ele parecia determinado a falar comigo.

Na quinta tentativa, eu finalmente sucumbi.

"Alô", resmunguei.

"Kat!", ele gritou, exaltado. "Onde você estava? Estou ligando para sua casa desde segunda, sem resposta. Estava morrendo de preocupação com você!"

"Me desculpe. Eu estava fora, em... Denver", eu disse, me safando antes de dar um fora, "por mais uns dias."

"Você podia ter me mandado um e-mail ou telefonado para contar. Eu estava enlouquecido!"

"Sinto muito", eu disse, seca. Não conseguia juntar muita energia. A coisa toda era muito deprimente para colocar em palavras.

"Você abriu a surpresa?", ele perguntou, animado.

Eu cogitei dizer a ele que o pacote tinha sido extraviado ou que o proprietário o havia "perdido", mas decidi que seria muito cruel. "Ainda não abri, não", menti.

"Bem, o que você está esperando? Vamos, abra!"

"Bem, ok, se você insiste..."

"Eu insisto", ele disse, com firmeza.

Fiquei apalpando o chão, procurando pela caixa. Fazendo barulho, eu a rasguei no meio e joguei num canto. "Oh!" Fingi excitação. "É lindo."

"Você não gostou?", ele perguntou.

"Nossa, Nick, eu *amei*. Amei tanto que não tenho palavras."

"Oh, Kat, fico tão contente!", Nick disse. Podia até sentir a sua alegria pelo telefone. "Você recebeu a revista também?"

"Sim, recebi."

"Então, você já experimentou?"

"A revista?"

"Não, o vestido! Kat, o que há com você?"

"Mudança de fuso horário", eu disse.

"De Denver? Não é tão longe, é?"

"Oh, meu fim de semana foi cansativo, me desculpe."

"Então, sobre o vestido... Aposto que você vai ficar impressionante nele. O que você achou da cor?"

"Vermelho. Adoro vermelho."

"Não é vermelho. É rosa-melancia. Vermelho", ele zombou, "é para o proletariado."

Não tinha certeza do que ele quis dizer, e não quis perguntar. Considerando que nós dois tínhamos emprego (embora a família de Nick fosse rica e ele não precisasse disso), não éramos parte da classe trabalhadora?

"Não tinha certeza do tamanho. As roupas nos Estados Unidos têm um corte diferente do da Inglaterra."

Sem querer, ele me deu a abertura perfeita. Eu poderia ter dito a verdade ali – ou, pelo menos, tê-la suavizado. Eu poderia ter dito: "O vestido é maravilhoso, mas acho que é alguns tamanhos menor", ou: "Ganhei um pouco de peso ultimamente, então não vai servir. Mas quando você me encontrar, vai servir!" Não era exatamente honesto, mas não seria uma mentira descarada. E não haveria nada de vergonhoso em admitir isso. O vestido era minúsculo, e o corte seria desfavorável a 95% da população. Mesmo Donna – que *realmente* usa tamanho 34 – teria trabalho para se espremer nele.

Em vez disso, eu disse: "Vai servir como uma luva".

Cavei minha própria cova.

"*Ahhh*", Nick suspirou. "Como uma luva. Meu Deus, isso é tão erótico... Tenho imaginado você nesse vestido há dias, pensando em como seu corpinho maravilhoso preencheria cada curva. Daria tudo para te ver nele."

Me imaginei tentando entrar na droga do vestido – que era praticamente do tamanho certo para caber em um de meus braços – e tirando uma foto. Ele teria um choque de verdade.

"Falar com você me deixa excitado de verdade", ele sussurrou.

Eu sabia o rumo que a conversa iria tomar.

"Estou ficando tão excitado imaginando seu corpinho macio preenchendo cada centímetro do tecido..."

Ele não tinha ideia de como estava próximo da verdade.

"Daria qualquer coisa para te beijar agora", ele disse suavemente. "Passaria a boca pelo seu corpo, provaria cada centímetro da sua pele."

Eu estava ficando excitada, apesar de mim mesma. Eu adorava quando ele falava comigo assim. De certo modo, sexo por telefone com Nick era mais satisfatório do que qualquer sexo de verdade que eu já havia tido.

"Continue", eu o encorajei. "O que você faria se estivesse aqui?"

"Faria tudo", ele prometeu. "Passaria horas te satisfazendo, Kat. Te beijaria com paixão e gentilmente. Passaria as mãos por todo o seu corpo, passaria a língua pelo seu pescoço."

Conseguia ouvir sua respiração acelerar e sabia o que ele estava fazendo.

"Isso seria incrível", sussurrei. Nunca tinha me sentido tão livre com alguém, tão aberta com meu corpo e meus desejos. Eu nem me considerava uma pessoa sensual até conhecer Nick. Deixei meu corpo ceder às sensações.

Escorreguei a mão pela barriga, colocando-a sob a calcinha.

"Vou fazer amor com você suavemente e com paixão", Nick sussurrou. "Sou um amante gentil..."

10

Coisas Assim Nunca Acontecem Comigo

Estava sentada no meu sofá, me esbaldando com salgadinhos de baixa caloria e assistindo a um filme B quando o telefone tocou. O identificador de chamadas dizia "fora de área". Nervosa, peguei o fone.

"Oi, Kat, é Zaidee", ela disse.

Meu coração começou a bater forte. "Alô", eu grunhi. Pulei freneticamente, desligando a TV.

"Como tem passado esses dias, Kat?", Zaidee perguntou, parecendo estar cansada. "Como a vida está te tratando na Cidade do Penhasco?"

"Estou bem, e ela está me tratando bem", eu disse, me perguntando onde ela tinha aprendido o apelido de Memphis. "E você?"

"Estou exausta. Obrigada por perguntar, boneca."

Zaidee não estava alegre como de costume. Estava cuidadosa, quase reservada.

Isso me aterrorizou. Achei que era um mau sinal. De certo modo, é mais fácil lidar com a derrota quando você chega em último lugar do que quando chega em segundo. Ficamos em silêncio por um tempo que pareceu horas, mas que provavelmente tinha sido mais próximo de dez segundos. Eu estava ligada em tudo – a estática do telefone sem fio, o barulho do trânsito que entrava pela janela, a respiração de Zaidee. Tudo parecia se mover em câmera lenta. Pensei em perguntar logo se estava dentro, mas queria saborear meus últimos segundos de esperança antes de ela acabar com meu sonho.

"Kat", Zaidee começou, "você está sentada?"

"Não, estou de pé."

"Bem, acho que é melhor você se sentar."

"Estou muito ligada para me sentar", disse a ela com o coração na garganta. "Vamos chegar a um acordo. Vou me inclinar." Mantendo a palavra, inclinei o corpo contra a parede da sala. "Ok, estou inclinada contra a parede. Pode mandar."

"Você está dentro."

Ela falou tão rápido que parecia que tinha dito "você está ardendo".

"OH, MEU DEUS!", gritei. "Cacete!" Passei o minuto seguinte alternando profanidades e glorificações a Deus. "Não acredito que isso está acontecendo", consegui dizer, finalmente. "Coisas assim *nunca* acontecem comigo! É um sonho! Muitíssimo obrigada, Zaidee!"

"Não, *eu* é que agradeço, Kat", ela disse. "Você vai ser um acréscimo maravilhoso para o nosso programa. Então, está animada em vir para cá?"

Balancei a cabeça afirmativamente por alguns segundos, antes de perceber que ela não podia me ver. "Sim, mal posso esperar!", gritei. Não queria gritar no seu ouvido, mas meu coração estava a 100 por hora.

"Sua vida nunca mais vai ser a mesma depois disso", Zaidee prometeu. "Considere-se avisada." Ela deixou escapar uma risadinha.

Fiquei ali parada, de boca aberta. Depois começou a tontura. Passou pelo meu corpo como um maremoto; e fiquei surpresa por não capotar. Demorei um minuto inteiro para perceber que Zaidee ainda estava falando comigo.

"Kat? Alô, Kat?", ela estava perguntando.

Balbuciei "Ei", numa voz um pouco mais alta que um sussurro.

"Graças a Deus", ela disse, e depois começou a rir. "Estava começando a achar que você tinha desmaiado. Estava quase discando 192."

"Não... Estou bem, só estou..." Minha voz foi sumindo.

"Chocada?", Zaidee concluiu. "Acontece. Você vai ficar bem quando estiver no avião. Por falar nisso, tenho algumas informações pertinentes para passar para você. Gigi está cuidando dos preparativos para a viagem enquanto conversamos. Alguém da equipe irá encontrá-la no aeroporto.

Ainda não tenho os horários exatos do voo, mas será por volta do domingo de manhã."

"Domingo!", engasguei. "Você não quer dizer *neste* domingo, não?"

"O próprio."

"É daqui a dois dias! Não vou conseguir estar pronta até lá. Nem contei para ninguém que vou ficar fora. Tenho que arrumar algum tipo de desculpa!"

"Tem que ser este domingo, Kat. Nós temos um cronograma apertado para seguir. Diga a todo mundo que você está indo ao casamento de um primo. Não me importo com o que você diga, contanto que você não mencione o programa de jeito nenhum. Você assinou um contrato, não se esqueça."

"Oh, não me esqueci", prometi a ela, pensando em Richard. E Donna. "Mas eles não vão descobrir quando me virem na TV?"

"É claro", ela disse. "Faremos uma enorme *blitz* de mídia na última semana de maio. Vocês terão ampla cobertura." Ela parecia contente. "Mas, até lá, tudo precisa ser mantido em absoluto sigilo."

"Talvez eu diga a todos que estou indo para a Inglaterra", eu disse, finalmente. "Tenho um amigo próximo bem perto de Londres."

"Muito bem, então."

E, já que estávamos falando no assunto, não consegui deixar de perguntar: "Zaidee, hmm, isso pode soar estranho, mas existe a possibilidade de *Fat2Fab* passar na Inglaterra?"

"Seria ótimo", ela disse. "Mas tenho que admitir que as chances são muito pequenas. É fácil vender conceitos de *reality shows* em outros países, mas os episódios em si, não. Todo mundo já sabe o final quando vai ao ar, e as diferenças culturais geralmente são um grande obstáculo. Então, para responder à sua pergunta, talvez o mundo um dia veja a versão britânica de *Fat2Fab*, mas não, querida, provavelmente não será com você."

Era exatamente o que eu queria ouvir.

"Estou contando com você, Donna. Faça a sua mágica."

"Farei o possível", ela me disse, dobrando algumas camisas Lane Bryant e colocando-as na minha mala. "Mas não posso prometer que vai funcionar."

"Só mande esses e-mails duas vezes por semana, depois dê uma olhada nas respostas de Nick e acrescente o que achar necessário. Se ele estiver reclamando da *Status*, diga que é uma pena que as coisas não estejam indo bem no trabalho. Esse tipo de coisa. Daí elas não parecerão pré-escritas", eu disse, entregando a ela o CD.

"Kat, isso é loucura." Ela balançou a cabeça. "Para o seu bem, espero que ele caia nessa."

"Eu também. É a única chance que eu tenho."

Tinha passado os últimos três dias preparando trinta e-mails rápidos para Nick. A maioria continha mensagens curtas. *Me desculpe por não poder estar com você. Te amo muito.* E coisas como: *Meu pai está muito melhor. Os médicos acham que ele pode deixar o hospital a qualquer hora. Penso muito em você. Te amo. Kat.*

Era patético e desajeitado, mas foi a única coisa em que consegui pensar tão em cima da hora. Liguei para ele na noite em que falei com Zaidee, acordando-o para me despedir. "Tenho que ir para Denver por algumas semanas, talvez mais. Meu pai não está bem", tinha mentido, rezando para não queimar no inferno. "Prometo te mandar e-mails sempre que puder. Eu sei que é pedir muito, mas espero que você ainda esteja me esperando quando eu voltar para Memphis."

A resposta de Nick tinha sido de compreensão total.

"Sinto muito em saber disso, Kat", ele tinha dito. "É claro que ainda estarei esperando por você", ele me assegurou. "Te amo, Kat. Nada vai mudar isso."

Ele até pediu o endereço de meus pais para mandar flores. Eu podia imaginar a perplexidade de minha mãe ao receber flores de condolências desejando uma boa recuperação ao meu pai. Isso certamente a faria surtar, mas, com um pouco de sorte, eu conseguiria convencê-la de que eram de algum louco. Era melhor do que contar a verdade para ela.

"E, Donna, por favor não se esqueça de ligar para a minha mãe no dia 31, quando o nome das concorrentes sair em todos os lugares", eu lembrei. "Não que minha mãe acompanhe notícias de entretenimento, mas não quero que ela saiba por outra pessoa."

"Não vou esquecer."

Continuamos a fazer as malas por algum tempo, tomando cuidado para garantir que eu não estivesse levando nenhum "contrabando". No pacote que Zaidee mandara havia uma lista de itens que não eram permitidos no *set*: celulares, *pagers*, gravadores de áudio e vídeo, aparelhos de CD de qualquer tipo, câmeras fotográficas, computadores de mão, agendas eletrônicas e todos os outros equipamentos sem fio.

Envolvi Donna em um abraço. "Não sei o que faria sem você. Sério, você é a melhor amiga e pessoa que eu poderia querer."

"Eu tento", ela disse, antes de ficar séria. "Não consigo acreditar que você vai partir amanhã por *quatro* meses." Ela me abraçou bem forte. "Vou sentir tanto a sua falta, Kat! Não sei o que vou fazer enquanto você estiver fora", ela disse, soltando-me.

Dei um pequeno sorriso. "Encha o saco de Cindy Vander. Contrarie o Richard. Mande vários e-mails para o Nick", eu disse. "Você terá muitas coisas para se manter ocupada."

Peguei um pedaço de papel do meu criado-mudo e anotei a senha da minha conta da America Online. "Aqui, você vai precisar disso para acessar meus e-mails", eu disse, entregando o papel para ela.

Ela o dobrou e o enfiou na bolsa.

"Obrigada novamente por me ajudar com tudo. Vou retribuir um dia, prometo", eu disse, baixando a cabeça para ela não ver as lágrimas nos meus olhos.

"Ei", Donna me repreendeu, brincando. "Não me venha com essa animação toda."

Ela se inclinou e colocou as mãos no meu rosto, levantando-o. "Não se esqueça, mantenha sempre a cabeça levantada."

"Bom conselho", eu disse. "Não quero que as câmeras peguem meu queixo duplo."

11

Um Grupo Estranho, que Não Combinava

"ESVAZIEM OS bolsos e os virem para fora", Zaidee falou. Obedeci, jogando a carteira, as chaves e uns trocados sobre uma mesa próxima. Eu estava com ela numa minúscula casa alugada nos subúrbios de Los Angeles, junto com dois membros da equipe – um segurando uma câmera, o outro tão corpulento que o tomei por um guarda-costas.

"Vou precisar olhar dentro da sua bolsa", Zaidee disse, pegando-a antes que eu pudesse protestar. Ela despejou o conteúdo sobre a mesa e começou a fuçar. Fiquei envergonhada quando ela mexeu num absorvente e numa caixa de pílulas anticoncepcionais.

"Jimmie vai checar rapidamente sua bagagem", ela me informou, fazendo um sinal para o câmera. Ele caminhou com firmeza até a mala e abriu o compartimento principal. Ao perceber minha expressão chocada, ele foi irônico. "Não se assuste. Finja que eu sou da alfândega."

Ele estava tentando ser legal, mas eu não conseguia deixar de me sentir exposta. Um homem desconhecido mexendo nos seus sutiãs e calcinhas tem esse efeito. Ele verificou rapidamente minha mala, olhando os bolsos e passando a mão no forro, aparentemente procurando algum compartimento secreto. Parecia um agente do Departamento de Narcóticos que eu tinha visto em filmes examinando malas em busca de drogas. Depois de cinco minutos, ele fechou o zíper da minha mala e declarou que havia terminado.

"Tudo limpo", ele anunciou. E piscou para mim. "Relaxe. Vai ficar tudo bem."

Antes de eu responder, Zaidee me interrompeu. "Hora de ir", ela disse, pegando-me pelo braço. "Sua limusine está esperando."

Fomos em direção ao norte pelo Sepulveda Boulevard, pegamos a estrada e nos misturamos ao trânsito tranquilo de domingo à tarde. Zaidee estava logo atrás da limusine, seguindo-nos em um reluzente Range Rover preto, enquanto nos afastávamos das luzes de Los Angeles e entrávamos nas ruas estreitas e cheias de curvas de Hollywood Hills. O câmera se sentou à minha frente na limusine, filmando-me enquanto eu olhava pela janela, vendo a paisagem passar. O cara forte que eu imaginava ser um guarda-costas era na verdade técnico de som, e ele passou toda a viagem ao lado do câmera, segurando um microfone sobre a minha cabeça. Era um trabalho ingrato; eu não disse duas palavras durante todo o trajeto.

Rodamos por quase trinta minutos por um labirinto de ruas, algumas tão estreitas que a limusine mal passava, antes de chegar ao destino final, uma enorme casa de vários níveis numa rua chamada Bryn Mawr Drive. Parecia o tipo de lugar onde um executivo descolado do cinema moraria; era brega de um jeito sutil.

Pelas próximas quinze semanas, aquela seria a minha casa.

Com as pernas tremendo, saí da limusine e subi os primeiros degraus. O câmera e o cara do áudio me seguiram. Zaidee havia me orientado a entrar assim que chegássemos, então eu cuidadosamente empurrei a porta sem me importar em bater.

"Olá?", eu gritei, pisando no enorme salão principal. "Tem alguém aí?"

Como ninguém respondesse, segui em frente, explorando os primeiros cômodos. A parte de baixo era escassamente decorada, com um lindo piso de madeira e paredes branquíssimas. O teto era alto – pelo menos uns 6 metros – e tinha enormes equipamentos de iluminação. Eles eram muito claros e lembravam os refletores que iluminam os jogos de beisebol à noite, embora não tão grandes.

Saindo do salão principal, havia uma sala espaçosa, com um sofá roxo brilhante, do tipo em que caberiam facilmente dez ou mais pessoas. Uma câmera fixa, parecida com aquelas de circuito fechado, havia sido montada no canto do teto da sala. Nervosa, segui em frente, explorando o salão principal e terminando no final de uma grande escada de madeira.

Estava começando a achar que era a única ali, quando uma garota de cabelo curto, de sorriso brilhante e pele escura, desceu correndo as escadas.

"Olá!", ela gritou. Ela correu até mim, seguida por outro câmera.

"Oi", respondi, meio envergonhada. O tamanho da casa e a equipe de filmagem estavam me deixando nervosa. Só agora a ficha estava caindo: Estou mesmo num programa de TV.

"Outra pessoa! Estou aqui nesta casa há duas horas sem nada para fazer." Ela tinha um leve sotaque espanhol. "Todas as portas lá de cima estão trancadas. Acho que são três quartos, mas não podemos entrar. É o que diz o aviso."

"Aviso?", perguntei.

"Sim, todos os quartos de cima estão marcados – suíte, banheiro e assim por diante." Ela parou quando chegou ao final da escada e me olhou de perto. "Eu te conheço", ela disse. "Lembro de você do fim de semana de seleção."

"Lembra?", perguntei, tentando me lembrar de seu rosto.

"Fizemos exame médico juntas. Kat, certo?"

Pisquei, surpresa. "Não acredito que você se lembra."

"Sou Luisa Olivares", ela se apresentou, com um grande sorriso. Ao ver minha expressão confusa, ela acrescentou: "Tudo bem se você não se lembra de mim."

Gostei dela. Era franca e amigável. Mas não me lembrava mesmo.

"Sou boa fisionomista", ela explicou. "Nem todos têm esse dom."

Uma por uma, as outras candidatas começaram a chegar, e Luisa parecia conhecer todas elas.

"O nome dela é Maggie", ela sussurrou, enquanto uma loira de meia-idade passava pela porta.

"Olá", disse a recém-chegada, colocando as malas no chão. "Sou Maggie Strickland. Fiz 40 anos no mês passado. Sou de Cleveland, Ohio, mas atualmente moro em Jackson, Mississippi. Trabalhava como assistente de quiroprático, mas agora sou dona de casa. Sou esposa de Thomas e mãe de um filho maravilhoso de 11 anos chamado Owen." Sua voz estava tão uniforme e seu rosto, tão tenso, que suspeitei que ela vinha treinando esse discurso há dias. Também deduzi que, com dois já revelados, os sobrenomes não eram mais segredo.

A próxima a entrar foi Janelle, uma garota muito branca de quase um 1,80 m. Seu rosto era coberto de sardas e ela tinha longos cabelos pretos que iam até a metade das costas. "Tenho 29 anos e mestrado em belas-artes. Trabalho como curadora de um museu em Indianápolis", ela nos contou. Janelle tinha uma aparência incomum, no bom sentido. Ela poderia ter sido uma modelo tamanho grande, se as modelos tamanho grande usassem tamanho 50, em vez de 38 ou 40.

Janelle fez sinal de que estava com sede, então fomos até a cozinha e começamos a beber Cocas *diet* e água gelada. Fora isso, a geladeira estava completamente vazia, o que era bom, ou talvez eu tivesse comido um lanche. Não queria ser a primeira garota a ser vista comendo na televisão.

"Do que vocês vão sentir mais falta enquanto estiverem aqui?", Janelle perguntou, enquanto bebia água.

"Ooh, muito fácil." Luisa riu. "Sexo, sexo e mais sexo. Meu namorado, Jay, é fantástico na cama. Ele tem o maior... hmm... que você já viu!" Ela fez um sinal com as sobrancelhas, sugestivamente. "Fazemos *toda* noite. Não sei como vou conseguir ficar quinze semanas sem sexo."

Quinze *semanas*? Tive vontade de dizer para ela experimentar quinze *meses* e depois vir falar comigo. Ótimo. Estava na mesma casa com a rainha das ninfomaníacas.

Janelle foi pega de surpresa com a resposta de Luisa. Seu rosto ficou cor-de-rosa brilhante e ela logo mudou de assunto. "Que ótimo! Oh, eu vou sentir mais falta dos meus dois gatos, Frieda e Clarissa. E você, Kat?"

Eu engasguei. Sabia de quem sentiria falta: de Nick e de Donna. Só de falar neles já sentia uma dor no peito. "Vou sentir falta dos confortos de casa", disse, decidindo manter o assunto impessoal. Além do mais, não poderia mencionar Nick, já que tinha escondido o relacionamento de Zaidee. "Ficar com meus amigos e família, as pessoas que eu amo."

"Muito bem, muito bem", Janelle disse, batendo seu copo em minha lata de Coca *diet*. "Maggie?"

Maggie tinha permanecido estranhamente calada o tempo todo, e agora eu sabia por quê. Seus olhos estavam marejados e seu rosto, desfigurado pela angústia.

"Você está bem?", perguntei, preocupada.

"Meu filho", ela disse. "Owen. Não achava que seria tão difícil deixá-lo."

"Coitada", Luisa disse. "Isso é duro."

"Tivemos uma longa conversa sobre isso, e eu disse: 'Mamãe tem que partir, lindo, mas é para o seu próprio bem'. Owen sabe que eu tenho que perder peso. Tenho que ficar mais saudável para ver meu filhinho crescer." Sua voz voltou ao normal. Ele provavelmente está em casa chorando porque mamãe não está lá para jantar com ele."

"Ele não tem 12 anos?", perguntei, achando que Owen provavelmente não gostaria de ver a "Mamãe" falando assim dele em rede nacional.

"Onze", Maggie corrigiu.

"Tenho certeza de que ele está bem."

"Papai e ele vão ter queimado a casa quando eu voltar. Nenhum deles sabe cozinhar."

"Eles ficarão bem", assegurei a ela. "Provavelmente estão jogando *videogame* e comendo pizza neste momento."

Isso parece não tê-la feito sentir-se melhor, mas ao menos ela não chorou mais.

Por um bom tempo, ninguém mais apareceu. Comecei a me perguntar se seríamos só nós quatro, o que daria um programa bem fraco.

Foi então que aconteceu.

"Kat!" Escutei uma voz familiar gritar. Surpresa, virei-me e fui abraçada por Regan.

"Estou tão feliz de te ver aqui!", ela se emocionou, pulando de um dos bancos da cozinha e roubando um gole da minha Coca *diet*. "Estava esperando que você conseguisse. Sou Regan Borrail", ela disse, sorrindo para o restante do grupo.

Senti uma ponta de culpa quando me dei conta de que esperava que ela *não tivesse* conseguido. Peguei a lata de refrigerante e limpei a tampa com a manga. Pensei em Sarah, e em como ela estava desesperada para entrar no programa. Rezei para que o rosto dela fosse o próximo a passar pela porta.

Não era. A candidata seguinte era uma loira alta de seios enormes e um corpo surpreendentemente forte para alguém que apareceria em um programa chamado *Fat2Fab*. Ela parecia uma estrela pornô que estava perdendo momentaneamente a briga com as saliências.

"Ei, pessoal, eu sou Alicia Combs", ela disse, e depois começou a abraçar e beijar cada uma de nós. Aquilo foi estranho e artificial, mas, quando ela chegou até mim, eu me inclinei e retribuí seu abraço. Não queria ser rotulada como a estranha logo de cara.

"Quantas outras candidatas vocês acham que há?", perguntei.

Alicia balançou a cabeça. "Sou a última."

"Você está brincando!", eu disse. "Deve haver mais."

"Zaidee me disse quando entrei que eu era a última", Alicia explicou. "Sinto desapontá-la."

"Seis", Luisa observou. "Achava que seriam mais."

Olhei em volta. Parecia impossível que o elenco fosse tão pequeno. Me lembrei da conversa que tivera com Sarah nos testes. "Eles provavelmente escolherão entre dez e quinze", ela havia chutado então, e parecia uma conclusão lógica.

"Quantos quilos vocês querem perder?", Alicia perguntou. "Vinte, 25 quilos?"

"Quem dera!", resmunguei. Meu objetivo era próximo de 50.

"Meu Deus, espero perder 40", Luisa disse.

"Nossa... Isso dá", fiz rapidamente as contas, "quase três por semana. Meio difícil, não acha?"

"Não é o peso total que importa", Janelle disse. "Você precisa perder um quilo por semana para ganhar o dinheiro."

"Oh, não é o dinheiro; é o meu namorado, Jay. Eu me pesei antes de vir para a Califórnia, e estou com 95 quilos. Nunca pesei tanto na vida. Ele quer que eu fique com 60, e então vai me pedir em casamento."

"Quanto você mede, Luisa?", perguntei

Ela fez uma careta. "Tenho 1,65m. Como pode ver, não está bom."

"Então, de onde vocês são?", Regan perguntou, mudando de assunto. Suspeitei que ela queria sair do tópico sobre peso. "E o que vocês fazem da vida? Eu nasci em Rhode Island, mas cresci em Boulder, Colorado. Estou no primeiro ano da faculdade, estudando sociologia. Quero ser assistente social ou orientadora de colégio."

"Ei!", eu gritei, pegando o que ela havia dito. "Meus pais se mudaram recentemente para Denver. É bem perto, não?"

Regan fez que sim. "Tipo meia hora. Eles já visitaram Boulder?

Balancei a cabeça. "Não que eu saiba. Eles não viajam muito. A grande mudança de Tennessee para o Colorado provavelmente irá satisfazer seu desejo de viajar pela próxima década."

"Boulder é incrível, você tem que dizer a eles para ir. Posso mostrar a cidade para eles, se você quiser", Regan ofereceu timidamente.

"Sou de Norwood, Massachusetts", Alicia interrompeu. "Mas trabalho em Boston. Faço uns trabalhos para o *Boston Globe*."

Tive a impressão clara de que ela esperava que ficássemos impressionadas por causa disso, mas ninguém nem deu bola.

"Eu nasci em Cuba, mas moro em Houston desde que tinha 9 anos", Luisa disse. "Trabalho com vendas farmacêuticas."

"É um campo muito bom no momento", Alicia disse, com ar de conhecimento. "Você é bilíngue?"

"Bi... *sexual?*", Luisa repetiu. "Me desculpe, você não é meu tipo."

"Ha-ha", Alicia disse, fazendo cara de desaprovação.

Luisa começou a falar com ela rapidamente em espanhol. "Isso responde à sua pergunta?"

"Não quis ofender", Alicia protestou. "Só estava dizendo que há um grande mercado para vendedoras farmacêuticas bilíngues. Escrevi um artigo sobre o assunto para o *Globe*.

Luisa rosnou.

Eu interrompi, contando que trabalhava com relações públicas.

"Quase segui esse caminho", Alicia disse. "Muitos formados em jornalismo fazem isso. O salário é muito melhor do que o de repórter."

"Não onde eu trabalho", zombei. "Meu chefe não apenas paga uma miséria, mas é muito meticuloso." Imediatamente percebi o erro. Tinha prometido falar bem da empresa, não detoná-la.

"Por que você não pede demissão?", Maggie perguntou, dando-me a abertura perfeita para eu corrigir meu erro.

"Hood & Geddlefinger Relações Públicas é uma das melhores firmas de RP do país", eu me gabei. "Quando pegamos um cliente, fazemos como se deve. As pessoas que representamos conseguem ampla cobertura na imprensa. Somos ótimos em conseguir mudanças nas matérias."

Todo mundo olhou para mim em silêncio, e Alicia ergueu uma sobrancelha.

"A propósito sou de Memphis", eu disse completando imediatamente: "E não, não sou fã de Elvis".

Somente Maggie e Janelle riram.

Regan pareceu confusa, e disse que achava que Elvis era da Califórnia.

Éramos um grupo estranho, que não combinava.

Eu não conseguia de modo algum imaginar como alguém – mesmo o mais habilidoso editor – conseguiria fazer um programa com pessoas como nós. Mas ali estávamos, sorrindo e mostrando os dentes umas para as outras. As câmeras estavam gravando, captando os detalhes minuciosos de nossa existência. E, muito em breve, milhões de espectadores estariam sentados em casa, assistindo a essa mesma conversa e prestando atenção em cada palavra.

Por 1 Centavo, Por 1 Quilo

UMA VOZ SAIU do sistema de comunicação interna da casa, chamando as seis para a sala. Janelle piscou para mim. "Lá vamos nós", ela disse.

Caminhamos a curta distância entre a cozinha e a sala, e encontramos Zaidee nos esperando. A mesa de centro agora estava coberta com vários equipamentos de vídeo. Ela fez um gesto para nos sentarmos. Percebi que havia uma balança de médico no canto da sala. Não me lembrei de tê-la visto quando entrei na casa.

"Olá, minhas adoráveis garotas!" Zaidee demonstrava entusiasmo. "Bem-vindas a *Fat2Fab*. Eu sei que vocês estão loucas para se acomodar, mas, antes disso, quero conversar com vocês um minuto, falar algumas coisas sobre o programa. São coisas meio técnicas, mas gostaria que todas vocês entendessem o básico."

Ela chegou mais perto e se sentou na beirada da mesa de centro. "Isto é o que chamamos de conjunto de microfone", ela disse, segurando um microfone com uma caixa preta, como aqueles que usamos nos testes. "Cada uma de vocês terá de usar um destes o tempo todo. Acho que vocês já sabem como eles funcionam, mas vou explicar rapidamente, só para garantir. Esta parte se chama transmissor", ela disse, apontando para a caixa. "Em termos leigos, é o que nos permite captar e gravar cada palavra de vocês. O fio, que deve ser escondido sob a blusa, conecta o transmissor ao seu microfone de lapela." Ela demonstrou rapidamente como prendê-lo à roupa.

"Por favor, podem colocá-los", ela disse, passando-os para nós.

Com as mãos tremendo, coloquei o microfone. Olhei em volta da sala – as luzes estavam fortes e a equipe de câmeras estava se mexendo, captando todos os nossos movimentos. As palavras de Zaidee ficaram na minha cabeça: *gravar cada palavra de vocês*. Depois de tantos anos me sentindo uma atriz coadjuvante em um mundo cheio de atrizes principais, de repente *eu* era o centro das atenções.

"Vocês têm que usar o microfone todos os minutos do dia. Há duas exceções – vocês podem tirá-lo para dormir e para tomar banho. Nada mais. Assim que vocês acordarem de manhã, terão que colocar o microfone", Zaidee disse. "Mesmo se estiverem deitadas na cama olhando para o teto, quero que estejam com o microfone.

Aquilo parecia meio exagerado, mas ninguém protestou.

"E quando estivermos, você sabe, usando o banheiro?", perguntei.

Algumas das garotas riram.

"Por mais desconfortável que seja, você terá que ficar com o equipamento", ela se desculpou. "É meio estranho no começo, mas você vai se acostumar. Logo vira um hábito."

Não conseguia imaginar como viraria um hábito, mas não discordei.

"Outra regra crucial", Zaidee prosseguiu: "durante sua estada na mansão, talvez haja situações em que vocês não queiram ser filmadas. Infelizmente, isso é uma coisa com a qual vocês terão de aprender a conviver. Lembrem-se: acima de tudo, *Fat2Fab* é um programa de televisão. Vocês não podem fugir das câmeras só porque estão tendo um dia ruim."

Ela fez uma pausa, esperando que a ficha caísse. Depois, prosseguiu: "Além dos câmeras que ficam andando pela casa, há 25 câmeras fixas. Algumas são óbvias, como aquela", ela disse, mostrando a câmera giratória instalada no canto. "Outras, nem tanto." Ela apontou para um pequeno vaso sobre um manto, onde eu podia apenas supor que havia uma câmera. "Então, lembrem-se de que estaremos com os olhos e ouvidos ligados em vocês o tempo todo. Ok?"

"Quando vamos ver onde vamos dormir?", Luisa perguntou.

Zaidee deu um sorriso forçado. "Você não vai precisar esperar muito mais."

Depois disso, ela saiu, prometendo que o apresentador de *Fat2Fab* logo estaria conosco para nos levar a um passeio pela casa.

Luisa se virou para mim. "Você quer ser minha colega de quarto, Kat?", ela perguntou.

"Com certeza", eu disse, sentindo-me aliviada. Tinha me imaginado como a última a ser escolhida. "Talvez possamos dividir o quarto do meio. Se ninguém se importar, é claro", completei.

"Eu não ficaria fazendo planos, se fosse vocês. Duvido muito que nos deixem escolher", Alicia interrompeu. "Provavelmente tiraremos no palitinho."

Esperava que Alicia estivesse enganada.

Sabendo como eu era azarada, acabaria dividindo o quarto com Regan.

Alguns minutos depois, um homem alto e bonito, de cabelos loiros e vibrantes olhos azuis, entrou na sala. Fiquei pensando por onde ele havia entrado; não tinha ouvido a porta da frente se abrir. Ele deu um grande sorriso para nós e ficou no centro da sala. Estava usando um par de sapatos de couro, calça preta e um suéter cinza fino. Tinha a bela aparência de um modelo dos catálogos J. Crew, de feições clássicas e tipo físico americano. Olhei para minha saia *jeans* e minha blusa vermelha de botões. Tinha parecido uma boa escolha antes, mas, perto desse cara de Hollywood, me senti horrivelmente mal-vestida.

Por um bom tempo, o apresentador não disse nada, apenas ficou ali, observando-nos. Os câmeras ficaram andando, filmando-nos de vários ângulos. Havia três deles, mais um homem segurando um microfone gigante de vara, muito maior do que os que tinham usado antes.

Este era, obviamente, um momento muito importante de *Fat2Fab*.

Fiquei tentada por um instante a quebrar o gelo com uma piada, mas decidi não fazê-lo.

"Olá, garotas, bem-vindas a *Fat2Fab*", ele disse, finalmente. Sua voz era grave e suave. "Sou Jagger Roth, o apresentador desta aventura magnífica. Nas próximas quinze semanas, vocês embarcarão na maior jornada de perda de peso de sua vida, uma jornada com muita coisa em jogo. Para algumas de vocês, esta experiência será estimulante. Para outras, será devastadora."

Ele estava exagerando só um pouquinho. *Fat2Fab* não era uma questão de vida e morte.

"Todo o país irá assistir ao desdobramento de sua vida. Algumas de vocês irão sucumbir; outras irão se superar. Quem sabe", ele disse, olhando em volta, "que tipo de estrelato as aguarda? Vejo potencial em todas vocês. Uma de vocês pode se tornar a próxima grande sensação."

"Sim", Luisa disse, abafando o riso, "com ênfase no *grande*."

"Vejo que todas vocês passaram um tempo se conhecendo, e isso é bom. As informações que você conseguiram sobre suas colegas serão de grande importância nos próximos minutos. Quanto mais vocês souberem, maiores as chances de ganhar a próxima prova."

Todas olhamos em volta da sala, desconfiadas, tentando catalogar mentalmente tudo o que havia sido dito durante a tarde.

"Mas, antes de começarmos nossa prova de estreia, deixem-me levá-las ao tão aguardado passeio pela mansão. Como vocês chegaram mais cedo hoje, os quartos de cima foram trancados." Ele fez uma pausa, olhando para nós maliciosamente. "Não mais." Ele pegou um chaveiro enorme, do tipo que os carcereiros carregam em filmes de prisão antigos. "Sigam-me, garotas. Seu destino as aguarda."

Primeiro, Jagger nos levou a uma grande academia, localizada, ironicamente, ao lado da cozinha. Havia sido equipada com três esteiras, duas bicicletas ergométricas, um aparelho elíptico e um *stepper*.

"Malhando aqui, vocês podem ganhar até mil dólares por dia para sua conta *Fat2Fab*. Basta uma hora. Uma hora por dia e você pode ganhar mil dólares", ele disse.

Um cara bonito e musculoso chegou, todo empertigado.

"Bem-vindas a Academia do Greg!", ele rugiu, flexionando um de seus bíceps. "Sou seu três-em-um *personal trainer*, nutricionista e guru de perda de peso. Quando tiverem um problema relacionado a seu peso, venham a *mim*. Eu sou o cara com quem vocês devem falar."

Não conseguia ver como aquele tipo poderia me ajudar a perder uns quilos. Procuraria me manter o mais longe possível de Greg, o maluco por esteroides.

Fomos atrás de Jagger enquanto ele subia rapidamente as escadas. Os câmeras nos seguiram de perto. Quando chegamos lá em cima, Jagger parou e deu um giro, virando-se para nós.

"Como vocês irão descobrir em breve, a mansão tem vários quartos. Uns são luxuosos, e alguns não são tão luxuosos", ele disse. "A maioria de vocês irá dividir os quartos, mas uma sortuda terá sua própria suíte de luxo, equipada com uma cama *king size*, uma sala particular e um banheiro espaçoso, com uma banheira de hidromassagem. As outras ficarão em um dos dois quartos restantes – cada um com seus prós e contras. A sorte do jogo pode estar nos arranjos que fizeram para dormir."

Regan tomou um susto. "O que você quer dizer?"

"Tudo a seu tempo, tudo a seu tempo", Jagger disse, misteriosamente.

Usando uma das chaves do molho gigante, ele abriu o quarto do meio, aquele que eu e Luisa tínhamos pensado em dividir. Esperou fora enquanto o examinávamos. O quarto não tinha quase nada, mas era espaçoso e tinha sido equipado com duas camas de casal e um pequeno sofá.

"Não é tão pobre", Luisa comentou. "Eu dormiria aqui. O que você diz, Kat?"

"Vocês são tão ingênuas!" Alicia deu um sorriso falso. "Vocês não *escutaram* o que Jagger disse?" Não podemos *escolher* nossos quartos, temos que *competir* por eles."

"Não necessariamente. Ele não disse como os quartos vão ser divididos, somente que os arranjos que fizermos para dormir terão um impacto no resultado do jogo", lembrei a ela.

Jagger nos deixou examinar o quarto por alguns minutos antes de nos chamar para dar uma rápida olhada na suíte de luxo.

"Oh, meu Deus!" Regan parou tão rapidamente que eu quase esbarrei nela. "É grande!"

Ela estava sendo modesta. Gigantesco teria sido mais apropriado. Daria para enfiar meu apartamento inteiro naquele quarto – duas vezes.

"Kat, o que acha de você e eu dividirmos *este* quarto?", Luisa brincou.

"Sobre o meu cadáver", Alicia disse.

Jagger nos deu alguns minutos para olhar o quarto antes de nos reunir de volta para o passeio. Ele apontou para o outro lado do salão, para um quarto que chamou de "Confessionário". "Vocês terão sessões aqui todo santo dia", ele anunciou, batendo levemente na porta. "Vocês podem decidir entrar por vontade própria, ou podem esperar os produtores mandarem vocês entrar. A escolha é sua." Ele não abriu a porta para nos mostrar o interior. "É hora de voltar para baixo. Nós temos outros cômodos para ver", Jagger disse, "e coisas importantes a discutir."

Ele nos levou para uma visita super-rápida ao restante da casa, listando as várias amenidades dos diferentes cômodos. Cada cômodo da casa era o mesmo em um aspecto: nenhum possuía Internet, televisão ou telefone. As únicas mordomias estavam lá atrás, do lado de fora – uma grande piscina e uma banheira de hidromassagem.

Bem, pensei ironicamente enquanto ele nos mostrava a piscina, eu não vou usar isso.

"Duas vezes por semana, vocês me encontrarão na piscina para uma entrevista cara a cara. Nada formal, apenas um bate-papo legal e casual sobre como estão as coisas para vocês no programa", ele nos informou.

Quando chegamos à cozinha, as coisas ficaram bem mais interessantes.

"Enquanto estiverem na mansão de *Fat2Fab*, vocês terão que seguir uma rotina", Jagger disse. "O café-da-manhã será às 9 da manhã, o almoço, ao meio-dia, e o jantar, às 7 da noite. Como podem ver, a geladeira está cheia de itens saudáveis." Ele abriu a porta, revelando um estoque de frutas e vegetais que não estavam lá antes. "Mas vocês só poderão lanchar entre 2 e 4 da tarde. Em todos os outros horários, a geladeira permanecerá trancada."

"Eu achei que vocês não nos fariam passar fome", Janelle disse, com ar de preocupação.

"É, por que não podemos comer na hora em que quisermos?", Alicia se intrometeu. "Como se as coisas dessa geladeira fossem nos deixar mais gordas."

"*Au contraire*", Jagger disse. "Vocês não passarão fome. Se a barriga começar a roncar muito ou se tiverem desejos de madrugada, há um lugar na mansão que está sempre servido."

Ele foi até o final da cozinha e começou a puxar uma porta grossa de madeira. Não havia nenhum sinal do lado de fora, nada que indicasse o tesouro virtual que nos aguardava lá dentro.

"A Tumba da Tentação", Jagger anunciou, aparentando alegria. "Vamos, garotas, deem uma olhada."

Me lembrei da matéria. Um enorme festival de pecado prestes a acontecer.

Cuidadosamente, passei pela porta e fiquei cara a cara com a maior despensa que já tinha visto na vida; era quase tão grande quanto a cozinha. A Tumba da Tentação era cheia de prateleiras com todo tipo de porcaria conhecido pelo homem. Uma parede estava lotada de doces: *cookies*, bolos, chocolates, *donuts*, pudim. Até chicletes. A parede oposta tinha uma variedade de castanhas, biscoitos, pães e todas as marcas de salgadinhos de que eu já tinha ouvido falar.

"Muito bem, afastem-se devagar e ninguém vai se machucar", eu brinquei, indo para fora da Tumba da Tentação e de volta à cozinha. Precisava de espaço para respirar. Um lugar como aquele era suicídio. Não sabia como conseguiria perder meu quilo semanal com todos aqueles doces na casa.

Quando estávamos novamente sentadas no sofá roxo da sala, Jagger anunciou uma surpresa. "Há algo que todas vocês deveriam saber. As luzes dos quartos estão ligadas a um sistema de *timer*. Às 8h, todas as manhãs, as luzes se acenderão, e às 11h, todas as noites, elas se apagarão."

Meu queixo caiu, e eu notei várias outras garotas olhando para ele, surpresas. Ele só podia estar brincando.

Não estava.

"Esses horários foram planejados tendo em mente o bem de vocês", Jagger explicou. "Se vocês ficarem deitadas na cama o dia todo, nunca atingirão seus objetivos. Sem um regime estrito, muitas de vocês estão condenadas ao fracasso."

Jagger estava começando a me irritar. Eu, por exemplo, nunca consegui fazer muita coisa de manhã. Não importa de que ângulo você olhe, eu sempre estou mais alerta e viva à noite. Eu queria perguntar se alguém havia escrito um roteiro para ele, ou se ele estava inventando essas besteiras conforme ia falando.

Infelizmente, as besteiras estavam só começando.

"Cada uma de vocês terá um banco no qual eu colocarei dinheiro enquanto progredimos. Todo domingo, vocês participarão de uma pesagem. Aquelas que perderem 1 quilo ou mais durante a semana serão recompensadas com mais 10 mil dólares em sua conta pessoal. Se houver ganho de peso ou perda de menos de 1 quilo, nada vai acontecer. Porém..."

Jagger fez uma pausa, tentando dramatizar. Não funcionou. Nós já tínhamos lido a matéria; já sabíamos o que aconteceria.

"... se vocês *ganharem* 2 quilos ou mais, perderão 20 mil dólares! No final do programa, quem tiver acumulado mais dinheiro levará tudo para casa. As outras sairão de mãos abanando."

Já sabíamos disso! Eu queria saber logo das coisas boas.

"Durante sua estada na mansão de *Fat2Fab*, vocês participarão de várias provas. Algumas serão competições individuais e algumas serão em grupo. Às vezes, o prêmio será em dinheiro; outras vezes, haverá coisas ainda maiores em jogo. Não há padrão para a frequência dessas provas. Então, eu as aconselho a darem o melhor de si em todas elas; nunca se sabe quando outra oportunidade poderá surgir."

Jagger fez uma pausa, lançando-nos um olhar cortante.

"Sua primeiríssima competição individual irá começar... Agora!", ele gritou, assustando-me. "Hoje à noite, vocês participarão de um pequeno jogo chamado Por 1 Centavo, por 1 Quilo. Se vocês adivinharem os quilos, isso valerá muitos centavos."

Escutei com atenção enquanto Jagger explicava as regras da prova. Parecia inacreditavelmente tosco. Nos dariam uma pilha de cinco grandes cartões amarelos, cada um com o nome de uma das candidatas. Com um marcador preto, teríamos que escrever o peso das outras jogadoras.

"Algumas de vocês podem saber o peso de suas colegas de casa, outras não. Se vocês não têm certeza, receio que terão de adivinhar", Jagger explicou. "Vocês terão cinco minutos para escrever as respostas. Lembrem-se, vocês não podem mudar as respostas depois que o tempo se esgotar. Quem conseguir acertar o maior número de respostas ganha 10 mil dólares em sua conta e o direito de escolher onde ela – e todas as outras – irão dormir."

"Espere um pouco, espere um pouco", Alicia interrompeu. "Deixe-me entender direito. O primeiro lugar escolhe primeiro o quarto, certo?"

Jagger fez que sim.

"Mas o segundo lugar não deveria escolher em segundo, o terceiro, em terceiro, e assim por diante?"

"Receio que não seja assim que as coisas funcionem em *Fat2Fab*", Jagger disse. "Se você quiser escolher o quarto onde irá dormir nas próximas quinze semanas, é melhor vencer a prova de hoje, Alicia."

"Tanto faz."

Jagger começou a andar pela sala, entregando o material rapidamente. Quando terminou, ele anunciou: "Seus cinco minutos começam... *agora!*"

Deveria ser um momento dramático, mas ninguém reagiu. Ficamos ali sentadas, calmas, olhando umas para as outras. De canto de olho, podia ver Luisa me medindo. Ela deve ter se sentido bem idiota, depois de ter contado seu peso daquele jeito. Peguei o cartão onde estava escrito *Luisa*, virei-o e escrevi *95*. Secretamente, eu estava feliz por não ter contado nada a ela sobre meu tamanho.

"Quatro minutos, garotas", Jagger avisou.

Mexendo na pilha, peguei o cartão de Alicia e escrevi *84*. Maggie era bem pesada, mas também era muito baixa. Pensei por um minuto e coloquei *79*. De longe, as mais difíceis de avaliar eram Janelle e Regan. Janelle tinha a compleição de uma amazona – muito alta e de ossos largos. Não tinha a mínima ideia de seu peso. Deduzi que *118* era uma aposta segura. E Regan, que Deus a abençoe, era enorme. Com uma ponta de culpa, escrevi *180* e rezei para que ela não me odiasse por isso. Sob circunstâncias normais, eu teria sido legal e descontado uns 25 quilos, mas isso era uma competição. Queria ganhar a suíte de luxo tanto quanto qualquer outra.

"Ok, garotas, tempo esgotado."

Alicia ainda estava escrevendo freneticamente, e Jagger teve que adverti-la duas vezes antes de ela largar o marcador. "Tudo isso está armado", ela reclamou.

Ela estava começando a me incomodar.

"Kat, você é a primeira. Hora de subir na balança!", Jagger gritou.

"O quê!?", eu gritei. "Por que eu? Não deveria ser em ordem alfabética?" Meu rosto estava queimando de vergonha.

"A ordem foi predeterminada", Jagger respondeu.

Fui lentamente até a frente da sala, chutei os chinelos e subi na balança.

"E a balança diz... 104 quilos!", Jagger declarou.

Senti enjoos. Ou a balança de *Fat2Fab* estava errada, ou eu havia engordado 1 quilo desde que saíra de Memphis!

"Vamos ver o que suas colegas disseram. Se vocês quiserem os centavos, garotas, é melhor acertarem os quilos!" Ele começou pela esquerda, com Luisa.

Ela levantou o cartão, desapontada. "Coloquei 91", ela disse.

Um sorriso enorme se abriu em meu rosto.

Depois, Maggie mostrou sua resposta: *102*, o que também não era ruim. Na verdade, estava bem perto da verdade. Até aquele ponto, gostei do que estava escutando. Mas foi a resposta de Janelle que me deixou mais animada.

"Kat, cravei 83 para você", ela disse, balançando a cabeça. "Droga."

Eu queria abraçá-la. Quem se importava se ela estava totalmente errada? Foi um enorme elogio, sem trocadilho. Todos esses anos, nunca imaginara que parecia muito menor que o meu peso real! Estava me sentindo muito bem, até a vez de Regan.

"Me desculpe, Kat." Ela olhou para o chão.

Ela levantou o cartão e, só de olhar, quase caí dura. "Cento e trinta e cinco quilos!", explodi. "Você acha que eu peso *135 quilos*?"

"Foi só um palpite!"

"Um palpite *horrível*", reclamei. Regan tinha muita cara-de-pau. E pensar que eu realmente me sentira culpada por colocar 180 quilos em seu cartão.

Alicia não foi muito melhor – ela calculou que eu pesava 125 quilos. "Me desculpe, Kat", ela disse, com ar superior. "Eu calculo como vejo."

Voltei para o sofá e me joguei. Estava bufando. Mais do que tudo, gostaria de poder voltar e mudar meus palpites. Escreveria 270 quilos para Regan e 180 para Alicia. Isso as colocaria no lugar delas.

Estava tão entretida planejando minha vingança que nem percebi que Maggie tinha subido na balança, até Jagger gritar, "Noventa e cinco quilos!"

Meu chute tinha ficado 15 quilos abaixo – ela escondia muito bem o excesso. No final, a maioria de nós tinha feito besteira, dando um peso muito menor para Maggie. A única pessoa que chegou mais perto foi Regan, que, mais uma vez, havia superestimado o peso, com 104.

Minha sorte foi de mal a pior. Janelle, pelo que se viu depois, pesava apenas 99 quilos, fazendo meu palpite de 118 parecer ignorante e malicioso. A maioria de nós superestimou o peso de Janelle, com exceção de Maggie, que acertou, com 100 quilos. Aumentei 5 quilos o peso de Alicia, que foi realmente o fiel da balança, com 79. A única que eu acertei foi Luisa, mas até aí, todo mundo também acertou.

A maior surpresa da noite aconteceu quando Regan subiu na balança. Ela pesava 155 quilos – 25 quilos a menos que meu palpite –, mas não foi isso o que me surpreendeu. Quando chegou a vez de Alicia levantar seu cartão, ela tinha colocado o peso de Regan em 113, 12 quilos *a menos* do que havia dado para mim!"

"Você acha que eu peso mais que Regan?", desafiei, assumindo posição de combate.

"Você está brincando", Luisa me apoiou. "Olhe para elas!"

Regan torceu o nariz. "O que você quer dizer com isso?"

"Sem querer ofender, mas não somos exatamente do mesmo tamanho", disse a ela, amenizando um pouco o tom.

"É minha opinião, Kat", Alicia disse. "Não é científico."

"Você não respondeu à minha pergunta."

"Muito bem, então. Se você quer mesmo saber, então sim, eu acho que você parece maior do que Regan", Alicia bufou.

Olhei com muito ódio para ela. Alicia receberia o troco, de um jeito ou de outro.

No final das contas, Maggie prevaleceu. "Eu sabia que todos esses anos trabalhando para o Vigilantes do Peso teriam uma recompensa um dia." Ela estava radiante.

"Parabéns, Maggie!", Jagger disse. "Você é a vencedora da competição de estreia de *Fat2Fab*. Além do seu prêmio de 10 mil dólares em dinheiro, você é agora a feliz ocupante da cobiçada suíte de luxo. E, além disso, terá a tarefa invejável de escolher onde as outras colegas irão dormir." Ele deu a ela a chave do quarto.

Maggie forçou um sorriso. "Obrigada, Jagger."

"Aproveitem seus novos quartos, garotas", ele aconselhou. "Lembrem-se, a sorte do jogo pode estar nos arranjos que fizerem para dormir." E saiu rapidamente da sala, sem ao menos um tchau.

"Como vocês querem fazer isto?", Maggie perguntou. "O mais justo talvez seja tirar os nomes de um chapéu."

"Não, o mais justo seria se fôssemos em ordem", Alicia interrompeu. "Luisa ficou em segundo, eu fui a terceira, Kat foi a quarta, Regan ficou em quinto e Janelle, em último. É assim que devemos dividir os quartos."

Eu sabia o que ela estava fazendo. O melhor quarto depois da suíte master tinha duas camas. Se fizéssemos as coisas do jeito dela, Alicia e Luisa ficariam com ele.

"De jeito nenhum", argumentei. "Acho que Maggie deve decidir. Se *ela* quer um sorteio aleatório, é o que vamos fazer."

Maggie parecia exasperada. "E se fizermos uma votação? Quem quiser fazer do jeito de Alicia levante a mão."

Esperava que a divisão fosse a meu favor, com três das cinco votando pelo sorteio, mas Janelle estragou tudo.

"Não posso fazer nada", ela disse, encolhendo os ombros. "A ideia de Alicia é a mais justa."

Então, ali estávamos nós: eu, Regan e Janelle, dormindo juntas no menor dos três quartos.

"Que droga!", reclamei, enquanto arrastávamos as malas escada acima para os quartos. Inspecionei o ambiente. O quarto era minúsculo em comparação com o restante da casa, provavelmente media 3 m x 4,5 m. Havia três pequenas camas alinhadas paralelamente contra a parede. "Não é muito maior do que o meu quarto de casa. Vamos ficar trombando umas nas outras a toda hora."

Eu não estava exagerando. Entre as três camas de solteiro, duas penteadeiras e a sempre presente equipe de filmagem, mal havia espaço para nossa bagagem. Aqui estávamos; em uma mansão gigante cheia de quartos de tamanho considerável, e eles haviam nos colocado dentro de um espaço não muito maior que um *closet*.

"Mandou bem, Janelle", Regan repreendeu. "Se você não tivesse estragado a votação, teríamos tido uma chance de pegar um quarto melhor."

"Verdade", ela admitiu. "Mas aí você poderia ter que dividir o quarto com Alicia. Desse jeito, a Luisa terá que aguentá-la. Elas podem ter o quarto maior, mas prefiro nossa situação."

Isso nos calou.

"Bem, quem vai ficar com qual cama?", Janelle perguntou, olhando em volta.

Regan pegou a cama perto da janela, enquanto eu fiquei com a cama perto da porta. Isso deixou apenas uma escolha – o espaço apertado do meio. Com boas intenções ou não, Janelle era em parte responsável por nossa situação. Parecia apropriado que ela ficasse com o pior lugar no nosso arranjo para dormir.

Passamos a meia hora seguinte desfazendo as malas e conversando sobre amenidades. Descobri que Regan tinha uma irmã mais velha que ela odiava, e que seus pais estavam juntos desde os 14 anos.

"Uau, não consigo imaginar", Janelle comentou. "Só tenho 29 e já sou divorciada duas vezes."

Meus olhos saltaram. "Você está brincando!"

Ela balançou a cabeça. "Gostaria de estar, mas não."

"O que aconteceu?", Regan se intrometeu. "Quem se divorciou de quem? E por quê?"

Como se estivesse escutando a conversa, uma voz chamou do sistema de comunicação interna. Parecia Zaidee. "Janelle, por favor, venha ao Confessionário. Sua sessão diária vai começar em cinco minutos."

"Salva pelo gongo." Janelle suspirou. "E pensar que eu nem terminei de desfazer as malas." Ela começou a andar em direção à porta, depois parou e perguntou: "Vocês notaram como este lugar é bíblico? Eles falam conosco pelo alto-falante da casa como se fossem Deus. Temos a Tumba da Tentação e o Confessionário. Eles bem que podiam chamar o programa de *Os Sete Pecados Capitais*".

"Eu acho que já pegaram esse nome", disse a ela.

Depois que ela saiu, Regan se voltou para mim. "Jagger já falou quais são os prós e contras de cada quarto?"

"Acho que é isso", eu disse, apontando em volta. "Absolutamente nada de espaço e total falta de privacidade."

"Mas Jagger estava falando da 'sorte do jogo'."

"Acho que ele estava fazendo cena para as câmeras. Talvez eles nos deem horários diferentes para comer e fazer exercícios de acordo com o quarto onde estivermos dormindo. Ou talvez, nas provas futuras, eles nos dividam em equipes de acordo com os quartos. De qualquer modo, tenho certeza de que não é nada para se preocupar."

"Aposto que você está certa."

Não estava.

13

Truques Femininos de Derrubar Elefante

NO FINAL DA primeira semana, me senti à beira de um ataque de nervos.

Acordava às 8h toda manhã, quando as luzes se acendiam, tomava banho, arrumava o cabelo, me maquiava e me vestia para ficar apresentável para as câmeras. Depois, descia as escadas, cambaleante, para o café-da-manhã obrigatório da casa.

Era uma tortura.

Quando acordava, já estava com um humor péssimo. Odiava dividir meu pequeno quarto com duas garotas, odiava ser rodeada por câmeras assim que acordava e odiava fingir que estava fazendo uma refeição normal e tranquila com um grupo de virtuais desconhecidas. Comer era estritamente limitado a uma dieta de alimentos sem graça, e o café-da-manhã era especialmente miserável: torrada integral, uma pequena porção de gelatina de uva e uma marca genérica de cereal de baixa caloria. Claro, eu poderia ir até a Tumba da Tentação e pegar um *donut* ou uma panqueca, mas, até onde eu sabia, nenhuma de nós tinha se aventurado na despensa proibida desde nosso passeio inicial. Ninguém queria ser visto esbaldando-se em rede nacional.

Alicia reclamava sem parar do menu. "Estamos morrendo aqui", ela reclamou, falando diretamente para a câmera numa manhã. "Isso nem é uma refeição balanceada. Pelo menos nos deem uma banana ou uvas passas para colocar no cereal."

"Aqui, aqui", Janelle se intrometeu.

"Frutas são uma das coisas mais saudáveis do mundo", Alicia prosseguiu. "É um absurdo nos privar delas. Precisamos de algo para aumentar o açúcar no sangue de manhã."

Ela continuou fazendo reivindicações, até que, um dia, saiu do Confessionário com um sorriso de orelha a orelha. "Eu ameacei processá-los quando saísse", ela disse, com coragem. "Disse a eles que o nível de nossos eletrólitos está caindo, e que era melhor eles reconsiderarem o menu antes que uma de nós fique doente."

"É uma mentirosa", Luisa sussurrou no meu ouvido.

Eu também achei, mas, na manhã seguinte, havia maçãs, bananas e laranjas na mesa do café-da-manhã.

Após o café, passávamos o tempo sem fazer nada, interrompidas apenas pelo almoço, o jantar e as sessões no Confessionário.

Não tínhamos livros ou revistas, não podíamos ver TV, ligar para alguém em casa ou ficar *online*; tudo o que podíamos fazer era circular pela casa e conversar umas com as outras. E, depois de escutar a história da família de Regan e as escapadas sexuais selvagens de Luisa pela milésima vez, eu estava mais do que pronta para um novo *hobby*. Precisava fazer algo para me distrair, e rápido. Então, tive uma ideia. Pensei que minha participação em *Fat2Fab* seria uma oportunidade de matar dois coelhos com uma cajadada só: ficaria rica e famosa de uma vez. Mas, na verdade, poderia atingir não dois, mas três objetivos durante meu período no programa: beleza, riqueza e sucesso.

Eu estava trancada em uma casa, sem nada para fazer. Não havia hora melhor para escrever o grande romance americano. Não tínhamos acesso a um computador, mas eu poderia escrever à mão. A casa estava cheia de blocos de notas e lápis – um dos poucos itens de luxo que os produtores acharam que merecíamos. Corri para o salão principal e peguei uma pilha de material para escrever da gaveta de cima do armário. De bloco e lápis na mão, encontrei meu primeiro problema: onde escrever.

Meu quarto não dava. Era muito bagunçado, e não havia superfícies lisas onde eu pudesse colocar o papel. Teria que me deitar na cama, equilibrando o bloco no colo. A cozinha tinha uma ilha enorme no meio de muitos balcões, mas tinha trânsito demais. O mesmo se podia dizer da sala.

Cheguei a pensar em ir para fora, mas achei melhor não. Teria sido o melhor lugar para escrever, mas já eram mais de 2 da tarde. Alicia provavelmente estava tomando sol em uma das cadeiras, fritando a pele como fazia todos os dias. Já podia imaginar sua reação quando descobrisse que eu estava escrevendo um romance.

"Ei, Kat", ela diria, com falsa simpatia. "Eu ficaria mais do que feliz em ler sua primeira versão. Fazer algumas revisões. Sendo uma jornalista bem-sucedida do *Boston Globe*, tenho muito conhecimento." Depois, ela me diria como sou ruim.

Não, eu precisava de um lugar tranquilo e isolado, com poucas distrações. Pensei em ir ao Confessionário e pedir permissão para me instalar ali, mas acabei desistindo. A própria Zaidee era escritora e certamente entenderia minha necessidade de privacidade, mas revelar que eu estava escrevendo um livro me sujeitaria a muitas perguntas indesejadas. Não tinha muita habilidade para driblar suas perguntas. Enquanto não tivesse o produto acabado, não contaria uma palavra sobre meu livro para ninguém.

Acabei me ajeitando num canto perto da lareira. Me sentei no chão, espalhando minhas coisas na mesa de centro. Meu câmera se ajoelhou à minha frente. Sempre me imaginei escondida num estúdio com o clima apropriado, batendo página após página numa máquina de escrever antiga. Certamente, não tinha me imaginado sendo filmada enquanto escrevia, mas não havia como evitar isso. Além do mais, pensei, essa disposição pode ter suas vantagens. Poucos escritores – se é que existe algum – têm uma fita documentando seu processo criativo. Me abaixei e comecei a trabalhar, tentando me lembrar dos conselhos de redação que tinha escutado. O único que me veio à mente foi o velho provérbio "escreva sobre o que conhece". Bem, esse estava descartado. Meu livro seria um romance, e eu não teria uma garota gorda como personagem principal.

Não, minha personagem principal teria que ser alguém com energia, ousadia e carisma. Ela gostaria de se divertir, mas também seria glamorosa. Ela teria que ser confiante sem ser arrogante. Exatamente como eu seria quando ficasse magra. Seria um livro excitante sobre uma mulher de parar o trânsito. Eu sorri. Gostei da frase. Talvez eles a colocassem na capa do livro.

O nome da personagem teria que ter autoridade, teria que transmitir poder e, também, vulnerabilidade. Peguei a caneta e fiz uma lista. *Lucinda. Julianne. Rosalind.* Nenhum deles era exatamente o que eu queria. Foi então que *Cassandra* me veio à cabeça. Sim, eu gostava do som daquele nome. Altivo, porém acessível.

Com o nome da personagem principal em mente, fui para a parte mais crucial de todas. A primeira frase. Teria que ser surpreendentemente brilhante, algo que fisgasse o leitor desde a primeira página. Pensei nisso por algum tempo, rolando o lápis entre as mãos. Então, escrevi:

Os lábios de Cassandra têm a cor das rosas.

Olhei para aquilo e risquei tudo. Parecia um pouco estereotipado.

Além do mais, as rosas são de várias cores. Não queria que alguém se confundisse e pensasse que os lábios de Cassandra eram amarelos de icterícia. Além disso, havia sempre a possibilidade, embora rara, de que algum indivíduo de mente suja achasse que eu estava me referindo aos *outros* lábios de Cassandra, aqueles localizados nas partes inferiores.

Me xinguei por passar tanto tempo com Luisa.

Depois, escrevi rapidamente *partes inferiores* no final da página. Era uma reflexão perspicaz, que talvez pudesse ser usada mais tarde na história.

Mudando para uma página em branco, tentei um outro texto de abertura:

Cassandra é uma Afrodite dos dias de hoje, uma mulher tão linda que muitos belos galanteadores já ficaram extasiados por seus encantos elegantes, caindo no feitiço de seus truques femininos impressionantes e de derrubar elefante.

Li novamente e, por mais doloroso que fosse admitir, era um lixo. Quando pensei na passagem, parecia refinada, original. Mas, entre o cérebro e a mão, algo se perdeu.

A sentença precisava ser arrumada, mas eu não sabia por onde começar.

Examinei a passagem, esforçando-me para analisar o conteúdo. Havia muitas imagens, e talvez eu tivesse usado adjetivos demais. Reli a sentença, e, desta vez, fiz uma cara feia por causa da quantidade de palavras. Não queria inundar os leitores logo de cara. Além disso, não tinha certeza de onde havia tirado a expressão *de derrubar elefante*, ou mesmo se era uma expressão. Parecia um pouco uma metáfora mista.

Com força, enfiei o lápis na página, riscando o texto ofensivo. Esqueça a primeira sentença. Eu precisava era de uma indicação, algo para me guiar nas partes difíceis e me manter no rumo certo.

Precisava de um título.

Quando eu tivesse o título, a história definitivamente fluiria.

Mas ter a ideia de um título também se mostrou um desafio. Considerei e rejeitei várias opções: *A Linda Amante, A Raposa Robusta, Colegas de Coração* e *Pelo Amor de uma Mulher, Cassandra.*

Franzi as sobrancelhas. Não me lembrava de ter tido tanta dificuldade para colocar palavras num papel antes. Já tinha escrito muitas coisas – *press releases*, por exemplo –, e nunca tivera esse tipo de problema.

Era frustrante, mas havia um consolo. Eu podia não ser capaz de escrever um romance bem-sucedido, mas, em alguns aspectos, estava *vivendo* um. Já tinha Nick, meu herói romântico perfeito. Agora, só precisava de um corpo insinuante e refinado, como todas as heroínas das capas de romances. Aí eu estaria feita.

"Ei, garota, como estão as coisas?"

Dei um pulo de quase meio metro no ar, jogando os braços sobre a mesa de centro para tentar esconder meus escritos. Parabéns, Kat, me repreendi. Bela maneira de ser discreta.

"Oi, Regan", eu disse, olhando por cima do ombro enquanto ela estava atrás de mim. Para uma pessoa corpulenta, ela tinha um talento especial para se aproximar sorrateiramente.

"O que você está fazendo?"

"Nada de mais, escrevendo umas cartas para casa."

Seus olhos ficaram enormes. "Kat, você não pode mandá-las! Você sabe que não podemos mandar coisas pelo correio, não?"

"Sim, Regan, sei muito bem disso. Só porque eu escrevo umas cartas não quer dizer que tenho que mandá-las. Vou guardá-las até chegar em casa. Você precisa de alguma coisa?"

"Ãh-ãh."

Queria perguntar por que ela viera me aborrecer se não tinha nada para dizer, mas pensei melhor. Não fazia sentido ser deliberadamente rude.

"Então, o que as outras estão fazendo? Algo interessante?"

"Deixe-me pensar. Alicia está tomando sol. Maggie está tirando um cochilo, e Janelle e Luisa estão na Academia do Greg."

"Elas estão malhando?", perguntei, surpresa. Todas nós tínhamos nos exercitado uma hora pela manhã. Quando há mil dólares em jogo, exercitar-se fica bem mais atraente. Luisa parecia especialmente encantada com Greg – ela frequentemente lhe mandava beijinhos e fazia inúmeras piadas sobre como lhe proporcionaria "um exercício de verdade" se ele estivesse interessado.

O câmera de Regan se inclinou para conseguir enquadrar nós duas.

"Eu acho que elas estão passando mais tempo com Greg do que com qualquer outra coisa."

"Ah, sim. A Luisa tem uma queda por ele." Dei uma piscada exagerada, que, claro, não teve efeito em Regan.

"O que há com o seu olho?"

"Nada, eu estava piscando para você." Pisquei novamente, para dar ênfase. "É só o meu jeito de dizer que Luisa tem uma queda por Greg."

"Ah, sim, ele é maravilhoso!"

Levantei e estiquei as pernas. Meu câmera fez o mesmo, levantando-se e imediatamente abaixando-se para não bloquear o câmera de Regan. Fiquei pensando se eles se sentiam estúpidos filmando-nos ali daquele jeito. Com certeza, um câmera seria suficiente.

"Vamos para a cozinha. Estou morrendo de fome", eu disse, pegando meu bloco de notas e lápis.

"Nossa, eu também. A comida aqui não é grande coisa."

Fomos andando pelo salão e entramos na cozinha. Abri a porta da geladeira e comecei a procurar algo para comer. "Você está a fim de quê?"

"Faça uma surpresa com alguma coisa saborosa!"

Ela queria o impossível. "Bem, vejamos. Temos cenourinhas, aipo, brócolis e couve-flor. De vegetais, é isso. De frutas, temos peras e pêssegos. Temos um substituto de pasta de amendoim sem gordura, e queijo suíço sem gordura e quase sem calorias, que podemos comer com biscoitos água e sal sem gordura e sem leite. Escolha seu veneno."

"Kat, não tem graça."

"Não era para ter."

Ela suspirou. "Pode me passar um pêssego?"

Peguei dois da gaveta de frutas e fechei a porta da geladeira. Mastigamos nossos pêssegos em silêncio por um bom tempo, fazendo força para ignorar o zumbido das câmeras. Tinha acabado de engolir o último bocado quando Regan disse: "Isto não está ajudando".

"Eu sei, eles me deixam nervosa também", confessei, olhando para o câmera pelo canto do olho. "Tente ignorá-los."

Ela balançou a cabeça, desconsolada. "Não, não aquilo. *Isto.*" Ela mostrou o caroço do pêssego. "Em todo caso, estou com mais fome ainda do que estava antes de comê-lo!"

Eu sabia como isso era doloroso. "Estou com fome desde o instante em que pisei nesta casa estúpida. O mínimo que eles podiam fazer era nos dar algo comestível. Há comidas de baixa caloria que têm *gosto.* Bolinhos de arroz, por exemplo. Ou salgadinhos assados. Achei que pelo menos teríamos coisas do tipo. Mas não. Escolhemos um extremo", apontei para a geladeira, "ou outro."

Nos viramos ao mesmo tempo para a Tumba da Tentação.

"Ei, Kat, você acha que eles têm uns salgadinhos assados lá dentro?"

Balancei a cabeça. "De jeito nenhum. Não vou descobrir."

"Oh, vamos. É só uma despensa", Regan disse. "Só parece pecaminoso por causa do nome."

"Regan, você não está falando sério."

"Pense um pouco! Temos essa academia ótima mas não conseguimos fazer exercícios porque estamos com fome o tempo todo! Como querem que percamos peso se não fazemos exercícios?"

No fundo, eu sabia. Eu sabia que não tinha me exercitado mais do que o exigido por falta de vontade, mas, naquele momento, naquelas circunstâncias, a lógica de Regan parecia infalível.

"Ok, você venceu. Vamos dar uma olhada", eu disse, levantando-me da banqueta.

Eu tinha dito as palavras mágicas. Me senti como Ali Babá abrindo a caverna ao comando de "Abre-te Sésamo". Com minha simples decisão, a cozinha tinha virado uma movimentação só. Do nada, uma garota da equipe apareceu, segurando um microfone de vara. O câmera de Regan tinha se posicionado à nossa frente e agora estava andando de costas, filmando-nos enquanto andávamos em sua direção. Estávamos cercadas dos dois lados: pelo meu câmera e pela garota que segurava o microfone.

Estávamos prestes a virar uma grande notícia na casa de *Fat2Fab*.

"Aqui vamos nós", eu disse, passando pelo *cameraman* para abrir a porta.

Ela foi para a frente de forma barulhenta, rangendo como a entrada de uma casa mal-assombrada. Pisei lá dentro e liguei o interruptor. O lugar tinha um cheiro maravilhoso de bolos e tortas frescas. "Vamos fazer isso rápido", ordenei, passando os olhos pelas prateleiras.

"Tantas opções!" Regan estava saltitante. "Como vou escolher só uma?"

Escutei uma conversa abafada e, então um dos câmeras falou, "Você pode escolher mais de uma coisa."

Meu queixo caiu. Em todos os meus dias aqui – sete, no total – nunca tinha ouvido sequer um pio da equipe. Inicialmente, o silêncio me angustiava. Gostaria que um deles se abrisse, contasse umas piadas. Agora que isso tinha acontecido, estava me deixando desconfortável. Rapidamente, peguei uns pacotes de fritas da prateleira. "Terminei", eu disse, afastando-me de lá com o câmera na minha cola.

"Espere, Kat. Este é o auge da minha semana!", Regan disse. Ela respirou bem fundo, saboreando o aroma. "Quando era criança, nunca me deixavam comer comidas gordurosas. Meu pais sempre quiseram que eu fosse magra como minha irmã Briana", ela resmungou. "A deusa perfeita. Eles me comparam a ela todo santo dia. E Briana podia comer *cookies*, enquanto eu comia queijo branco. Ela podia comer o que quisesse e ainda pesar 45 quilos."

"O metabolismo é uma coisa perversa", concordei. "Uma coisa maldosa, odiosa."

"Quero aproveitar este momento enquanto puder."

"Bem, então aproveite sozinha", respondi irritada, voltando rapidamente para a cozinha. Será que Regan não enxergava que estava fazendo o jogo deles? Ela estava personificando o pior dos estereótipos de garotas gordas – a comedora compulsiva.

O mais rápido possível, peguei um lugar no balcão. Rasgando meu pacote de fritas, comecei a comê-las numa velocidade impressionante, colocando várias na boca de uma vez. Estava com medo do momento em que Regan se juntasse a mim. Nem a pau eu deixaria aqueles filhos da mãe conseguirem imagens de duas garotas se esbaldando com comida. Tinha quase terminado todo o pacote quando Regan surgiu, com os braços cheios de comidas de alta caloria. Ela veio até mim, colocando sua recompensa sobre o balcão.

"Olha, Kat!", ela gritou, radiante. "Peguei *cookies* de manteiga, *brownies*, fritas com sabor de pizza, que não são boas como pizza de verdade, mas vão quebrar o galho. E também..."

"Oh, acho que estou passando mal", eu disse, levantando da cadeira. Estava mentindo na caradura, mas precisava de uma desculpa para sair de lá rapidamente. Mais um segundo, e já era.

"Você está bem? Quer que eu vá com você?"

"Não, não, estou bem", eu disse. "Aproveite seus lanches."

Fugi da cozinha e subi correndo as escadas. Tinha que ficar o mais longe possível da cena do crime. Meu câmera me seguiu de perto, ultrapassando-me e correndo para o banheiro do corredor. Ele pareceu bem confuso quando eu virei à esquerda e entrei no meu quarto em vez disso.

Depois, eu me toquei. É claro. Eles pensaram que eu estava indo forçar um vômito.

Janelle entrou no quarto. "O que era toda essa confusão?"

"Um pequeno pandemônio na cozinha. Tive que escapar rapidamente."

Ela ergueu a sobrancelha.

"Regan e eu entramos na Tumba da Tentação", expliquei.

"Entendi."

"A equipe de filmagem estava frenética", eu disse, um pouco constrangida. Odiava falar de pessoas que estavam no mesmo ambiente. "Eles estavam filmando como se uma de nós estivesse prestes a realizar uma *performance* digna de um Oscar. Eles até trouxeram aquele microfone comprido. Foi meio perturbador."

"Onde está o microfone agora?" Ela olhou em volta.

"Provavelmente, ainda está em Regan. Ela está lá embaixo fazendo um pequeno banquete."

"Aí está uma lição", Janelle disse, ironicamente. "Se você quiser aparecer mais, coma."

Pisquei, confusa. "Eles nunca se importaram tanto antes."

"É porque antes você estava comendo palitos de cenoura, que eles não podem usar. Eles têm que pegá-la comendo um *cheesecake*. Em um programa como este, é isso que significa TV de qualidade."

14

From Fat to Fabulous

A EQUIPE DE *Fat2Fab* era três vezes maior que o número de candidatas. Isso contando só aqueles que tinham contato direto com nossa vida diária – os câmeras e técnicos de som. Não dava para saber quantos outros ficavam escondidos atrás das paredes da casa, observando-nos silenciosamente de um lugar misterioso ao qual Janelle se referia como "sala de controle".

Além das câmeras de parede que tinham sido colocadas na casa toda, cada uma de nós tinha dois câmeras pessoais. Até onde eu sabia, eles trabalhavam em turnos de doze horas, com doze horas de descanso.

Os câmeras nos seguiam fielmente dia e noite. Havia apenas duas exceções. Eles nos deixavam em paz quando estávamos *incapacitadas* em um dos banheiros (porém, se você estivesse somente secando o cabelo ou se maquiando em frente ao espelho, eles se espremiam lá dentro). E, sempre que estávamos participando de algum evento em grupo – um desafio ou mesmo um bate-papo amigável –, apenas três câmeras estavam presentes. Se as seis estivéssemos no mesmo lugar ao mesmo tempo, três dos câmeras sumiam de vista.

"Seria um exagero", Janelle explicou. "Quando você tem tantos câmeras, eles começam a atrapalhar uns aos outros."

Meu câmera diurno – um cara jovem, extremamente magro e loiro – aparecia por volta das 14h toda tarde. Nas raras ocasiões em que eu ficava lá embaixo até tarde, conversando com Janelle ou Luisa na cozinha, eu via o "loirinho", como eu me referia a ele, ir embora por volta das 2h da manhã. De manhã, um homem mais velho, de cabelo escuro e barba, estava lá, enfiando uma câmera na minha cara assim que eu saía da cama.

Fat2Fab também empregava seis técnicos de som equipados com microfones de vara, e sempre havia três na casa. Eles faziam rodízio entre as candidatas, recebendo ordens pelos fones de ouvido e geralmente aparecendo quando uma briga, ou outra mudança interessante, estava se formando. Nunca entendi a necessidade disso, já que usávamos nossos microfones praticamente o dia todo, sete dias por semana.

No começo, achava difícil distinguir os membros da equipe, principalmente os câmeras. Todos eles se vestiam de um jeito parecido, de *jeans* e camisetas pretas, e seus rostos eram quase todos cobertos pelo equipamento que carregavam. Havia algumas exceções. Ambos *cameramen* de Regan eram negros, e, durante o dia, Maggie era seguida por uma mulher. Ficava me perguntando como os produtores haviam decidido dividir as equipes, se havia alguma lógica nisso. Também ficava imaginando se os câmeras tinham algum poder de decisão em relação a quem seguiriam. Me peguei várias vezes querendo falar com eles, fazer perguntas a eles, mas me contive. Teria sido inútil. Eles nunca se abriam.

Luisa tentou em várias oportunidades fazer seu câmera diurno baixar a guarda. Ela o achava fofo, "de um jeito branquelo magrinho", e gostava de brincar com ele. "Você quer uma água?", ela provocava. "Precisa de um folga para ir ao banheiro?" Ele permanecia impassível e rígido o tempo todo, sem ao menos esboçar um sorriso. Me fez lembrar os guardas da rainha do Palácio de Buckingham – aqueles bem famosos pela disciplina rigorosa. Já os vi tantas vezes na TV que, sempre que tento visualizar a Inglaterra, a imagem deles imediatamente me vem à mente. Nick odeia isso.

"É como se as redes americanas não tivessem imagens da Inglaterra além do Parlamento e do Palácio de Buckingham. Você vê uma matéria sobre York na CNN e eles colocam um clipe do Tâmisa", ele me disse uma vez. "Não importa que York fique a mais de 300 quilômetros de Londres."

Éramos obrigadas por contrato a passar pelo menos meia hora por dia no Confessionário. Não havia uma determinação de quem deveria ir e quando; contanto que a sala estivesse livre, não havia problema em entrar. Podíamos dividir nossas sessões diárias em partes de quinze minutos se quiséssemos, contanto que completássemos a meia hora antes da meia-noite. Podíamos exceder nosso tempo se quiséssemos, e, reciprocamente, os produtores podiam nos obrigar a ficar lá por mais tempo. Sempre que falavam pelo sistema de comunicação interna e nos chamavam para o Confessionário – geralmente após uma discussão calorosa ou imediatamente antes de uma começar –, tínhamos que ir, sem objeções.

Algumas das candidatas odiavam isso. Luisa, em particular, tinha aversão ao processo. "Não tenho nada a dizer por meia hora", ela reclamava. "Fico sentada ali dentro como uma boneca, olhando para a câmera." Maggie também não era exatamente interessada. Ela preferia passar os dias dormindo. Quanto a mim, eu arrasava.

O Confessionário era o único lugar onde eu podia falar aberta e honestamente o que pensava. Podia falar o que quisesse sem medo de ser ridicularizada, ou mesmo interrompida. Sempre éramos entrevistadas, e o número de perguntas variava, dependendo de quão falante você fosse. Eles geralmente começavam perguntando: "Em que você está pensando hoje, Kat?", o que abria as portas para um mundo de possibilidades.

Era como *O Mágico de Oz*. O entrevistador se sentava do outro lado da parede, fazendo perguntas e me observando por um espelho falso. Geralmente, eu sabia de quem era a voz – a própria Zaidee fazia as entrevistas com frequência –, mas, ocasionalmente, havia uma pessoa nova, um homem ou mulher que eu não reconhecia.

Uma sessão típica se desenrolava assim:

"Como você se sente sobre suas colegas?"

"Algumas são legais... Outras, não tão legais."

"Há alguém em particular que tem te irritado ultimamente?"

"Alicia", eu dizia. Era sempre Alicia.

"O que ela faz que te incomoda?"

"Ela começou a me chamar de Kit Kat, o que eu acho ofensivo."

"Você já disse a ela como se sente?"

"Digo o tempo todo. Ela diz que apelidos são uma forma de carinho."

"Como andam seus esforços para perder peso?"

"Vocês são onipresentes, onipotentes. Me diga você."

Eu gostava de bancar a tímida no começo, mas logo sucumbi às suas espetadas. Não demorou muito para começar a falar o que eu pensava. Dia após dia, eu me sentava lá dentro, naquela grande cadeira acolchoada, falando grosseiramente sobre qualquer coisa que me viesse à cabeça. O Confessionário era um fórum aberto. Me sentia como um político fazendo um discurso importante; todos os ouvidos estavam me escutando. Comecei a usá-lo como uma plataforma para expressar minhas ideias sobre perda de peso e fobia de gordas.

"Entendemos que os seres humanos têm olhos e pele de cores diferentes, que certas pessoas ficam carecas, enquanto outras têm muito cabelo, que alguns de nós são baixos, outros altos. Narizes, bocas, pés e orelhas têm formas e tamanhos diferentes. Então, por que não os corpos?", eu perguntei. "Por que a maior parte da sociedade se comporta como se todos nós – não importa quem sejamos, não importa nossa ascendência – tivéssemos nascido com o mesmo metabolismo? E como se aqueles de nós que somos mais pesados que 'a norma' ficássemos assim por pura gula? É tão impossível acreditar que nossos corpos são diferentes por força da natureza?"

"Você acha que o mundo te trata de forma injusta porque você está acima do peso?", Zaidee respondeu.

"Há definitivamente um preconceito, sim. Quer dizer, eu sei que como demais às vezes, mas as pessoas agem como se eu só fizesse isso. E pense em como a reação seria diferente se eu me forçasse a vomitar toda vez que me esbaldasse, em vez de segurar. As pessoas sentiriam simpatia por mim, não asco."

Pensei em Cara Magley, e a promessa que havia feito a ela no dia em que fomos comprar roupas grandes. Tinha dito que, se aparecesse na televisão, desafiaria os estereótipos americanos sobre os gordos. E honrei minha promessa.

"Meu tamanho de sutiã é 50, o que não é tão grande assim", eu disse durante uma sessão particularmente quente. "Mesmo assim, sempre que vou à Victoria's Secret, nunca encontro nada que sirva em mim. Eu procuro, procuro e acho *talvez* um ou dois 50. Mas eles têm vários 44 e vários 48. Com que frequência você encontra uma garota magra não turbinada cirurgicamente com seios tão grandes? A Victoria's Secret tem ações de fabricantes de silicone ou algo assim? Por que eu estou seriamente começando a me fazer essa pergunta."

De certo modo, era constrangedor, mas eu sabia que, em todo o país, milhões de mulheres gordas estavam assistindo ao programa e me aclamando por falar a verdade. Na minha opinião, talvez eu fosse a voz de uma nova geração.

A Gloria Steinem das gordas.

"Não acredito que você vai me deixar fazer isso", eu disse, olhando para o minúsculo telefone portátil. "Eu pensei que as ligações estivessem estritamente fora de cogitação."

Jagger fez que sim. "Estão. Mas este é um caso especial. Amanhã é o dia do grande anúncio. Zaidee deixará cada uma de vocês fazer uma ligação. Vocês têm cinco minutos. E, não preciso dizer, você será gravada." Ele sorriu. "Mas isso você provavelmente já imaginava, certo?"

Ele se inclinou para a frente e me entregou o telefone. Sua mão raspou na minha.

Era 13 de maio, um dia antes de o *press release* ser divulgado, informando ao mundo que Luisa, Regan, Alicia, Janelle, Megan e eu éramos as participantes de *Fat2Fab*. Eu tinha saído para a piscina para a minha entrevista com Jagger e descobri que Zaidee estava nos presenteando com uma rápida ligação para casa. Era uma sensação estranha. Eu não podia deixar passar a oportunidade, mas sabia que ficaria com saudades de casa e com o coração partido quando desligasse.

"É como numa prisão, quando eles deixam os prisioneiros fazer uma ligação", ele disse.

Eu tremi. "Má comparação."

"Talvez. Mas eu me sinto mesmo como um carcereiro às vezes." Jagger ergueu as sobrancelhas várias vezes. "Vamos lá, faça sua ligação. Seus cinco minutos começam assim que você digitar."

Olhei ansiosamente para o telefone, virando-o nas mãos. Há dias eu vinha desejando um contato com o mundo exterior. A escolha óbvia era ligar para Donna e implorar por informações sobre Nick. O problema era que não dava para perguntar sem ser óbvia. Tinha mantido Nick em segredo e não queria revelar isso agora. Poderia ser expulsa do programa por mentir na ficha de inscrição.

Logo, a escolha mais lógica era ligar para meus pais. Minha mãe e meu pai não tinham a menor ideia de que eu apareceria em um *reality show*. Com meu pai eu não estava preocupada. Ele levava a maioria das coisas numa boa. Mas minha mãe era outra história. Minha mãe não é das pessoas mais por dentro das coisas quando se trata de cultura popular. Ela desistiu da TV de entretenimento há muitos anos. Mas, de um jeito ou de outro – quer seja através de um comercial, de uma matéria no jornal ou até mesmo de uma amiga bem intencionada –, ela descobriria. Ela ligaria a televisão e lá estaria eu, em toda a minha glória depravada.

Eu não queria que ela desmaiasse de susto.

Cruzando os dedos, digitei o número dos meus pais em Denver. Previsivelmente, minha mãe atendeu antes do final do primeiro toque. Minha mãe é paranóica assim; ela está convencida de que toda ligação é questão de vida ou morte. Quando eu era pequena, essa lógica, embora estranha, fazia um pouquinho de sentido. "E se você fosse sequestrada e conseguisse fugir dos sequestradores por tempo suficiente para me ligar?", ela disse, uma vez. "Eu nunca me perdoaria por não atender a tempo."

Toda a minha formação foi alimentada por suas crenças estranhas, que variavam da apatia desesperançosa à paranoia extrema. Num instante ela estava apavorada com a possibilidade de eu pegar peste bubônica por brincar na caixa de areia do parque; no momento seguinte, ela nem ligava. "Para que me importar? O mundo é uma armadilha gigante", ela dizia, suspirando. "Não importa o que você faça, a morte te encontra no final."

Suas reações eram, na melhor das hipóteses, imprevisíveis. Não dava para saber o que ela diria sobre *Fat2Fab*.

"Oi, mãe", eu disse. Não perdi tempo perguntando como ela estava. Era uma pergunta aberta que convidaria a uma resposta de vinte minutos. Eu tinha que ir logo ao assunto. "Preciso te contar uma coisa."

"Oh, meu Deus!" Eu a escutei respirando fundo. "Você está grávida!"

"Mãe, não! Meu Deus, isso nem é possível", eu disse, ficando vermelha.

"O que você quer dizer com isso?", ela perguntou, desconfiada.

"Nada", garanti a ela. "Não se procupe com isso." Fazia meses que eu não saía com ninguém. A última coisa que eu queria era admitir isso para o país inteiro.

"Kat, você não é *gay*, é?", ela perguntou.

"Mãe!", eu gritei, horrorizada. "Pode acreditar, sou hetero. Olha, só tenho cinco minutos, menos que isso agora, e tenho que te contar uma coisa." Antes que ela me interrompesse, eu soltei: "Estou em Los Angeles. Fui selecionada para um *reality show* na TV".

"Pat!", ela gritou, convocando meu pai a pegar a extensão. "Oh, meu Deus!", ela disse. Depois, "Oh, não!" Ela alternou os dois por alguns segundos, até meu pai pegar a linha.

"O que está havendo?"

"Estou num *reality show*", eu disse.

"Em que canal?", ele perguntou.

"Ãh?"

"Vou ligar a TV."

Eu gemi. "Pai, não estou no ar *agora*. Estamos filmando. E eu só tenho um minuto ou dois antes de os produtores me cortarem. Só queria dizer que os amo e vou pensar muito em vocês. E me desculpem por não contar antes, mas eu não podia."

Pela primeira vez em muito tempo, meus pais ficaram mudos. Finalmente, quando os últimos segundos de conversa estavam se esvaindo, minha mãe perguntou: "Você não está naquele programa da ilha, né? Porque, se estiver, não beba a água! Essas pessoas voltam para casa infectadas com parasitas e todo tipo de doença tropical".

Fiz uma cara de desaprovação. "Não, mãe, estou em Los Angeles. A água é perfeitamente limpa."

"Ei, como é o nome do programa?", meu pai perguntou. "Quero ter certeza para assistir."

"Ah, chama-se *Fat2Fab*", sussurrei, como se, baixando a voz, o título soaria menos humilhante. "É um programa de perda de peso."

"Hmm", minha mãe disse.

Meu pai reagiu com entusiasmo. "Que bom para você! Fico feliz por te ver finalmente fazendo alguma coisa sobre o seu... problema. É uma pena sofrer com isso por tantos anos. Você sempre teve um rosto tão bonito!", ele disse.

Misericordiosamente, nossa conversa foi cortada antes de eu poder responder.

Fat2Fab estreou no sábado, 8 de junho, às 20h – quase duas semanas depois de entrarmos na casa.

Zaidee deu a notícia pelo alto-falante naquela manhã.

"Hoje à noite, o país inteiro estará assistindo a *Fat2Fab*", ela disse simplesmente, e desligou.

Ninguém estava satisfeito com o horário.

"Sábado à noite é o horário morto da TV", Alicia começou a vociferar, logo que soubemos da notícia. "Teremos sorte se conseguirmos uma audiência de 5 milhões."

"Menos", Janelle disse. "É um programa de verão, lembre-se. Provavelmente, ficará mais próximo de 3 milhões."

"Vamos acabar virando um daqueles programas fogo de palha", Alicia reclamou. "Não foi para isso que eu me inscrevi."

Era tudo muito deprimente para colocar em palavras. Ninguém queria que *Fat2Fab* fracassasse – esperávamos que se tornasse um ícone da cultura popular, como *Survivor* ou *American Idol*. Até Maggie e eu – as duas candidatas que tinham demonstrado ter o menor interesse em se tornar celebridades – estávamos visivelmente decepcionadas.

"Eu sempre imaginei *Fat2Fab* fazendo muito sucesso", admiti. Naquele momento, percebi como queria a fama desesperadamente. Jurei fazer minha parte para esquentar as coisas. Então, quando um repórter chamado Dean Abrams-Kreegley veio até a casa naquele dia para nos entrevistar para a edição online da *Entertainment Weekly*, fiquei em êxtase.

Meu primeiro encontro com a imprensa.

Minha primeira chance de irradiar potencial para o estrelato. Eu. Numa matéria do *site* da *Entertainment Weekly*, uma de minhas revistas preferidas desde que eu era adolescente. Pensei: É assim que Julia Roberts deve ter se sentido na véspera do lançamento de *Uma Linda Mulher*. Num instante eu era ninguém; no seguinte, seria um nome famoso.

Tive que me beliscar para acreditar que era verdade.

Dean Abrams-Kreegley era um homem baixo, de aparência comum, com uma pequena barriga e cabelos com entradas. Não era feio, nem o astuto repórter de celebridades que eu estava esperando. Ele parecia o pai de meia-idade de alguém. Ele nos entrevistou, uma de cada vez, escrevendo freneticamente em um caderno. Eu queria perguntar a ele por quê, já que ele havia colocado não um, mas dois gravadores em cima da mesa à minha frente. Mas pensei que poderia ser uma pergunta idiota, o tipo de coisa que eles ensinam na primeira aula de jornalismo. E a última coisa que eu queria era ficar conhecida como a Garota que Fez Perguntas Idiotas.

Gigi Rucker ficou ali sentada durante todas as entrevistas, monitorando cuidadosamente tudo o que era dito. Foi um pouco irritante, mas logo consegui abstraí-la, ignorando-a da mesma maneira como havia ignorado o câmera desde o primeiro dia.

A visita de Dean foi um bem-vindo sopro de ar fresco: eu estava tão cansada de olhar para Janelle, Alicia, Maggie, Luisa e Regan que ficaria feliz em receber qualquer um – até minha mãe e meu pai – na casa. Ele fez várias perguntas genéricas: como eu ficara sabendo sobre *Fat2Fab*, o que me motivara a participar. Em todas as oportunidades, tentei inserir algo incisivo e sincero. "Estou aqui como embaixadora das garotas gordas de todos os lugares", eu disse, dando um sorriso sincero. "Através do programa, vou fazer com que o mundo saiba como a maioria das pessoas acima do peso é gentil de verdade e maravilhosa. Vocês não deveriam ter medo de nós. Não somos monstros, ao contrário da crença popular."

"Interessante", ele resmungou, anotando alguma coisa.

Fiquei radiante. Esperava que eles deixassem a declaração em destaque.

"Kat", Dean disse, procurando em uma pilha de anotações. "Aqui diz que seu livro preferido é *O Grande Gatsby*. Acho notável que você tenha escolhido esse livro, já que muitos dos temas do romance – ambientado no excesso da Era do Jazz – poderiam ser aplicados à febre dos *reality shows* dos dias de hoje. Você se importaria em comentar?"

Eu me importaria em comentar? O que era aquilo, aula de literatura para alunos do primeiro ano? *O Grande Gatsby* não tinha nada a ver com *reality shows*! Mordi o lábio.

Dean acrescentou: "Considere o exibicionismo incessante de Gatsby, assim como seu desejo de se tornar conhecido e respeitado. Não era suficiente conseguir riqueza; ele precisava ter fama e se sentir satisfeito. Outras tantas pessoas comuns desejam desesperadamente a fama efêmera que vem junto com uma aparição na televisão".

Olhei com raiva para ele. Ele tinha muita cara-de-pau de chamar de "efêmera" minha tentativa de ficar famosa.

"Há várias maneiras de conectar o livro à fascinação americana por *reality shows*. Quando assistimos a esses programas, estamos vendo cidadãos normais retratados como personagens exagerados, como Gatsby. E pense, também, em como Gatsby conquistou o Grande Sonho Americano, como uma estrela de *reality show* dos dias de hoje. Porque o Sonho Americano não é mais sair da pobreza para a riqueza. O novo Sonho Americano é a fama", ele disse. "Todo mundo quer ser a próxima sensação."

Sem receber uma resposta, ele me mandou uma fácil. "Quem é o seu personagem preferido no livro?" E me olhou com desconfiança.

Era óbvio que ele achava que eu não tinha lido o livro.

Bem, eu mostraria a ele. Eu tinha lido *O Grande Gatsby*. Infelizmente, eu lera o livro há quase dez anos antes. O único personagem que me vinha à cabeça era Gatsby. Não poderia citá-lo, por motivos óbvios. Pense, Kat, pense!, eu me pressionei. Olhei para Gigi, querendo ajuda, mas ela deu de ombros. Fechei os olhos, esforçando-me para lembrar. Mas, não importava quanto me concentrasse, os nomes que me vinham à cabeça eram Redford e Mia. Robert Redford e Mia Farrow, os atores que tinham estrelado a versão para cinema do livro. Eu sabia que Redford tinha feito o papel de Gatsby, e Mia, seu par romântico. Mas, por mais que tentasse, não conseguia lembrar seu nome. Então me lembrei. Como uma luz iluminando um quarto escuro, minha mente se encheu de conhecimento.

"Nick", eu disse, finalmente. "Meu personagem preferido de *O Grande Gatsby* era Nick."

Nunca fui tão grata a Nick Appleby em toda a minha vida. Ele não sabia, mas tinha refrescado a minha memória.

Dean ergueu uma sobrancelha, surpreso. Obviamente, ele esperava que eu fracassasse.

"Eu gosto de Nick porque ele é um observador silencioso e, como narrador, oferece observações perspicazes ao leitor." Era uma resposta vaga e, provavelmente, algo que nunca entraria na matéria. Mas eu estava aliviada, mesmo assim. Se eu não tivesse conseguido falar nada, ele provavelmente teria escrito sobre como eu era tola por nem me lembrar dos detalhes mais simples do meu livro favorito.

"Então, você trabalha em RP. Como é?"

Fiquei animada. Finalmente, uma chance genuína de falar bem da firma para a mídia. "Eu trabalho para uma excelente firma chamada Hood

& Geddlefinger. Estamos falando da melhor das melhores. Veja se anotou certo", orientei. "Escreve-se G-e-d-d-l-e-f-i-n-g-e-r."

"Ok", Dean disse, sem escrever.

"Adoro trabalhar lá, mas não é a carreira dos meus sonhos."

"Interessante. O que você quer fazer?"

"Escrever romances. Adoro finais felizes", disse a ele, pensando no que ele diria se eu pedisse seu cartão de visitas. Afinal, ele poderia ser um bom contato no futuro. Talvez ele conseguisse colocar uma resenha do meu livro na *Entertainment Weekly*. Achei melhor não. Não tinha certeza do protocolo, e não queria parecer inconveniente ou ingênua.

"Tenho aqui em minhas anotações que você gostaria que sua autobiografia se chamasse *Altura/Peso Desporcional*", ele disse. "Isso é um erro de impressão?"

Balancei a cabeça. "É um jogo de palavras. Peguei aquele ditado 'altura/peso proporcional' e o alterei para se aplicar a mim."

"Certo", Dean observou, escrevendo em seu caderno. "E você quer que o título seja *Altura/Peso* Des*porcional*?"

Olhei para ele, percebendo o que ele havia dito. "Des*proporcional*", eu corrigi.

"Não é o que diz aqui." Ele fuçou em sua pilha de papéis e pegou uma cópia da minha ficha de inscrição. Olhei para a página e vi, horrorizada, que, na pressa de terminar de preencher os papéis, tinha soletrado a palavra incorretamente.

"Foi um erro legítimo", arrisquei. "Eu estava cansada."

"Acho que terminamos aqui", Dean disse, levantando-se da cadeira e me apertando a mão. "Foi legal falar com você, Kat. Boa sorte na competição. Você poderia pedir para Maggie Strickland entrar?"

"Ok, pessoal, a pior situação pela qual você já passou por ser gorda."

"Oh, meu Deus!", resmunguei. "Temos mesmo que fazer isso?"

"Sim. Está no cartão", Alicia disse.

Na terça-feira seguinte, Zaidee foi até o sistema de comunicação interna da casa e nos mandou ir até a sala. Quando chegamos lá, encontramos uma pilha de fichas contendo "perguntas para discussão".

"Sentem-se em círculo e discutam toda a lista", a voz de Zaidee comandou, vinda do teto.

Eu odiava todos os jogos que ela nos fazia jogar. Eu desejava que fizéssemos algo útil, como aprender a lidar com a gula provocada pelo estresse, ou discutir como tirar o máximo proveito das nossas sessões de exercícios. Mas não. Nós jogávamos.

A primeira pergunta da lista era simples: *Descreva a pior situação pela qual você já passou por ser gorda.* Alicia estava bancando a mestre de cerimônias, estimulando-nos a entrar na brincadeira.

"Não consigo escolher apenas uma", Regan disse. "Há muitas."

Todas concordamos. Era verdade. Como poderíamos resumir uma vida de insultos e desmoralização em uma simples resposta?

"Ok, eu vou primeiro", Maggie se ofereceu. "Algumas semanas atrás, Thomas, Owen e eu fomos comer carne. Thomas e Owen fizeram seus pedidos, sem problemas. Mas, quando eu peço o filé de 300 gramas, o garçom me diz – vou reproduzir aqui: 'Senhora, sugiro a salada de frango grelhado. Não fico à vontade servindo-lhe um filé'. Então eu digo: 'O que eu como é uma escolha minha'. Então ele diz: 'Senhora, quando um cliente está muito bêbado, o *barman* toma uma atitude – traz uma água com gás em vez de cerveja. Quando eu vejo alguém tão obviamente obeso, eu corto comidas que engordam'."

Meu queixo caiu. Tomei a decisão de nunca mais visitar Jackson, Mississippi, novamente enquanto eu viver.

"Uau!", Janelle disse. "Qual era o problema dele?"

"Você deveria dizer a ele que estava seguindo a dieta do dr. Atkins", sugeri. "Isso o colocaria em seu lugar."

"Eu teria espirrado *catchup* na cara dele", Luisa contribuiu.

"Isso já aconteceu comigo", Regan disse, triste.

Maggie se assustou. "Alguém espirrou catchup na sua cara?"

"Não, estou falando de garçons asquerosos. Muitas vezes, quando saio para comer, os garçons me falam sobre os pratos especiais para quem está de dieta ou me mostram os itens de baixas calorias do menu."

"Pessoal, não acho que seja isso o que eles estão querendo", Alicia se intrometeu. "Aqui diz '*a pior* situação'. Essas histórias que vocês estão contando são bem triviais."

"Essa *foi* a minha pior situação", Maggie disse, indignada. "A não ser que eu volte vinte anos para trás, para a época em que ainda não era casada."

"Alicia, algum garçom já foi maldoso com você desse jeito?", eu perguntei.

"Não", ela admitiu.

"Bem, então não diga que é trivial."

"Tanto faz." Alicia fez uma cara de desdém. "Agora sou eu. Vou mostrar como se faz. Há dois anos, eu estava dançando em um clube..."

"Fazendo *striptease*?", eu perguntei, inocentemente.

Regan começou a rir tanto que a Coca *diet* saiu pelo seu nariz. "Me desculpe, Alicia", ela disse, correndo até a cozinha para pegar um guardanapo. "Kat, você é tão má!"

"Dane-se. Ela está com inveja", Alicia disse. Ela esperou até Regan voltar, e depois continuou: "Como ia dizendo antes de Kat interromper grosseiramente, eu estava num clube dançando e um homem veio até mim. Muito bem-vestido – terno de *designer*, todo produzido. Ele se apresentou e disse que era um caça-talentos da ICM, e que estava procurando uns talentos novos para representar."

"Ooh", Luisa disse. "Deixe-me adivinhar, ele queria 'te representar' na cama dele?"

Alicia olhou com raiva para ela. "Não mesmo. O cara era quente. Ele queria me contratar como dançarina, me levar em turnê com gente como Janet Jackson."

Cerrei os olhos, desconfiada. Não conseguia imaginar um caça-talentos legítimo abordando uma garota qualquer em um clube e convidando-a para sair em turnê com Janet Jackson.

Janelle e eu trocamos olhares desconfiados. "Então, o que aconteceu depois?", ela perguntou.

"Eles me levaram de Boston para Nova York e eu me encontrei com uns executivos da gravadora e dancei para eles no escritório."

"O que isso tem a ver com ser gorda?", perguntei. "Lembre-se, eles querem a pior situação pela qual você já passou por ser gorda."

"Espere", ela se irritou. "Já chego lá. Então, depois que eu dancei, eles iam com certeza me oferecer um contrato para sair em turnê, mas um dos executivos falou: 'Não, ela é muito gorda. Todas as nossas dançarinas têm que usar tamanho 34'." Alicia se acomodou, cruzando os braços de modo triunfal. "Aí está. Só porque eu não era tamanho 34, ou menor, não pude ir."

Nunca na minha vida tinha ouvido uma história que cheirasse tanto a mentira.

"Alicia, minha filha, você é uma mentirosa", Luisa disse. "Eles não fazem assim. Os músicos é que escolhem os seus dançarinos. Não tem nada a ver com uns caras da gravadora. Se você dançar com Janet Jackson, é porque ela mesma te escolheu em uma seleção."

"Você já foi dançarina de alguém famoso?"

"Não, mas eu sei das coisas."

"Aparentemente, você não sabe de nada." Alicia balançou a cabeça. "Foi isso que aconteceu."

"Meu Deus, lá vamos nós. Toda noite ela fala assim!", Luisa reclamou.

"Qual o sentido disso?", perguntei, tentando impedir uma briga. "Não entendo por que temos que perder nosso tempo respondendo a um monte de perguntas idiotas."

"Imagino que eles precisem de mais imagens para o programa desta semana", Janelle sugeriu. "Eles provavelmente vão editar, para que pareça que estávamos sentadas por acaso falando sobre essas coisas."

"Sério?", Regan perguntou, surpresa.

"Você não acredita nas coisas que dá para fazer com edição." Janelle riu.

15

Peso do Mundo

No final de nossa quarta semana na casa, ganhamos um pequeno banquete: macarrão com molho de carne e pão de alho no almoço. Foi uma surpresa bem-vinda; até aquele dia, nossos almoços consistiam em salada de frango grelhado com molho sem gordura, ou sanduíches de peru com acompanhamento de palitos de cenoura. Enjoou rápido.

"Comam tudo. Vocês vão precisar estar fortes", Zaidee avisou, misteriosamente, e depois desligou o sistema de comunicação.

"O que foi isso?", Regan perguntou.

"Acho que Greg vai judiar da gente ou algo assim", eu disse. "Vai nos ensinar a levantar o câmera."

Nós rimos. Greg tinha virado uma piada interna. Nossas visitas à academia estavam se revelando bastante inúteis, já que Greg parecia estar mais preocupado em aparecer na TV do que em nos ensinar a malhar corretamente. Embora a maioria de nós estivesse seguindo uma programação diária de exercícios para engordar a conta bancária, Greg tinha pouco impacto sobre nós. Ele estava muito ocupado enfeitando-se para as câmeras.

Quando o almoço terminou, foi Jagger, e não Greg, que veio até nós. "Oi, garotas", ele disse, invadindo a cozinha. "Vocês fizeram uma boa refeição?"

"Excelente", Janelle disse. "Obrigada."

"Bom saber", ele disse, fazendo sinal para que o seguíssemos. "A próxima competição é única sob vários aspectos. Chama-se O Peso do Mundo em Seus Ombros. Vocês irão competir individualmente, mas seu sucesso dependerá de como o grupo irá agir como um todo", Jagger explicou, quando estávamos na sala. "Para receber a recompensa, cada uma deverá executar uma tarefa separadamente. Todas as tarefas têm um fator embaraçoso. Algumas mais do que outras."

Dei um olhar de desaprovação. Lá vamos nós com o drama.

"Mas, antes de eu revelar os desafios, o que vocês acham de dar uma olhada na recompensa?", Jagger perguntou, pegando uma maleta. Sem esperar uma resposta, ele a colocou na mesa à nossa frente e a abriu.

"Oh, meu Deus!", eu disse. As outras tiveram reações parecidas.

"Podemos ficar com tudo?", Regan gritou.

"Quanto tem aí?", Alicia perguntou.

Jagger pegou um maço de notas e passou os dedos na beirada. "Esta maleta contém 75 mil dólares em notas de 100. Se vocês completarem o desafio de hoje com sucesso, isso será depositado em sua conta. Se fracassarem, suas contas ficarão 20 mil dólares mais leves."

"Espera aí", Alicia disse. "Quer dizer que, se não completarmos nossas tarefas, cada uma vai perder 20 mil. Mas, se vencermos, só vamos ganhar..." – ela pensou um pouco – "12.500 dólares. Não parece justo."

Jagger sorriu. "Você está nos subestimando, Alicia. Se vocês vencerem, receberão 75 mil dólares *cada*. Ainda vai chamar a competição de injusta?"

"Oh, não", Alicia disse, "acho que vou ficar de boca fechada."

"Finalmente", ironizei, "minhas preces foram atendidas."

Ela me olhou com raiva. "Talvez você também devesse ficar de bico calado às vezes, Kat. Deus sabe que ninguém aqui quer te escutar resmungando o dia todo."

Estava prestes a devolver a patada, quando Jagger levantou a mão para pedir silêncio. "Não aconselharia vocês a começar a discutir. Como disse antes, trabalho em equipe é uma parte fundamental de O Peso do Mundo em Seus Ombros."

Cruzei os braços e afundei no sofá. Por mais que me irritasse, sabia que ele estava certo. Pelo jeito, teríamos que realizar umas tarefas bem difíceis. Eu não precisava gastar mais energia com Alicia do que já havia feito.

"Que comecem os jogos", Jagger disse, puxando uma caixa preta opaca, com *Fat2Fab* escrito em letras cor-de-rosa enormes. "Nesta caixa há seis envelopes, cada um contendo as instruções necessárias para completar um dos desafios." Ele pegou um pequeno envelope dourado e o levantou para dar ênfase, e depois o colocou de volta com os outros. "Cada uma irá tirar um de cada vez. Tire o selo do envelope... e sele seu destino."

Ri por dentro do péssimo trocadilho.

"Não importa a tarefa que pegue, *você* deverá completá-la. Nada de trocas."

Mais uma vez, a ordem havia sido predeterminada. Alicia era a primeira. Ela fez uma grande encenação, mexendo na caixa por bastante tempo antes de finalmente escolher um envelope.

"Você poderia fazer a gentileza de ler para o grupo?", Jagger a orientou.

"Ok", ela disse, rasgando o envelope. "Pegue seus sapatos de dança e afine a voz", ela começou, "porque esta noite você irá se apresentar em frente a uma plateia de centenas de pessoas no Club Mango, em West Hollywood."

Observei seus olhos se esbugalhando enquanto ela lia o resto da página.

"Leia em voz alta, Alicia", Jagger avisou.

"Oh, desculpe", ela disse, surpresa. Não era fácil chocar Alicia. Não conseguia imaginar o que viria em seguida. "Ok, onde eu estava? 'Club Mango em West Hollywood'", ela repetiu, achando o ponto. "'*Fat2Fab* tomou a liberdade de inscrevê-la no concurso mensal de sósias de Britney Spears. Use todos os meios possíveis para cantar e dançar dois dos maiores sucessos de Britney. Não se esqueça de colocar um pouco de garra e muita alma ao seu desempenho. Porque, para completar a tarefa com sucesso, você tem que ganhar a plateia.'"

Ela olhou para Jagger. "Isso é besteira. Eu posso dançar o melhor possível e, mesmo assim, não há garantias de que vá vencer."

"Você não tem que vencer", Jagger disse. "Tudo o que você tem que fazer é ser aplaudida, e não vaiada."

"Deveria ser suficiente eu participar." Ela voltou nervosa para o sofá e se sentou. "Não posso controlar o que as outras pessoas fazem."

Maggie foi em seguida, pegando um desafio que era mais fácil que o de Alicia, mas, ainda assim, humilhante. Ela teria que andar no píer de Santa Monica colhendo mil assinaturas para o Dia Nacional de Aceitação dos Gordos.

"Existe isso?", ela perguntou, confusa.

Jagger balançou a cabeça. "Você vai tentar criar esse dia."

"Não entendo por que vocês querem que eu faça isso, mas tenho que aceitar", Maggie observou, balançando a cabeça.

Quando chegou a vez de Luisa, ela foi direto para a frente da sala. "Mal posso esperar. Uma chance de sair desta casa!", ela disse, esfregando as mãos ansiosamente.

Seu tom mudou assim que ela abriu o envelope. "Oh, não... Diz: 'Rir é o melhor remédio, e hoje à noite você será a médica. Faça a plateia do Laugh Lizard, em Sunset Strip, rir com seu número de comédia. A piada é sobre você – literalmente. Seu número irá consistir em piadas de gordos, fornecidas pela talentosa equipe de roteiristas de *Fat2Fab*'."

Luisa ficou ali parada por algum tempo, falando rapidamente consigo mesma em espanhol.

"Em inglês, *por favor*", Jagger orientou.

"Sim, vou fazer", ela disse, e depois se sentou calmamente.

"O que você estava dizendo?", perguntei.

"Xingando", ela disse. "Tentando enganar os censores." Ela sorriu. "Talvez eles não saibam espanhol."

Eu duvidava, mas admirei seu entusiasmo.

Janelle foi em seguida, pegando o desafio mais terrível de todos: posar nua para um grupo de estudantes de artes da Universidade da Califórnia.

Seu rosto ficou pálido como o de um fantasma quando ela leu o desafio, mas recuperou-se rapidamente. "Isso é bico", ela disse, com uma aparência de quem estava passando mal.

"Sinto muito", eu disse, quando ela voltou para o sofá. "Isso é um saco." Mas o que eu pensei de verdade foi: Graças a Deus, não sou eu.

"Não, não. Tudo bem", Janelle insistiu. "Eu consigo. Sério, eu consigo."

Se Janelle foi a que lidou melhor com seu desafio, Regan foi quem lidou pior.

"Eu tenho que dançar com as garotas dos Lakers!", ela choramingou, depois de rasgar seu envelope. "No *show* do intervalo do jogo de hoje à noite!"

"Regan, por favor, leia as instruções em voz alta até o final", Jagger disse com firmeza.

Ela o ignorou. "Eu tenho que colocar aquele uniforme minúsculo e dançar em frente a todas aquelas pessoas!" Ela começou a chorar.

Janelle e Luisa correram para consolá-la.

"Vai ficar tudo bem", Janelle disse, passando a mão em seus longos cabelos. "Vai acabar tão rápido que você nem vai ter tempo de pensar a respeito."

Luisa concordou. "E você vai aparecer para o mundo esta noite." Ela suspirou. "Pense em como será bom sair desta casa. Talvez você consiga ver um pouco de Los Angeles."

"Eu não quero ver Los Angeles!", ela gritou. "Quero ficar aqui onde estou, segura nesta casa."

Jagger deixou Regan chorar por algum tempo e depois me convocou. Tinha ficado tão entretida com a comoção que me esquecera da minha vez.

"Kat, pelo processo de eliminação, este último envelope dourado pertence a você." Ele segurou a caixa, fazendo com que eu enfiasse a mão para reivindicar meu destino.

"Muito bem", eu disse, "aqui vamos nós."

Rasguei o envelope e comecei a ler. Era um poema. "'Esta noite o amor está no ar/ Sob a luz do luar/ Com sua alma gêmea irá jantar?/ Ou num encontro às escuras chorar?/ Às seis e meia sua carruagem irá chegar/ Roube um beijo e na loteria irá ganhar.'" Parei para pensar naquilo por um tempo. Deixando de lado o poema ruim, a instrução não fazia muito sentido. "Deixe-me entender direito: eu tenho que ficar com um cara desconhecido para vencer? O que é isso? Canal pornô?

Jagger deu um sorriso simpático e então dirigiu-se a Regan. "Um carro virá buscá-la em duas horas", ele disse. "É bom você estar pronta."

Regan tinha se acalmado temporariamente, mas, ao ouvir as palavras de Jagger, começou a chorar novamente.

"Agora que vocês todas já sabem seus papéis em O Peso do Mundo em Seus Ombros, eu as aconselho a começar a se preparar. Kat, o seu par vai chegar às 6h30 hoje à noite. Janelle, você irá posar na segunda à tarde. Quanto às outras... Será um jogo de espera. Vocês não saberão quando sua hora irá chegar."

Regan fungou bem alto, e Janelle se inclinou para abraçá-la.

"Como vocês já viram, a parte mais difícil desta competição será mental", Jagger disse. "Lembrem-se, todas as seis devem completar com sucesso as tarefas individuais. Se uma de vocês fracassar, todas perdem. Além disso, o resultado do jogo não será revelado até que todas as tarefas sejam completadas. Em outras palavras..." Ele parou e olhou para nós: "Vocês não podem dizer nada para ninguém. Na hora certa, eu anunciarei os resultados".

Com essas palavras, ele foi para a sala de produção.

Apesar da sugestão de Jagger de evitarmos brigas, começamos a discutir assim que ele saiu.

"Acho que deveríamos esquecer tudo isso", Regan disse. "Já que estamos competindo juntas, não importa se ganhamos ou perdemos."

Luisa discordou: "setenta e cinco mil dólares é muito dinheiro. Importa muito".

"Não, não importa", Regan insistiu. "Apenas uma de nós pode ganhar a conta de *Fat2Fab* – a que tiver mais dinheiro no final. Eu acho que devemos esquecer."

"Você está louca?", Alicia esbravejou. "São 75 mil dólares a mais que uma de nós pode sair daqui carregando."

Luisa concordou com veemência. "Exatamente o que estou tentando dizer."

"Não dá para garantir que vou ganhar", Regan disse. "Eu poderia me humilhar esta noite, e para quê? Se eu não vencer o programa, não vou ver um centavo dos 75 mil que eu ajudei a ganhar. Além disso, eu tenho que cumprir minha tarefa hoje à noite. O que impede vocês de mudar de ideia e dar para trás depois?"

Fazia sentido.

"Deixe-me entender. Você está com medo de se humilhar no jogo dos Lakers e acha que, depois, nós não vamos cumprir nossos desafios?", perguntei.

Ela fez um bico. "É."

"Não vamos fazer isso", garanti, esperando estar certa. "Estamos nessa juntas. Você faz a sua parte e nós faremos a nossa."

No fundo, eu estava feliz por ter tirado a tarefa mais fácil. Claro, eu teria que ir a um encontro às escuras com um cara que, muito provavelmente, se revelaria um grande imbecil. Eu até teria que beijá-lo em rede nacional. Mas, pelo que dava para perceber, meu desafio não tinha nada a ver com peso e nem era tão embaraçoso. Além do mais, nunca tinha ido a um encontro às escuras e não tinha ideia do que esperar – essa noite seria um treino para quando eu encontrasse Nick.

"Garotas", Maggie, sempre a figura materna, interferiu. "Nós temos que considerar o ponto principal. Parem de pensar no dinheiro. Parem de pensar no seu orgulho. Pensem em por que vocês quiseram participar de *Fat2Fab* em primeiro lugar – para provar algo para o mundo. Para provar que pessoas acima do peso são tão boas quanto qualquer outra. Que tipo de mensagem vamos passar se desistirmos? Tenho que pensar no meu filho. Que tipo de exemplo eu vou dar para ele se a mamãe desiste ao encarar uma adversidade?"

Não sabia se era esse o caso de Maggie, mas provar algo para o mundo não tinha sido minha motivação principal para participar do programa. Era uma das motivações, tudo bem, mas estava ali, enfiada no meio de razões mais urgentes: perda de peso, Nick Appleby e dinheiro. Nessa ordem.

"Maggie está certa", Janelle se intrometeu. Ela tinha ficado atipicamente quieta durante nossa conversa. Percebi que um pouco da cor estava começando a voltar a seu rosto. "A última coisa que eu quero é posar nua na frente de um grupo de estudantes de arte. Mas quer saber? Eu vou, mesmo que morra por causa disso. E" – ela deu um sorriso meio torto – "pode ser que isso aconteça."

Alicia parecia pensativa. "Tenho uma sugestão. Vamos fazer uma promessa. Nós todas vamos prometer, aqui e agora, não desistir dessa prova. Ganhando ou perdendo, vamos fazer o possível. De acordo?"

"Estou nessa", eu disse.

Janelle, Luisa e Maggie concordaram rapidamente. Faltava Regan.

"Ok", ela disse relutantemente. "Vou fazer. Mas não esperem que eu fique feliz com isso."

"Não precisa te deixar feliz. Você só tem que fazer", Luisa disse.

Janelle deu uma risadinha. "Meu ex-marido Matt costumava dizer exatamente essas palavras para mim, toda noite."

Somente uma hora depois eu percebi o que Regan estava tramando. Eu a ouvi por acaso na cozinha, queixando-se com Alicia.

"Está armado", Regan reclamou. "Por qual outro motivo Janelle – a única artista de toda a casa – ia conseguir posar nua?"

Ela não podia estar falando sério. "Como assim, 'conseguir posar nua'? Você fala como se isso fosse um tipo de prêmio", eu disse, entrando na sala.

Regan deu um pulo, surpresa. Alicia me olhou feio.

"Comparado a dançar no jogo dos Lakers, é um prêmio!", Regan gritou. "Eu tenho que vestir um uniforme minúsculo e dançar em frente a uma plateia de 10 mil pessoas! Vou ser espremida entre aquelas garotas lindas."

"Você preferiria mesmo trocar de lugar com Janelle?", eu perguntei, espantada. Com ou sem plateia, ficar nua em público parecia aterrorizante para mim. O tipo de coisa com a qual eu tinha pesadelos recorrentes.

"Eu preferiria trocar de lugar com *você*", Regan disse.

"Nem me fale!", Alicia concordou. "Mas, Regan, acho que você está errada. A competição não é armada, de jeito nenhum. Se fosse, eu é que sairia com o gostosão, não Kat. Ficaria muito melhor na TV."

"Pare de se achar", eu disse, balançando a cabeça.

"A tarefa de Kat é a única que não tem nada a ver com peso", Regan prosseguiu. "Não é justo."

"É um jogo", eu lembrei. "É claro que não é justo."

"Não se estresse por causa disso, Regan", Alicia disse, dando um tapinha em sua cabeça. "O 'super encontro' de Kit Kat provavelmente vai ser tão entediante que nem irão colocar no ar. Acho que vai ficar na sala de edição." Ela passou os dedos pela garganta, como se fossem uma faca fazendo um corte.

"Tenho uma ótima ideia!", Regan se empolgou. "Talvez você pudesse trocar com Kat e eu, com Maggie", ela disse, como se eu não estivesse ali. "Não seria excitante?"

"Não temos permissão para trocar", eu lembrei.

"Eu sei que foi isso o que Jagger disse, mas se alguém conseguir convencer Zaidee, podemos", ela encorajou Alicia.

"Talvez valha a pena tentar", Alicia pensou.

"Você tem jeito com Zaidee", ela prosseguiu, ficando mais entusiasmada. "Lembra de quando você reclamou da comida do café-da-manhã e, na manhã seguinte, ela colocou frutas? Vamos, Alicia, ela te *escuta*."

"É mesmo, não?"

Não dava mais para me segurar. "Vocês duas só falam besteira", explodi. "Jogo é jogo! Vocês não podem mudar as regras só porque não gostam delas!"

"Fácil para você falar", Alicia criticou, finalmente reconhecendo minha presença. "Você estaria se matando de chorar se tivesse que dançar num jogo dos Lakers. Eu acho que Regan está lidando muito bem com a situação, considerando tudo."

"Obrigada", Regan disse.

Alicia desarrumou o cabelo de Regan. "Não se preocupe. Vamos enfrentar isso juntas."

"Oh, por favor", resmunguei. "Você é muito cara-de-pau, agindo como se sua tarefa fosse tããão difícil. Tudo o que você tem que fazer é participar de um concurso de *karaokê* mais glamoroso. Grande coisa."

Alicia lançou um olhar cortante. "Eu nunca disse que era difícil. Só disse que não queria fazer."

"Sim, eu também não quero ir a esse encontro às escuras", confessei. "Então, qual a diferença?"

"Há uma grande diferença", Regan argumentou. "Enquanto nós temos que sofrer, você vai fazer uma coisa divertida. Quem sabe você pode até encontrar um cara maravilhoso e se apaixonar." Ela suspirou.

"Você pode achar divertido, mas eu estou uma pilha de nervos."

Alicia olhou para mim, curiosa. "Kit Kat, não me leve a mal, mas você já foi a muitos encontros antes? Porque eu tenho a impressão de que você não foi."

Regan começou a rir.

"Não", Alicia disse, erguendo a mão para pedir silêncio. "Piadas à parte. Estou falando muito sério."

Ela estava me alfinetando. Eu queria gritar na sua cara, contar tudo sobre Nick Appleby, meu namorado *sexy*, rico e europeu. Mas eu não era estúpida. "Nossa, você adoraria isso, não? A gorda Kat indo para seu primeiro encontro em rede nacional", eu disse, com raiva. "Respondendo à sua pergunta, sim, já fui a muitos, muitos encontros."

Luisa escolheu aquele exato momento para passear por ali. Foi bom, também, porque Alicia e eu estávamos prestes a começar uma grande briga.

"Eles me deram o *script*", ela disse, balançando uns papéis no ar. "As piadas que eu tenho que contar." E fez uma careta.

"Oh, meu Deus! São muito ruins?", perguntei.

"Não são boas", ela disse. "Tenho que falar sobre ser uma linda mulher gorda. Tenho que dar o nosso 'grito de guerra'. O que isso quer dizer eu não sei."

"O que você tem que dizer?", Regan perguntou, esquecendo momentaneamente seu próprio destino iminente.

Luisa limpou a garganta e começou a ler: "'Não é o tamanho do oceano, é o movimento do oceano."

"Eca!", Alicia gritou. "Isso é absurdo. E todo mundo sabe que nem é verdade."

"Não", Luisa concordou. "Não é. Eu também tenho que dizer: 'É legal ser grande e estar no comando'. E aí eu tenho que dizer: 'Depois da gordura, você nunca volta atrás'."

"Isso é verdade", Regan disse, solenemente. "Desde que ganhei peso, na terceira série, nunca mais consegui perder."

"Acho que eles querem dizer o cara", eu disse a ela. "Que quando um cara fica com uma garota gorda, ele nunca mais vai querer uma garota magra, o que é uma grande mentira. A maioria dos caras odeia sair com mulheres gordas, e, nas raras vezes em que isso acontece, é uma vez só."

Luisa concordou. "É isso mesmo. Oh, também tenho que dizer: 'As mulheres gordas são melhores porque servem carne com o seu molho'."

"Basta!", Alicia explodiu. "Eles não podem te fazer subir no palco e soltar esse lixo. Nem é engraçado, é simplesmente idiota. Ninguém vai rir; eles vão olhar para você como se você fosse uma retardada."

"Você está absolutamente certa", eu disse, virando-me para Alicia, nossa briga momentaneamente esquecida. "Deve haver algum jeito de Luisa sair dessa."

"Meu número se chama GORDA: Não É uma Palavra Obscena", Luisa comentou, desolada. "O título é muito ruim."

"Os roteiristas deste programa são uns picaretas", Alicia disse. "Eles não saberiam o que é uma piada nem se fossem atropelados por uma."

"Bem, por que precisam de roteiristas em um *reality show*, para começar?", perguntei.

"Eles escrevem as provas", ela disse. "E alguém tem que escrever as falas de Jagger. Se bem que, de tão idiotas, parece que o palhaço teve as ideias na hora."

"Jagger não é tão ruim", Luisa disse.

Eu grunhi. "Você é o quê, sua assessora?"

Ela encolheu os ombros. "Depois que ele me entrevistou ontem, ficamos conversando. Ele é tarimbado. É formado em administração pela Penn State."

A voz de Zaidee surgiu no alto-falante. "Luisa, por favor, venha ao Confessionário."

"Não, de novo, não! Já fiquei lá uma hora hoje!" Ela saiu bufando da sala.

"Sabe, Regan, eu conversaria com Zaidee para ela me deixar ir àquele encontro, se não fosse por uma coisa", Alicia disse.

Ótimo, voltamos a esse assunto.

"O quê?", perguntei, levantando os ombros com um suspiro.

"Se eu fosse, os censores ficariam loucos. Meu encontro provavelmente seria muito picante para a TV aberta." Ela riu dissimuladamente. "Algumas afiliadas poderiam até tirar o programa do ar por causa disso."

"Dá um tempo!", eu explodi. "O que você está planejando, chupar um cara em rede nacional?"

Ela olhou para mim fingindo estar horrorizada. "Claro que não. Não sou uma vagabunda. Mas as coisas podem ficar quentes e pesadas, só isso."

"Por que você tem tanta certeza disso?", desafiei.

Alicia sorriu. "Eu causo esse tipo de impacto nos homens. Sempre."

"Você causa esse tipo de impacto em todo mundo. Você é muito persuasiva", Regan disse. "É por isso que você tem que falar com Zaidee por mim. Para ela trocar as tarefas. Por favor, Alicia! Você pode ficar com o encontro e eu saio recolhendo assinaturas. Maggie pode dançar com as líderes de torcida dos Lakers. Tenho certeza de que ela não vai se importar."

Olhei com raiva para elas. Quem elas pensavam que eram? Elas não podiam simplesmente reorganizar o jogo da maneira que quisessem.

"Você não deveria estar se arrumando para sua grande noite?", eu lembrei. "Você só tem meia hora até o carro chegar."

"Alicia", ela disse, olhando com esperança para ela. "Se você vai falar com Zaidee, pode ser agora?"

Alicia deu de ombros. "Sinto muito, fofa, mas vou passar. Quanto mais penso nisso, mais quero interpretar Britney Spears."

Regan saiu lentamente da sala, e novamente seus olhos estavam cheios de lágrimas. Desta vez, ninguém tentou impedi-la.

16

Problemas técnicos

Já passava das 18h30 e nada de o meu par misterioso aparecer.

Na minha vida de encontros, já levei mais canos do que consigo me lembrar. Geralmente, levo para o lado pessoal. Desta vez, estava aliviada.

Parecia que estava esperando na sala há horas, bebendo Perrier e tagarelando com Janelle. Não demorou muito e começamos a nos esbaldar com chocolates Hershey's e batatas fritas, que tínhamos tirado da Tumba da Tentação. Não tinha jantado com o grupo, já que estava esperando sair com esse homem misterioso, então, estava morrendo de fome. Nossos câmeras ficaram por ali enquanto comíamos.

"Você já esteve em um encontro às escuras?", perguntei a Janelle.

"Você está brincando?" Ela franziu o rosto. "Já estive em umas duas dúzias. E isso só no ano passado." Ao ver minha expressão de surpresa, ela acrescentou: "Ok, estou exagerando – mas só um pouco. Minha vida inteira as pessoas tentaram me arranjar alguém. Todo mundo acha que conhece o 'cara perfeito' para mim".

"Nem me fale", grunhi. "Com o tempo, percebi que, quando alguém diz: 'Tenho o cara perfeito para você', o que ele quer dizer na verdade é: 'Tenho o cara *gordo* perfeito para você'. As pessoas arranjam encontros entre caras gordos e garotas magrinhas o tempo todo. Mas ninguém sonharia em arrumar um encontro entre uma garota gorda e um cara magro.

Janelle concordou solenemente. "Você sabe por quê, não?"

Balancei a cabeça.

"Na nossa sociedade, os homens acima do peso são considerados gentis e fofos. Ursos de pelúcia, por assim dizer. Mas as mulheres acima do peso são baleias." Janelle ajeitou o vestido, derrubando o microfone de lapela. Antes de ela ter tempo de colocá-lo de volta no lugar, uma voz saiu do alto-falante. "Janelle, por favor, coloque seu microfone imediatamente."

Ela deu um pulo. "Me desculpe", ela resmungou, prendendo-o rapidamente.

Olhamos uma para a outra, surpresas, e novamente nos lembramos das câmeras.

"Você sabe o que vão fazer com seu encontro às escuras?", Janelle, sempre a teórica dos *reality shows*, observou.

"Não tenho ideia", eu disse, abrindo um chocolate e jogando-o na boca.

"Vamos, Kat, você está mais por dentro do que isso. Eles vão picotar as imagens para parecer que você ficou tão nervosa com o encontro que se entupiu de comida."

Eu ri. Estava com tanta fome que poderia me entupir de comida. "Faz muito sentido eu fazer isso na noite anterior à pesagem", resmunguei. "Provavelmente, vou estar uns 5 quilos mais gorda amanhã", eu disse, dobrando o pacote vazio de batatas fritas e colocando-o no chão.

Apesar das circunstâncias, estávamos nos divertindo. Não fosse pelo microfone de vara, as câmeras e as fortes luzes, poderia ter sido uma típica noite de garotas. Até certo ponto, conseguia enganar a mim mesma e pensar que Janelle era Donna. Apesar das diferenças físicas, elas eram muito parecidas.

"Talvez isso signifique que você não tem que ir", Janelle sugeriu, mastigando um chocolate. "Não é sua culpa se o cara cancelou."

"Não temos certeza se ele cancelou", eu disse.

Já tinha ido ao Confessionário duas vezes para perguntar o que estava acontecendo, e, nas duas vezes, Zaidee tinha me enrolado.

"Assim que eu souber de algo definitivo, te aviso. Fique tranquila", ela havia me orientado.

"Talvez isso seja parte de um grande plano", eu disse, tomando um gole de Perrier. "Esse cara misterioso provavelmente vai chegar duas horas atrasado e ter 'esquecido' a carteira em casa."

Janelle riu. "Entendi. Um dia atrasado e sem grana."

"Isso. E ele vai chegar com *jeans* sujos e uma regata. No caminho, vai ficar cutucando o nariz e limpando na calça."

"Eca!", ela gritou. "Tem gente querendo comer aqui."

"Depois, nós vamos a algum restaurante bacana com um nome tipo Chez Philippe, o idiota vai pedir *escargot* e depois vai começar a vomitar tudo sobre a mesa."

Janelle largou os chocolates. "Desisto."

Ignorei seus protestos. Estava me divertindo muito. "E, depois de uma refeição extraordinariamente cara, ele vai pedir para eu pagar."

"É claro."

"E, como o programa está com minha carteira, não terei como pagar."

Janelle sorriu, entrando na brincadeira. "Você vai ter que ir lá atrás e lavar pratos por duas horas para pagar pelo *escargot*."

"Depois, na volta, ele vai tentar me agarrar no banco de trás, e eu terei que afastá-lo com uma vareta. E, finalmente, vou me inclinar para um beijinho no rosto, e ele vai tentar enfiar a língua na minha orelha."

"Sim", ela disse, rindo. "Aposto que você está certa."

"Eu sei que estou."

"Esse cara vai ser um idiota completo. Tudo o que você tem que fazer é beijá-lo no final da noite. É isso, não?"

"Ãh-hã."

"Então, obviamente, os produtores vão dificultar ao máximo", Janelle disse, pensativa. "Se o cara que eles mandarem for muito nojento, você não vai querer encostar nele."

"Exatamente", concordei. "Provavelmente, vai ser um encontro dos infernos e eu vou ter que juntar todas as minhas forças para não desistir no meio."

Tinha certeza de que estávamos certas. Então, quando Zaidee foi até o alto-falante e me chamou para o Confessionário, 45 minutos depois, eu achei que era para me dizer que meu par estava atrasado. Não estava.

Na verdade, a notícia de Zaidee me deixou completamente desnorteada.

Assim que ela me falou, fui correndo para baixo para contar a Janelle.

"Isso é bem estranho", murmurei, balançando a cabeça.

"O que foi?"

"Problemas técnicos", eu disse, olhando para ela, atordoada.

"Problemas técnicos?", Janelle repetiu. "Como assim? A cara dele era tão feia que quebrou a câmera?"

Eu ri. "Não sei. Zaidee não me contou nada. Ela só disse 'problemas técnicos', e ficou por isso mesmo."

"Então, quando o seu homem misterioso vai chegar?"

"Essa é a parte mais estranha", eu disse a ela. "Não vai. O encontro foi adiado indefinidamente. Eles vão reagendar depois."

Na manhã seguinte, Regan estava desaparecida.

"Ela não voltou do jogo dos Lakers", Janelle disse, acordando-me pouco antes das 8h. As luzes ainda não haviam se acendido, embora a luz do sol estivesse entrando pelas janelas havia horas.

"Quem?", eu perguntei, ainda meio dormindo.

"Regan!", Janelle disse, chacoalhando meu braço. "Ela não voltou depois de dançar no jogo dos Lakers ontem à noite!"

"Oh", eu disse, quando a ficha caiu. Rolei na cama e esfreguei os olhos. Com certeza, a cama de Regan estava vazia – e, mais revelador, ainda estava arrumada do dia anterior. "Estranho. Talvez os Lakers tenham ganhado e ela tenha saído com Shaquille O'Neal para comemorar", ironizei.

"Muito engraçado. Eu estava pensando que talvez ela tenha se machucado tentando realizar um movimento complicado. Kat, e se ela estiver no hospital ou algo horrível tiver acontecido? E se ela tiver se enchido e tiver abandonado o programa?"

No momento certo, as luzes ganharam vida. "Argh", gemi, puxando as cobertas sobre a cabeça. "Não consigo lidar com isso a essa hora da manhã." Contanto que descêssemos na hora para o café-da-manhã, os produtores pareciam não se importar que dormíssemos de vez em quando.

Janelle suspirou. "Pode voltar a dormir. Vou descobrir o que puder sobre Regan."

"Humm humm", murmurei, apagando.

Alguns minutos depois, Janelle estava de volta. "Fui até o Confessionário", ela disse, puxando as cobertas e me descobrindo a cabeça.

"Ai!", reclamei, enquanto a luz me inundava os olhos. "Você não vai me deixar perder isso, vai?"

"Não." Ela se sentou ao pé da minha cama. "É bom demais."

"Tudo bem", eu disse, apoiando-me nos cotovelos. "Você tem toda a minha atenção. O que aconteceu?"

"Pelo jeito, seu palpite não era tão louco."

"Meu palpite?", repeti, confusa.

"Você disse que ela provavelmente estava comemorando."

"Oh, sim, com Shaquille O'Neal. Você está brincando, não?"

Janelle franziu os lábios e balançou a cabeça. "Olha só – Zaidee me contou que Regan arrasou ontem à noite, e o programa deu a ela uma recompensa especial por ser a primeira. Zaidee não contou se Regan cumpriu a tarefa ou não. Mas acho que é bem óbvio, não acha?"

"Droga!", gritei, irritada por não ter pego o desafio das garotas dos Lakers. "Ela não disse o que era?"

"Não, ela disse que vamos descobrir mais tarde, quando Regan voltar. Mas Zaidee se recusou a me contar quando vai ser."

Como se viu depois, Regan só voltou no final da tarde, pouco antes de nossa primeira pesagem semanal. Seu rosto estava corado, os olhos, radiantes. Eu nunca a tinha visto tão feliz.

"Kat", ela disse, quando me viu. "Eles nos adoram lá fora!"

"Então, não foi tão ruim?", perguntei, indecisa.

"Foi *incrível!*", ela disse, entusiasmada. "Todos estavam aplaudindo e torcendo por mim. Todos eles sabiam meu nome!"

Como não podia perguntar se ela tinha obtido sucesso ou não, mudei de assunto. "O que você estava *fazendo* ontem à noite? Estávamos muito preocupadas."

"Entrevistas", ela disse. "Depois, Zaidee me levou para comer num restaurante italiano bem caro." Regan rodopiou toda feliz por um minuto. Depois, sua cara caiu. "Só tem uma coisa chata." Ela fez uma pausa. "Acho que *Fat2Fab* foi um fracasso de audiência no sábado à noite."

"Por que você acha isso?", eu perguntei. "Ora, se todos sabiam seu nome, deve ter ido bem."

Regan parecia cética. "Quando falei com o cara da *US Weekly* hoje de manhã, ele ficou me perguntando o tempo todo se eu estava decepcionada com o desempenho do programa."

Os olhos de Janelle cresceram. "Onde Zaidee estava quando ele disse isso?"

"Não sei. Mas aquela outra produtora, Gigi Rucker, estava sentada do meu lado o tempo todo."

"E ela deixou que ele falasse com você sobre audiência?", Janelle perguntou, incrédula.

Regan encolheu os ombros. "Ela disse que eu tinha o direito de saber."

A pesagem semanal acontecia todo domingo, pouco antes da hora do jantar.

Nas minhas primeiras quatro semanas, tinha conseguido perder quase 8 quilos, uma realização monumental. Surpreendentemente, acabou se revelando uma das coisas menos embaraçosas que *Fat2Fab* nos obrigava a fazer. Imaginava que Jagger nos faria marchar em um grande grupo, depois nos obrigaria a subir na balança da sala.

Em vez disso, éramos pesadas na Academia do Greg, em silêncio e em total privacidade. Era o único lugar onde Zaidee nos permitia um mínimo de dignidade. A decisão de revelar nosso peso semanal para as outras candidatas era inteiramente nossa. Nosso progresso não era colocado num gráfico, e Jagger não o anunciava com seu jeito dramático de sempre.

Para ser bem honesta, isso me deixou bastante chocada.

"Como eles não estão transformando as pesagens em uma enorme cerimônia?", perguntei a Greg um dia, enquanto malhava na esteira.

"Algumas coisas são pessoais. É o que diz Zaidee. Quanto a mim, acho que eles deveriam fazer isso num estádio."

Apesar de sua grosseria, senti uma grande alegria. "Isso significa que não estão transmitindo as pesagens no programa?", perguntei, cheia de esperança.

Ele balançou a cabeça, depois caiu no chão e começou a fazer flexões. "Nada disso", Greg rosnou. "Os telespectadores veem tudo. Zaidee só não quer constrangê-las enquanto estiverem na mansão."

"Oh!" Aumentei o ritmo da esteira, fazendo força para correr a mais de 6 quilômetros por hora. Nessa última semana, eu tinha conseguido embolsar 4 mil dólares em pontos de exercícios. Apesar de minha resistência inicial, o tédio havia me motivado a buscar uma rotina regular. Todo dia após o café-da-manhã, Janelle e eu nos exercitávamos por uma hora nas esteiras. Fazíamos isso religiosamente, incentivando uma à outra mesmo quando preferíamos estar examinando a Tumba da Tentação, comendo *brownies*. Eu estava cheia de esperança. Como se talvez, depois de tantos anos, eu tivesse finalmente encontrado o segredo para perder peso. A fórmula mágica.

"Se quisesse mesmo, você poderia descobrir", Janelle comentou, limpando o suor do rosto. "As contas."

"Ãh?", perguntei, confusa.

"Jagger revela quanto cada uma tem na conta às segundas. É só fazer as contas e você vai saber quem perdeu e quem ganhou."

"Ainda assim, deveria ser uma cerimônia", Greg disse, subindo no aparelho elíptico e começando a se mexer. "Eles precisam fazer alguma coisa para animar o programa. Era para ser minha grande chance. Até parece!", ele zombou.

Janelle se virou e olhou para mim. Eu sabia o que ela estava pensando. Primeiro, o repórter da *US Weekly*. Agora, Greg. Isso só podia significar uma coisa.

A audiência.

Fat2Fab era um fracasso.

Mas por que Zaidee queria que soubéssemos?

"Zaidee me disse que você quer ser escritora", Jagger comentou, inclinando-se para trás na cadeira. A enorme piscina cintilava atrás dele. Ele sorriu. "Todo mundo tem uma história para contar. Ou, pelo menos, era o que meu professor de redação criativa da faculdade costumava dizer."

Olhei para ele, surpresa. "Você fez aulas de redação criativa?", perguntei. "Pensei que você fosse formado em administração."

"É um boato cruel", ele disse, rindo. "Não, sério, como você sabia disso?"

Fiquei vermelha. Não queria que achasse que eu tinha uma fixação por ele. "Luisa me contou", revelei.

Jagger balançou a cabeça afirmativamente. "Pode colocar a culpa no meu pai. Eu queria ser escritor, ou mesmo jornalista, como Alicia, mas meu pai estava firmemente decidido a não deixar. Então, eu engoli minha paixão criativa e fui me arrastando até me formar em contabilidade." Ele parou de falar e se inclinou para a frente, estudando meu rosto. "Você é divertida, Kat", ele disse. "Deveria estar aqui te entrevistando, e você acaba *me* entrevistando."

Dei um sorriso.

"Então, me conte mais sobre esse romance que você está escrevendo."

"Não há nada para contar."

"Aposto que não era tão ruim", ele disse, gentilmente.

"Jagger...", eu disse, deixando a palavra rolar pela língua. Estava ansiosa para mudar de assunto. "Como você teve a ideia de um nome desses?"

"Não tive." Ele sorriu. "Foi coisa dos meus pais. Sério."

"Ah, não!" Olhei para ele com desconfiança. "Duvido que você tenha sido batizado *Jagger*. É um nome artístico, não?"

"Pode até parecer, mas não. Jagger Thomas Roth, está na certidão de nascimento. Meus pais eram grandes – *enormes* – fãs dos Stones", ele explicou. "Era isso ou Mick. Em alguns aspectos, prefiro Jagger."

"Sim, eu também", eu disse, surpreendendo a mim mesma. Até aquele momento, eu sempre o tinha achado bobo, exagerado.

"Jagger", eu disse novamente. Até que soava legal.

No final da sexta semana, Janelle, Luisa, Alicia, Regan e Maggie haviam completado seus desafios de O Peso do Mundo em Seus Ombros. Eu não fazia ideia se elas tinham completado as tarefas com sucesso ou não, mas não importava. Não podíamos pegar o dinheiro a menos que nós seis completássemos as tarefas, e meu par ainda estava desaparecido.

"Quando vou realizar meu desafio?", perguntei a Zaidee repetidas vezes no Confessionário.

Ela nunca respondia, não diretamente. Tudo o que ela dizia era: "Em breve".

17

O Jogo da Pesagem

"A COMPETIÇÃO desta noite tem duas recompensas", Jagger disse na noite seguinte. "Triunfem, e vocês ganharão não apenas 25 mil dólares, mas conseguirão algo que, de várias maneiras, é igualmente valioso. Um telefonema de casa."

Olhei para ele, incrédula. "Você está falando sério?", perguntei.

Ele nos disse que sim. "Quem vencer a competição de hoje receberá um telefonema de cinco minutos de casa."

"Garotas." Maggie se virou para nós. "Eu acho que vocês sabem como estou morta de saudades do meu filho. Eu daria tudo para falar com ele. E, já que nenhuma de vocês tem filhos, eu também gostaria de dizer que o amor de uma mãe é o tipo de coisa que não pode ser comparada a namorados ou maridos. Eu só gostaria que vocês soubessem disso", ela disse, começando a falar de um jeito levemente fanhoso.

Alicia deu de ombros. "O que você está querendo dizer? Que deveríamos deixar você vencer?"

Maggie olhou para as mãos. "Estou apenas sugerindo que seria o mais justo me deixar receber essa ligação. Eu tenho um filho de 11 anos em casa."

"Não!", Luisa se exaltou. "Não concordo."

"É isso aí", Alicia concordou.

Os olhos de Maggie se estreitaram. "Se a situação fosse inversa, eu faria isso por qualquer uma de vocês." Ela olhou em volta, de forma acusatória.

"Maggie", Janelle disse, gentilmente. "Todas nós nos sentimos mal por você estar com tantas saudades de Owen. E, se fosse apenas uma competição para ganhar uma ligação de casa, seria diferente. Mas há 25 mil dólares em jogo. E, como você já ganhou Por 1 Centavo, por 1 Quilo, você já tem uma vantagem de 10 mil dólares sobre nós. Ninguém pode desistir disso. Você vai ter que competir honestamente."

"Se o evento de hoje à noite for físico, então, as chances estão todas contra mim!", Maggie gritou. "Não vou vencer. Tenho o dobro da idade de vocês."

"Seja lógica", Janelle disse. "Você acha mesmo que eles vão testar nossa resistência? Ninguém aqui está tão bem fisicamente."

Maggie a ignorou. "Regan? Kat?", ela perguntou. "Vocês duas estão quietas demais aí. Vocês vão ser gananciosas também, ou vocês têm coração?"

Mordi o lábio. Maggie era bem crescidinha. Ninguém colocara uma arma na sua cabeça e a obrigara a deixar o filho em casa para participar de *Fat2Fab*. Por mais que simpatizasse com ela, isso era um jogo, e 25 mil dólares era muito dinheiro. "Sinto muito", eu disse, desculpando-me. "Mas não acho justo você pedir que entreguemos o jogo. Quando você assinou o contrato, você *escolheu* deixar sua família."

"Ãh-hã", Regan disse, montando na minha resposta.

"Isso é ridículo", Maggie bufou. "Vocês estão sendo egoístas."

Jagger, que havia ficado de fora observando nossa discussão, tomou as rédeas da situação. "A competição desta noite se chama Encontre a Gordura."

Uma imagem horrível se formou na minha cabeça: nós seis, alinhadas atrás de uma cortina, enquanto Jagger levantava nossas blusas e media nossa gordura corporal com aquelas pinças horríveis. Quem tivesse a menor taxa de gordura venceria. Ou talvez ele nos fizesse adivinhar as porcentagens de gordura corporal uma das outras, da mesma forma como tinhamos tentado adivinhar o peso.

"Antes que vocês fiquem chateadas, deixem-me explicar como vai ser o jogo..."

Jagger começou a falar sobre a importância de ter uma dieta balanceada e de encontrar a gordura escondida nos alimentos. *Alimentos*. Não pessoas. Ufa!, respirei, aliviada.

"Nesta caixa, tenho uma amostra de dez alimentos." Ele pegou uma grande caixa preta que tinha *Fat2Fab* impresso na lateral em letras cor-de-rosa. "Vou fazer perguntas sobre a gordura ou as calorias de cada um desses itens. Quem chegar mais perto ganha um ponto. No final do jogo, quem tiver mais pontos vence."

Jagger entregou para cada uma de nós uma pilha de cartões amarelos e marcadores. Os cartões eram idênticos aos que usamos em Por 1 Centavo, por 1 Quilo, exceto pelo fato de não haver nomes neles.

"Depois que eu ler a pergunta, vocês terão um minuto para responder. Se vocês estão prontas, garotas, vamos começar", ele disse.

A primeira pergunta era uma pegadinha: O que tem mais calorias, uma rosca comum ou um *donut*? Ou, pelo menos, foi o que eu pensei. Quando chegou a hora de mostrar as respostas, só Janelle e eu dissemos rosca; todas as outras colocaram donut.

Não acreditava que elas pudessem ter errado. Eu tinha lido muitas, muitas vezes que – apesar da crença popular – as roscas geralmente tinham mais calorias que os *donuts*. E, mesmo se eu não soubesse a resposta, poderia tê-la deduzido facilmente. Afinal de contas, eles não nos dariam algo muito fácil, do tipo: o que tem mais gordura, um bolo ou uvas? Fiéis ao nome da competição, tínhamos que "encontrar a gordura" em lugares inesperados.

"Sua rosca tem um valor calórico maior que o de um *donut*", Jagger disse.

"Qual é!", Regan protestou. "Isso não pode ser verdade."

"Uma rosca de *delicatessen* contém entre 350 e 400 calorias, enquanto um *donut* tem 250 calorias", Jagger informou. "Um ponto para Kat, um ponto para Janelle."

Maggie quis nos matar com os olhos.

A segunda pergunta era um pouco mais difícil. "Quantos gramas de gordura tem um Big Mac do McDonald's?", Jagger perguntou, mostrando o fruto proibido para nós. Tinha um cheiro divino.

Escrevi 45, mas eram 33. Janelle ganhou o ponto com um palpite de 30 gramas. Porém, mais uma vez, Alicia, Maggie, Luisa e Regan tinham calculado muito abaixo da resposta certa. A resposta de Alicia foi a pior: 7 gramas.

"Achei que estávamos falando de gordura saturada", ela reclamou. "Você não deixou claro."

"Eu a aconselharia a escutar mais atentamente da próxima vez."

Ganhei na pergunta seguinte, acertando que um pedaço de pão-de-ló tinha menor valor calórico que um sorvete de iogurte de baixas calorias.

O jogo continuou. Janelle e eu disputávamos cabeça a cabeça, e Regan, dois pontos atrás.

"Ok, garotas, estamos na pergunta final. No momento, há um empate entre Janelle e Kat. A próxima pergunta irá determinar a vencedora. Como as outras não têm chance de vencer, ficam de fora da pergunta. Quantas calorias há em um sanduíche Whopper original do Burger King?"

Pisquei, surpresa. Eu sabia o que era um Whopper do Burger King, mas seria a mesma coisa que um *sanduíche* Whopper *original* do Burger King? Essas duas palavras me deixaram surpresa. Eu não conseguia imaginar por que Jagger as tinha acrescentado, a menos que isso tivesse alguma importância. Dei uma olhada para à esquerda: Janelle estava ocupada escrevendo no cartão. Durante meu período nos Vigilantes do Peso, tinha passado horas incontáveis dissecando os menus de várias redes de *fast food*, mas, mesmo se minha vida dependesse disso, não conseguiria lembrar quantas calorias tinha um Whopper.

"Kat, preciso de uma resposta."

"Ah, um segundo", eu disse, completamente atrapalhada. Finalmente, escrevi 800 calorias, rezando para não ter exagerado muito.

Mostramos os cartões. Janelle havia escrito 600 calorias, o que parecia um palpite excelente. Quis me matar por não ter pensado nisso.

"Foi muitíssimo apertado – a vencedora prevaleceu por míseras dez calorias. Um sanduíche Whopper original do Burger King contém 710 calorias. A vencedora de Encontre a Gordura é... Kat!", Jagger anunciou.

"Oh, meu Deus!", gritei, pulando como uma doida.

Maggie resmungou alguma coisa e saiu sorrateiramente da sala.

Janelle veio me abraçar. "Parabéns."

"Kat, sua conta acaba de receber 25 mil dólares. E, como vencedora desta prova, você receberá também um telefonema de cinco minutos de casa. Por favor, vá imediatamente ao Confessionário para buscar seu prêmio."

"Você tem três opções", Zaidee disse, quando eu estava sentada na cadeira vermelha do Confessionário.

Olhei para o telefone sem fio, à minha frente, uma regalia que havia sido trazida temporariamente para minha recompensa.

"Sim?", perguntei. "Como assim, três opções?"

"Na linha 1 nós temos sua amiga Donna Bartosch, de Memphis. Na linha 2, temos sua mãe, Lynne Larson, de Denver. E, na linha 3, nós temos Cara Magley, também de Memphis. Você só pode conversar com uma delas. Vou te dar trinta segundos para decidir."

Tive um breve momento de decepção. Parte de mim esperava que eles tivessem Nick Appleby, da Inglaterra, na linha 4, mas eu sabia que isso era impossível. E, para falar a verdade, eu estava alegre.

Só havia um problema.

Quem escolher?

Peguei o telefone e o rodei nas mãos.

Na verdade, havia apenas duas considerações – Donna ou minha mãe. Nada contra Cara, mas, se escolhesse uma amiga, teria que escolher Donna. Ela era não apenas minha *melhor* amiga, mas era minha ligação mais próxima com Nick enquanto eu estava nesta casa. Se quisesse descobrir qualquer informação sobre ele, era com ela que eu deveria falar.

Mas aí tinha o problema da minha mãe... Se eu não a escolhesse, teria que ouvir isso todos os dias pelos próximos trinta anos. Ela nunca entenderia por que eu, sua única e adorada filha, tinha escolhido falar com "uma garota" em vez de "minha própria mãe".

"Muito bem, Kat, já fez sua escolha?", Zaidee perguntou.

Respirei fundo e soltei. Eu sabia o que tinha que fazer. "Sim, coloque Donna Bartosch na linha", eu disse, implorando silenciosamente pela compreensão de minha mãe.

Zaidee me instruiu rapidamente, passando uma lista de tópicos proibidos. Não podia perguntar a Donna sobre o que estavam falando de *Fat2Fab* na imprensa, e não podia contar nada sobre as competições.

"Em um minuto o telefone vai tocar", Zaidee me informou. "Seus cinco minutos começam assim que você atender."

"Obrigada", eu disse, afundando na cadeira.

Parecia que tinham se passado um milhão de anos antes de o telefone finalmente tocar. Estava em pânico e tão atrapalhada que quase o derrubei. "Alô?", gritei, quando finalmente consegui atender.

"Kat? Oh, meu Deus, é você mesma, não acredito!"

"Sou eu", gritei de volta. Estava gritando tão alto que me senti como meu pai.

"Como você está?", Donna perguntou. "Você está bem?"

"Estou indo. É muito louco aqui. Ainda não acredito que estou na televisão", eu disse. "Você está gravando?"

"Sim, eles vivem passando comerciais do programa", Donna contou. "E tinha uma matéria enorme na seção de variedades do jornal de hoje..."

"Você não tem permissão para discutir a cobertura do programa na mídia", uma voz masculina entrou na linha, fazendo-me pular quase 1 quilômetro. Eles estavam escutando minha conversa. Provavelmente, também a estavam gravando para usá-la no programa. E pensar que eles nem tinham me pedido. Eu achava que era ilegal gravar uma conversa telefônica sem permissão com antecedência. Bem, agora Donna saberia em primeira mão com que tipo de pessoas eu estava lidando aqui. Talvez ela entendesse por que eu tinha ficado tão paranóica com a possibilidade de o meu quarto estar grampeado naquela semana de seleção.

"Desculpe", eu disse para o homem. "Ei, Donna, como estão as coisas no trabalho?"

"Você ainda está empregada", ela disse. "Cindy está tentando convencer Richard a demiti-la, mas ele está fora de si. Desde que saiu no noticiário hoje... Ops", ela disse, contendo-se a tempo. "Melhor não falar sobre isso."

Ficamos conversando sem parar por um minuto, e Donna me informou que tinha falado com meus pais no dia anterior.

"Sua mãe estava enlouquecendo.", ela disse, rindo. "Ela mal consegue assistir ao programa, fica muito angustiada. Mas conversei um pouco com ela, e acho que já se acostumou com a ideia."

Eu estava entrando em pânico. O tempo estava acabando e eu não tinha encontrado um meio de encaixar Nick na conversa. Não poderia perguntar diretamente sobre ele, por motivos óbvios. E tinha medo que, se tocasse no assunto, Donna revelasse seu nome. A última coisa que eu precisava era de dar uma dica do meu segredo aos produtores.

Depois, vi que não havia motivo para preocupação.

"Kat, tem mais uma coisa." Donna fez uma longa pausa, e eu achei que nossa conversa tinha sido cortada. "Há um problema com... Charles Dickens."

"Não!", gritei, antes de me recompor. "Que tipo de problema? Está... acabado?", perguntei, com um nó na garganta.

"Ãh-ãh, nada parecido. É só... Veja bem, Charles Dickens ligou para H&G outro dia."

"O quê!?", gritei. "O que ele disse?"

"É complicado. Não sei se..."

E depois a ligação caiu.

Fiquei ali sentada, com muita esperança de que Donna voltasse e terminasse de contar o que havia começado. Mas a única voz que eu escutei foi a de Zaidee, falando comigo pelo sistema de comunicação.

"Tempo esgotado", ela disse.

Há muitas coisas que as pessoas gordas não devem fazer.

Ir à praia. Usar roupas reveladoras. Esbaldar-se com comida em público. *Fat2Fab* estava determinado a nos fazer passar por tudo isso. Depois que Regan dançara no jogo dos Lakers e Janelle posara nua, eu não achava que as competições pudessem piorar.

Mas, então, eles nos surpreenderam com o jogo de vôlei.

O que estava em jogo era o maior prêmio até então. Além de 75 mil dólares, receberíamos uma cópia da revista especializada *Hollywood Heat* – que, não por coincidência, trazia uma matéria de capa sobre *Fat2Fab*.

"Descubram, de uma vez por todas, o que está sendo dito sobre vocês na imprensa", Jagger provocou, balançando a revista na nossa frente.

Respirei fundo. Ver meu rosto na capa de uma revista de fofocas parecia coisa de outro mundo, surreal.

"Não vamos ganhar de um time de profissionais", Regan reclamou. Não devíamos nem tentar."

"Vocês não têm que ganhar o jogo, só têm que ganhar um *set* em três', Jagger explicou, ajeitando a camiseta. Ele estava vestido como um surfista, com uma camiseta branca e uma bermuda padronizada que ia até os joelhos. E chinelos marrons nos pés. Tinha um par de óculos escuros na cabeça e um colar de coco no pescoço. Ele parecia pronto para filmar um episódio de *CSI Miami*.

Nós sete estávamos no movimentado calçadão de Venice Beach, cercados de câmeras e técnicos de som. Zaidee tinha até comandado uma grande câmera montada numa grua. Estava na areia sobre a quadra de vôlei. Uma pequena multidão estava começando a se formar. As pessoas abriam caminho entre os vendedores de cachorro quente e de camisetas para nos ver.

"Com certeza, dá para conseguir", Janelle disse, animadamente. Desde que Jagger havia anunciado a competição, Janelle estava em êxtase. "Joguei campeonatos de vôlei na faculdade", ela se entusiasmou. "Essa é a minha praia!"

Eu e as outras garotas estávamos mais céticas. "Regan está certa. Não dá para ganhar de um time profissional", argumentei. "Para que tentar?"

"Não precisamos ganhar", Luisa concordou. "Eles querem nos ver de maiô, parecendo idiotas. Não vão nos deixar ler sobre nós mesmas em uma revista. E Zaidee não quer nos dar mais 75 mil. Nossas contas bancárias estão ficando grandes demais."

Janelle balançou a cabeça. "Talvez eles estejam fazendo isso para compensar O Peso do Mundo em Seus Ombros."

"Ei", interrompi, na defensiva. "Ainda não perdemos aquela, oficialmente."

Cinco pares de olhos se viraram para mim.

"Não é minha culpa", reclamei. "Como vou ganhar uma competição se não posso nem competir?"

"Então não fuja da raia agora", Janelle disse. "A pior parte são as roupas de banho."

Regan estava mais do que envergonhada. "Não vou usar maiô em público. Já tive que usar um uniforme de líder de torcida."

Maggie parecia não se importar, de um jeito ou de outro. "Vou fazer o que for melhor para o grupo", ela disse, cheia de razão. "Mesmo que seja a única que pense assim."

Somente Alicia compartilhou do entusiasmo de Janelle. E, considerando seu gosto pela mentira, não havia jeito de saber se o que ela disse era verdade. "Escutem Janelle", Alicia insistiu. "Eu joguei no time de vôlei do colégio."

"Não acho que é o jogo que está nos preocupando", eu disse. "Estamos preocupadas com os maiôs."

"Alicia e eu vamos fazer o possível para dar cobertura a vocês", Janelle disse, como se eu não tivesse falado nada. "Tentem manter a bola longe da areia. Se vocês conseguirem mantê-la no ar, eu posso cortar de volta."

Não adiantava discutir. Então, Regan, Luisa e eu cedemos.

"Jagger!", Janelle gritou. "Nós topamos. Onde podemos nos trocar?"

"Sigam-me, garotas", ele disse, levando-nos para o *trailer* que virou camarim provisório no estacionamento. "Seus uniformes estão lá dentro."

"Uniformes?", eu perguntei, seguindo Luisa pela escada do *trailer*.

Ela abriu a porta e parou, repentinamente. "Eu sabia! Sabia que Zaidee faria isso conosco. O que eu disse?", Luisa chiou, entrando no *trailer* e pegando um dos cabides.

"Oh, não!", gritei, quando a ficha caiu. No fundo, eu também sabia.

"Biquínis, certo?", Janelle falou, atrás de nós.

"Droga, sim, são biquínis", Luisa resmungou.

Ela ainda estava bloqueando a porta, então eu a empurrei, abrindo caminho para as outras. Uma por uma, entramos no camarim, seguidas por dois câmeras e um técnico de som.

"Olhem para isso!", gritei, pegando uma das monstruosidades cor-de-rosa de duas peças, com *F2F* escrito na bunda em letras pretas. Eu segurei o biquíni na ponta dos dedos, com o braço estendido, como se fosse a roupa suja de outra pessoa.

Janelle passou as mãos no cabelo, irritada. "Oh, muito bem", ela disse, eventualmente. "Pelo menos não é fio dental."

"Até nos favorecem, na verdade", Alicia comentou. "Bem conservadores." Ela pegou uma parte de cima e a segurou pela tira.

Ela estava certa, mas não importava. Um biquíni era um biquíni. De qualquer ângulo que você olhasse, era o pior pesadelo de uma garota gorda.

"Não quero fazer isso", Regan chiou.

"Eu também não. Mas vou fazer, pelo bem do time", Maggie disse, de forma seca. "E eu sou a mais velha aqui. Meu corpo é mais caído do que o de qualquer uma de vocês."

"Vocês se importam em sair para a gente se trocar?", Janelle disse à equipe de filmagem.

Eles obedeceram. "Deixem isso na mesa", o técnico de som nos orientou, apontando para os microfones. "Hoje vocês não vão usá-los. Microfones de vara", ele murmurou, saindo atrás dos câmeras.

Deveria ter sido uma coisa simples colocar os biquínis e voltar para fora. Mas, tirando Alicia e Janelle, todas estavam envergonhadas demais para se trocar com outras pessoas olhando. Mesmo que fossem outras garotas gordas. Então, fomos andando vagarosamente para fora, usando o camarim uma de cada vez. Depois, enroladas em grandes toalhas de praia brancas, descemos até a areia, onde a quadra havia sido montada.

A plateia – já numerosa no começo – tinha aumentado, e agora havia centenas de pessoas ali.

"Deus, há muita gente aqui!", murmurei.

"Sábado", Luisa me lembrou. "Todo mundo vai para a praia."

"Ótimo, justamente do que a gente precisava. Uma plateia."

"Não se preocupem com eles", Janelle disse. "Quando o jogo começar, vocês vão esquecer que eles estão aí."

Nós nos posicionamos na quadra. Nosso time começou sacando, e Janelle conseguiu fazer a bola passar por cima da rede, mas nossos oponentes a devolveram agressivamente. Janelle mergulhou, mas suas mãos nem chegaram perto de tocar a bola.

"O que eles fizeram se chama matar", ela disse, timidamente. "Significa que não dá para devolver."

Era um jogo desigual desde o começo. O outro time era formado por garotas fortes, atléticas, algumas das quais jogavam competitivamente desde que eram crianças.

Perdemos o primeiro set facilmente, fazendo apenas 7 pontos contra os 15 do outro time.

Para piorar, estávamos exaustas.

"Sempre achei que vôlei parecia fácil", resmunguei, limpando o suor da sobrancelha. "Quem diria que bater uma bola na areia era tão difícil?"

"Tudo é fácil até você tentar de verdade", Janelle ressaltou.

"Não brinca", eu disse.

Tinha que admitir que, apesar de minha hesitação inicial, estava me divertindo de verdade. Janelle estava certa; assim que começamos a jogar, consegui me deixar levar pela situação, abstraindo o barulho da multidão. Até esqueci, pelo menos temporariamente, que era uma garota gorda de biquíni numa praia lotada.

Até o intervalo, claro.

"Vamos, vinte minutos de descanso. Bebam alguma coisa, alonguem as pernas", Zaidee disse, depois de fracassarmos no segundo *set*, perdendo por 4 pontos. Ela passou por nós para dialogar com o câmera principal. Luisa e eu pegamos nossas toalhas e demos um pulo até o calçadão, para dar uma olhada nas coisas dos vários vendedores. Nos sentimos um pouco embaraçadas nas roupas de banho, mas era um raro momento de liberdade, e tínhamos que aproveitá-lo. Começamos a olhar umas bijuterias, quando aconteceu.

"Eu sei quem você é", uma voz gritou na multidão. Uma mulher estava apontando um dedo ossudo para mim. Ela tinha cinquenta e poucos anos, cabelos loiros curtos e mechas cinza. "Katherine", ela disse.

"Kat", eu disse, apertando a toalha sobre o biquíni. "Apelido de Katrina."

"Você é a garota do *Fat*."

Fiz uma careta. "Sim."

Luisa começou a se afastar, voltando para a areia e fugindo do centro das atenções.

"Meu filho está te acompanhando pela televisão", a mulher disse, e, por um momento, achei que ela iria me pedir para autografar algo para ele. Eu não podia estar mais enganada. "Sim, é de você que meu filho tem falado." Sua expressão mudou para desdém. "O jeito como você reclama é uma vergonha!", ela explodiu. "Você acha que o mundo tem que ter pena de você porque você tem problema de peso? Bem, eu digo que não existe uma alma viva que tenha pena de você. Você é preguiçosa", ela esbravejou. "E quer saber de uma coisa? Você não é só preguiçosa, mas estúpida e maldosa."

Aquilo foi um soco no estômago.

Preguiçosa. Estúpida. Maldosa?

Como ela podia dizer que eu era maldosa? Era ela quem estava insultando uma completa desconhecida!

Do nada, um homem se aproximou, com o rosto vermelho de raiva. "Você é um ser humano patético", ele disse, com olhar carrancudo. "Eu te vi falando que odeia fazer exercícios. Vou te dizer, exercício é um privilégio, não um castigo. Deus te deu um corpo perfeitamente bom, e olha o que você fez com ele! Minha mulher perdeu a perna por causa de câncer há nove anos. Antes de ficar doente, ela era triatleta. Ela daria tudo para ter a perna de volta e poder competir novamente. E olhe só para você, com todas as bênçãos do mundo, e só faz reclamar."

Só podia ser algum tipo de brincadeira.

Provavelmente, os produtores tinham pagado essas pessoas para acrescentar mais drama à coisa toda.

Antes de eu responder, Zaidee estava do meu lado, mandando todo mundo embora. "Volte para a quadra", ela orientou.

Estava grata por sua intervenção.

"Fim do intervalo", Zaidee anunciou.

Reassumi minha posição, mas era uma causa perdida. Eu estava totalmente fora de jogo. Primeiro, fiz besteira no saque. Depois entrei na frente de Maggie e acabei por derrubá-la.

"Ai!", ela gritou, esfregando as costas enquanto se levantava. "Cuidado, Kat."

"É, que eu saiba, vôlei não é um esporte de contato", Alicia disse.

No final do terceiro *set* – que nós ganhamos miraculosamente por 15 a 13 –, eu estava tão chateada que nem conseguia enxergar direito. Nem liguei para o prêmio.

"Parabéns, garotas, pelo bom trabalho", Jagger rugiu, juntando-se a nós na quadra. Ele foi apertando a mão de cada uma, sorrindo. "Esta noite representa um marco importante no jogo. Nas próximas semanas, várias reviravoltas irão acontecer, deixando a casa perplexa."

"O quê?", Regan perguntou.

"Tudo a seu tempo", Jagger disse, sorrindo. "Você vai descobrir no primeiro programa ao vivo de *Fat2Fab*, que vai acontecer nas próximas semanas." Depois disso, ele se foi.

Ao vivo? Era a primeira vez que ouvia falar disso.

"Ei, anime-se, Kit Kat", Alicia disse. "Vencemos! 25 mil!" Ela me deu um abraço fraterno.

Eu me afastei dela. "Como posso ficar animada? Eles estão nos transformando num circo de aberrações!"

"Bem, tenho uma coisa que vai te animar", ela disse, enroscando o braço no meu. "Olhe ali."

Eu me virei e vi uma pequena equipe de filmagem se aproximando.

"MTV", ela disse. "Aí está – minha grande chance!"

Zaidee se apressou e foi até lá, falando rapidamente com a equipe. Depois, voltou correndo pela areia em nossa direção. "Por que vocês duas não se sentam na areia só por um minuto, para eles filmarem vocês tomando sol?"

Um assistente magro veio até nós e organizou várias toalhas de praia e acessórios na areia. "Tentem agir naturalmente", ele orientou, antes de sair.

"Não, obrigada", resmunguei. A última coisa que eu queria era que a MTV me filmasse deitada de biquíni.

"Não foi uma pergunta", Zaidee respondeu. "Eles estão transmitindo ao vivo da praia hoje, e vocês entram no ar em dez minutos." Ela se retirou antes de eu poder protestar.

Alicia se sentou na areia, observando pacientemente enquanto Zaidee afastava a multidão de curiosos. "É legal, Kit Kat", ela disse. Seus olhos passearam pelo meu torso. Eu entendo por que você não quer aparecer na MTV. A TV aumenta o peso em 5 quilos."

Olhei com raiva para ela, sem dizer uma palavra.

"Aqui." Ela pegou um tubo de protetor solar e jogou em minha direção. "Fique atrás de mim e finja que está esfregando isso nos meus ombros. Dá para esconder todo o seu corpo assim."

Ela já tinha passado dos limites. Não dava mais para aguentar tanta amolação e insultos. "E por que exatamente o meu corpo precisa ser escondido?", perguntei, sabendo exatamente como ela responderia.

"Sério, Kat, você precisa perguntar? Você tem um grande problema de peso, não é óbvio? Mesmo depois de perder alguns quilos, você ainda está uma bezerra."

Fiquei tão mordida que não disse nada. Mas, alguns minutos depois, quando a MTV se aproximou, a chance de vingança surgiu.

Enquanto estava sentada atrás de Alicia, passando protetor solar em seus ombros estreitos, e ela tagarelava, contando para o apresentador da MTV suas aspirações profissionais, eu gentilmente escorreguei os dedos até a alça de seu biquíni. Rápida e determinadamente, puxei-a com força.

"Ahhh!", ela gritou, quando a parte superior de seu biquíni foi para a frente. Seus braços voaram para cima, protegendo o peito. Ela foi rápida, mas não rápida o suficiente. Por uma fração de segundo, eles a pegaram de *topless*.

"O que você pensa que está fazendo?", ela esbravejou, virando-se para trás.

Encolhi os ombros. "Desculpa."

"Lá estão elas!", Janelle gritou, correndo até a mesa de centro.

Espalhadas como um leque, havia seis cópias de *Hollywood Heat*. A capa tinha uma colagem dos nossos rostos, com o título "O Jogo da Pesagem: Um Guia de *Fat2Fab*". Pulamos para a frente, quase nos atropelando na pressa de pegar as revistas. Regan pegou toda a pilha, passando as revistas para nós.

Abri a minha, e descobri que a matéria de capa era na verdade um perfil de cinco páginas, com muitas fotos e muito pouco texto. Eu havia planejado me debruçar sobre a matéria por dias, lendo e relendo até memorizar cada detalhe. "Não há quase nada para ler aqui."

"É o suficiente", Regan disse com tristeza, examinando a página. "Espere até ver o que diz."

Caí no sofá e comecei a ler:

Os números estão aí, e mais de 14 milhões de espectadores concordam: Fat2*Fab* tornou-se o programa mais quente do verão! Garotas gordas com *sex appeal*? Quem diria! Aqui está nosso guia das seis candidatas que compõem esse *reality show* viciante:

Regan Borrail: A Irmã Mais Nova

Talvez sua colega Alicia tenha dado a melhor definição: "Ela é como sua irmã menor que não é tão pequena". Com um peso inicial de 155 quilos, Regan é de longe a mais pesada das garotas. Aos 19 anos, é também a mais jovem – e mais doce, com uma oferta infinita de abraços e palavras gentis para suas concorrentes. Enquanto as outras candidatas trocam insultos, esta nativa de Boulder, Colorado, segue o velho ditado: "Se você não tem algo bom para dizer, não diga nada". "Eu acredito em carma, e acredito em seguir o coração", Regan diz. "E trato todos com respeito, não importa o que aconteça."

Alicia Combs: A Paqueradora

A gata de Boston Alicia Combs prova diariamente que, quando se trata de *sex appeal*, tamanho IMPORTA! Mulher estonteante de 79 quilos que exibe seus atributos mais do que amplos (oh, essas blusas curtas!), Alicia atraiu uma legião fiel de fãs do sexo masculino. "Em poucas palavras, ela é gostosa", diz Zaidee Panola, produtora executiva de Fat2Fab. Ela tem carne nos ossos. Faz tempo que o país não tem um *sex symbol* que consegue preencher um vestido do jeito que ela faz." Não brinca! Esta jornalista pode mostrar esses atributos na *Hollywood Heat* quando quiser.

Janelle Kerwin: Silenciosa e Forte

Apelidada "Janelle Discreta" por seu primeiro ex-marido, Matt, esta cínica de 1,80 m é supercalada. Propensa a passar várias horas em silêncio no Confessionário, Janelle faz com que você se pergunte o que há por trás de seu frio escudo. Ou há muita coisa passando por sua cabeça, ou ela é meio maluca. Nós achamos que é a primeira opção.

Kat Larson: A Malcriada

Muitas palavras já foram usadas para descrever Kat. Escolhemos a mais gentil para o título. Do tipo que não segura a língua, Kat gosta de culpar os outros por seu problema de peso. Ela exige simpatia por seu distúrbio alimentar, por assim dizer, e chega ao ponto de dizer que merece mais piedade do que quem sofre de bulimia. Seus constantes ataques às pessoas magras e reclamações sobre sua vida injusta geraram cartas de ódio e *sites* anti-Kat. Ainda assim, o apresentador de Fat2Fab, Jagger Roth, defende seu caráter. "Kat passa a impressão de ser amarga, mas, pessoalmente, ela é muito amorosa e divertida. Acho que, com o tempo, os espectadores irão enxergá-la de um jeito mais simpático." Um lado mais simpático de Kat, a Malcriada? Só vendo para crer...

Luisa Olivares: A Fofoqueira

A intrometida Luisa é a fofoqueira de plantão de Fat2Fab. Inclinada a escutar conversas e bisbilhotar nos quartos das outras candidatas, Luisa é a pessoa certa para procurar quando você quiser um pouco de sujeira. Suas sessões diárias geralmente resultam em grandes revelações sobre suas colegas de casa. Não que nos importemos. Até agora, Luisa revelou vários segredos de bastidores, inlcuindo detalhes saborosos sobre os casamentos fracassados de Janelle (ela tem aversão a compromissos e não consegue parar de trair), os segredos de beleza de Alicia (ela tem aversão a calcinhas), e a má sorte de Kat com homens (ela não consegue satisfazer um homem, se é que vocês me entendem). Com amigas como essa cubana apimentada, quem precisa de inimigos?

Maggie Strickland: A Beldade Sulista

Esta nativa de Jackson, Mississippi, esforçou-se para se adaptar à vida na cidade grande. Uma sulista à moda antiga, acostumada a boas maneiras e uma vida moralmente pura, Maggie tem encontrado dificuldades para seguir o programa de perda de peso. Nessas poucas semanas, ela perdeu apenas 700 gramas. Uma dona de casa genuína, Maggie não para de manifestar as saudades que sente de seu filho de 11 anos, Owen, afogando as mágoas com visitas noturnas à Tumba da Tentação. Apesar de não estar perdendo peso, Maggie ganha nossa simpatia com seu coração gentil e fortes valores familiares. E nós adoramos seu sotaque!

Senti como se toda a situação – tudo o que eu havia passado enquanto estava na casa – tivesse criado asas e sofrido uma mutação, transformando-se numa coisa horrenda e irreconhecível.

Eu era A Malcriada.

Eles poderiam muito bem ter sido diretos e dito: A Vaca.

Agora, tudo fazia sentido. O jeito como aquelas pessoas tinhas gritado comigo na praia. O ódio que demonstravam Maggie era A Beldade Sulista? Maggie, que era de Cleveland e só tinha morado em Jackson, Mississippi, por pouco tempo, era A Beldade Sulista? E eu? Eu nasci e fui criada em Memphis, Tennessee! Terra do blues, berço do rock'n'roll e uma cidade sulista muito mais genuína!

Mas não. Eles não podiam me chamar de A Beldade Sulista.

Eu era A Malcriada.

E Luisa! Luisa, em quem eu havia confiado desde o dia em que entrei na casa, tinha se voltado contra mim. Todo esse tempo ela havia puxado o meu saco, me fazendo contar segredos. Regan também tivera a mesma impressão. "Como você pôde?", ela perguntou, enfrentando Luisa. "Eu achava que você era minha amiga, e você é uma grande fofoqueira!"

"É", concordei, balançando a cabeça, incrédula.

Luisa deu de ombros. Ela ia responder quando Janelle interrompeu: "Ei, pessoal, vocês viram isso? Nós temos *14 milhões* de espectadores! Isso é inacreditável! Baixa audiência o cacete! Aposto qualquer coisa que Zaidee mentiu sobre a baixa audiência para a gente agitar um pouco mais o programa!"

"O país inteiro me acha *sexy*!", Alicia disse, exibindo-se. "Não que eu esteja surpresa. Mas é lisonjeiro. Sabe de uma coisa, Kit Kat?", ela disse, enrolando a revista e batendo com ela na minha cabeça. "Tinha ficado brava com você por ter exposto meus lindos seios na televisão. Mas agora, pensando bem, você me fez um favor. Quanto você quer apostar que o Hugh Hefner vai me oferecer meio milhão para posar para a *Playboy*?

Minha nossa, agora não teria como baixar a bola dela. Seu ego estaria gigantesco quando ela saísse da casa.

"Bando de idiotas!", gritei.

"Kat", Janelle alertou. "Tome cuidado."

"Não vou tomar cuidado! Aqueles filhos da mãe da *Hollywood Heat* escreveram mentiras a meu respeito. Vou processá-los por difamação", esbravejei.

"Você não pode", Alicia respondeu, com ar convencido. "Você não tem como. Sou jornalista. Sei como essas coisas funcionam."

Abri a boca para dizer umas boas para ela quando senti um braço me apertando com força. Era Janelle.

"Kat, acho que você deveria subir e se deitar. Esfrie um pouco a cabeça."

Comecei a protestar, mas algo em seu rosto me fez parar.

"Isso", ela disse, apontando com a cabeça para o câmera. "É daí que eles estão tirando tudo. Você tem que controlar seus ataques. Você só está dando mais munição para eles."

"Tanto faz", eu disse, com desdém.

Mas fiquei de boca calada.

"Ei, Kit Kat, acabei de me pesar e emagreci novamente esta semana", Alicia cantarolou no domingo à tarde. Ela saiu dançando pela cozinha, com o câmera a reboque. Era um anúncio desnecessário. Todo mundo podia ver que ela estava mais magra. "Vamos, eu!" Ela socou o ar, como se fosse uma líder de torcida.

"Parabéns", resmunguei, olhando para minha tigela de cenourinhas. Eu as vinha examinando com um garfo há dez minutos, tentando me forçar a comer uma. Tinham gosto de água suja.

Alicia abriu a geladeira e pegou uma maçã. "Sabia que estaria mais magra, não foi uma surpresa. Mas olha só para isto." Ela levantou a blusa, mostrando a área abaixo do sutiã. "Minha barriga está um milhão de vezes menor do que quando entrei neste programa."

Nesse momento, meu câmera se virou e deu um zoom em Alicia. Acho que a visão de Kat comendo cenouras não se comparava à de carne à mostra.

Tinha que admitir, ela estava bem. Bem *demais*. O que ela disse em seguida confirmou minhas suspeitas.

"Perdi 22 quilos desde que cheguei aqui."

"Vinte e dois!", engasguei, derrubando o garfo. Ele caiu sobre o balcão, fazendo barulho. De repente, as duas câmeras estavam sobre mim. "Estamos aqui há menos de dois meses!"

"Eu sei." Ela forçou um sorriso."Não é maravilhoso?" Ela pegou uma faca da gaveta e começou a cortar a maçã sobre a tábua.

"O que é maravilhoso?", Regan perguntou, entrando na cozinha.

"Alicia acabou de voltar da pesagem. Ela perdeu peso de novo", eu disse, adiantando-me a Alicia.

"Ei, não é justo! Eu queria contar a Regan as boas novas. Você sempre sai contando as coisas", Alicia reclamou. "Você é mais fofoqueira que Luisa."

"Ops... Fiz de novo", cantei. Fora um troco lamentável, mas era o que dava para fazer de improviso. Pelo canto do olho, vi um dos técnicos de som aproximar-se com um microfone de vara. O-oh! Isso nunca era um bom sinal.

"Você já está abaixo dos 70 quilos?", Regan perguntou, empolgada. "Porque esse é um marco muito importante.

"Garota, eu já *estive* abaixo dos 70." Alicia tinha terminado de cortar a maçã e estava comendo os pedaços sedutoramente. "Hoje, estou com 57 quilos, e diminuindo."

"Estou muito feliz por você", Regan gritou, dando a volta na mesa e engolindo Alicia em um abraço. "Você deveria se orgulhar disso."

Ela ficou radiante. "Eu estou." As duas continuaram abraçadas por algum tempo.

Havia algo suspeito ali. Alicia nunca tinha sido enorme, para começar, e agora estava simplesmente magra. "Alicia, qual a sua altura?", perguntei, olhando para ela, incisivamente.

"Eu meço 1,65m."

"E você perdeu 22 quilos desde que chegou aqui, o que significa que você pesava 79 antes. Certo?"

Ela fez que sim. "Dã, Kit Kat, você estava lá na pesagem inicial, lembra?"

A conta não batia. "Achei que tinha que ser tamanho 46 para participar do programa."

"Você está certa", Alicia disse, "e eu era."

Regan concordou, energicamente. "Eu também."

Não sabia quem era a mentirosa mais condenável: Regan, que estava obviamente diminuindo seu tamanho, ou Alicia, que havia, possivelmente, aumentado o seu para aparecer na TV.

"Como eles fazem a avaliação?", perguntei. "Eles pediram uma amostra de suas roupas durante o processo de seleção?"

Alicia começou a rir. "Não seja absurda, Kat."

"Não, estou falando sério. Como eles sabiam que você não estava mentindo sobre o seu número?"

Seus olhos se estreitaram. "Você está me chamando de mentirosa?"

"Provavelmente não seria a primeira pessoa."

Olhamos feio uma para a outra por um bom tempo, e depois ela disse: "Caso você tenha se esquecido, Kit Kat, a inveja é um dos sete pecados capitais."

Lembrei-me de uma campanha que a H&G tinha feito no verão anterior para ajudar a promover um clube de Memphis, Sete Pecados. Decidi fazer uma propaganda rápida. "Bem", zombei, "você parece tão empenhada em anunciar seu peso para o mundo, Alicia, que deveria contratar sua própria firma de RP. Sabe, como a talentosa e produtiva Hood & Geddlefinger Relações Públicas. Não que a aceitássemos como cliente. Somos muito refinados para isso."

"Calma, pessoal", Regan disse, olhando para mim com ar intrigado.

Era tarde demais. Nenhuma de nós iria voltar atrás agora.

"Não é culpa minha se perdi mais peso que você", Alicia prosseguiu. "Quanto você perdeu? Cinco quilos?"

"Nove", corrigi. Era a verdade. Senti o rosto esquentar. No começo, achei que era de vergonha, mas depois percebi que era por causa das luzes. Não tinha certeza, mas suspeitei que elas tinham ficado mais fortes. Meu câmera certamente estava mais próximo. Sua lente estava agora a uns 15 centímetros da minha bochecha esquerda. "Já que você perdeu tanto peso, que número você usa agora? Como suas roupas servem?", perguntei.

"Uso 40 agora, e Zaidee trouxe umas roupas novas."

Alicia deu um suspiro de irritação. "O que há com você? Assim que perder peso, vai ganhar roupas novas também."

"Mostre a etiqueta." Não acreditei nela. Uma mulher de 1,65m não usaria tamanho 40 com 57 quilos. Pela estrutura de Alicia, eu diria tamanho 36, ou até 34. "Deixe-me ver", exigi.

"Não", ela disse. "Não é da sua conta que tamanho eu uso. Perdi 22 quilos, e ponto final." Ela se virou e foi caminhando para a Tumba da Tentação. "Acho que mereço uma pequena recompensa por meus esforços."

Desta vez, Regan e o câmera a seguiram.

Eu estava espumando de raiva, mas não queria dar esse gostinho a ela. Sem dizer mais uma palavra, subi as escadas, batendo os pés. Quando cheguei ao quarto, atirei-me de cabeça na cama. Queria apagar as luzes, mas ainda eram 3 da tarde. Eu sabia que ia chorar, mas tentei segurar quanto pude. As lágrimas iam começar a jorrar a qualquer momento, e eu não queria mostrar esse meu lado na TV.

Comecei a chorar, tentando manter o rosto encoberto pelo travesseiro, para que o câmera não o filmasse. Eu sabia que ele estava ali. Dava para escutá-lo movendo-se atrás de mim, ajeitando-se para conseguir a melhor imagem possível. Deixe-o ficar ali, pensei, filmando a parte de trás da minha cabeça. Não estava disposta a deixá-lo filmar as minhas lágrimas.

Não sei por quanto tempo fiquei ali deitada. Deve ter sido bastante tempo. Tinha começado a cochilar quando ouvi a porta se abrir.

"Você está bem, Kat?"

Lentamente me virei, esfregando os olhos.

Era Janelle.

"Já estive melhor", admiti.

"Você não pode deixar Alicia te incomodar."

Esforcei-me para não deixar a voz estremecer. "Não é nem tanto Alicia, é o programa em geral. Você viu o jeito como aquelas pessoas na praia falaram comigo. Todo o país acha que eu sou uma vaca gorda e estúpida!" Comecei a chorar mais alto. Não consegui me controlar – era duro engolir aquilo.

Ela se aproximou e sentou na beirada da cama.

"Com ou sem edição, eles não podem mostrar nada que você não tenha feito. Se você der a eles cinco minutos de raiva, são esses cinco minutos que eles vão usar. Mais de 99% das coisas que acontecem aqui vão para o lixo na sala de edição."

Era um pensamento assustador, mas eu sabia que ela tinha razão.

Eu podia não ter perdido muito peso, mas nunca havia me sentido tão pequena na minha vida.

18

Uma Reviravolta Enorme

Esperamos pelo programa ao vivo de meia hora com uma curiosidade mórbida.

Todas tinham uma opinião diferente sobre o que esperar.

"Vão nos fazer votar pela eliminação de alguém", Luisa disse, enquanto estávamos sentadas na suíte de luxo, esperando para ser chamadas para baixo. "Como em *Survivor.*"

"Eles não podem", Janelle argumentou. "Eles não têm candidatas suficientes."

"Então, talvez Zaidee traga uma substituta." Luisa estalou os dedos. "Ela provavelmente vai oferecer 25 mil dólares para uma de nós sair do programa!"

"Você acha que Zaidee está arrependida por ter nos escolhido?", perguntei.

"Eu sei que ela está satisfeita *comigo*", Alicia disse. "Ela diz isso o tempo todo."

"Certo." Fiz um olhar de desdém. "E com que frequência você fala com ela?"

"Todo santo dia. Quando vou para ao Confessionário, ela sempre fala como sou divertida", Alicia disse. "Divertida e apimentada."

"Talvez a garota que perdeu mais peso ganhe uma recompensa", Janelle pensou, refletindo sobre a reviravolta. "Como uma visita de um membro da família, ou um carro esportivo novo em folha..."

"Estava pensando mais na linha de um contrato de patrocínio", Alicia disse.

"Um comercial?", Regan perguntou, enrolando um cacho de cabelo nos dedos.

"É aí que está o dinheiro de verdade", Alicia prosseguiu. "Aparições na TV, contratos para escrever livros, comerciais, essa coisa toda. Deus sabe como eu mereço tudo isso. Tenho mais potencial para estourar do que qualquer estrela de *reality show* que eu já vi."

Senti o corpo ficando tenso. Como ela podia dizer aquelas coisas? Eu é que tenho potencial para estourar, esbravejei em silêncio. Eu é que deveria conseguir um contrato de seis dígitos para escrever um livro ou aparecer como convidada em *Will & Grace!* Alicia tinha muita cara-de-pau de tentar roubar toda a minha glória. "Vou me trocar", eu disse, saindo furtivamente e indo para o meu quarto.

Janelle me seguiu. "O que você vai vestir?", ela perguntou.

"Não sei." Encolhi os ombros. "Quero estar arrumada, vamos aparecer na TV."

Ela riu. "Kat, nós sempre estamos na TV."

"Eu sei, eu sei. Mas, como você sempre diz, eles cortam a maioria das cenas. Hoje, com certeza, eles não vão nos cortar."

"É verdade", ela concordou, retirando do *closet* um vestido longo preto. "Que tal este?", ela perguntou. "Muito chique?"

"É bonito, mas é o tipo de coisa que você usaria em um baile formal."

Janelle se agachou novamente e pegou uma saia marrom e um *top* creme com decote redondo. "E este? Melhor?"

Balancei a cabeça afirmativamente. "Muito."

Ela colocou as roupas sobre a cama e depois ajeitou os cabelos em um rabo-de-cavalo alto. "Já sabe o que vai vestir, Kat?"

"Calça preta e uma blusa rosa. Acho que é a única coisa que eu tenho que não vai me deixar apagada na TV."

"A iluminação nesta casa é a pior possível. Nós duas somos pálidas; provavelmente parecemos fantasmas." Ela se voltou para os câmeras, dizendo: "Estamos nos trocando, pessoal", antes de enxotá-los para fora. Assim que ficamos a sós, ela baixou a voz. "Estou nervosa – e se Luisa estiver certa? Você acha que teremos que votar para alguém sair?"

"Não", eu disse, com mais confiança do que estava sentindo de verdade. "É como você disse, somos apenas seis. Eles não podem se permitir ficar com menos."

"Quer que eu ajude você a se arrumar, Kat?", Janelle perguntou. "Quer que eu arrume seu cabelo ou algo assim?"

Mordi o lábio e dei uma olhada em seu rabo-de-cavalo de estudante. Parecia juvenil e não combinava com sua roupa sofisticada. "Não, obrigada", eu disse, simplesmente. "Acho que só vou colocá-lo atrás das orelhas."

Às 4h da tarde, Zaidee nos chamou para a sala. O programa começaria às 5h da tarde no horário do Pacífico – 8h da noite na costa leste –, e eles precisavam nos preparar. A parte de baixo da casa tinha ficado bloqueada o dia todo. Então, eu esperava encontrá-la um pouco reorganizada. Mas, quando descemos, tive um choque; parecia que um tornado havia passado pela sala, levantando nossas coisas e derrubando outras no caminho.

O sofá roxo não estava mais lá, substituído por uma fileira de cadeiras de diretor altas e cor de laranja. Três câmeras enormes haviam sido montadas sobre rodinhas na sala – uma parada à nossa frente e duas anguladas de lado. Cabos grossos, pretos, cinza e cor de laranja cobriam cada centímetro do chão atrás das câmeras. Havia luzes extras, e os microfones de vara estavam suspensos no teto.

Zaidee e um homem que eu não reconheci estavam gritando ordens para a equipe. Eles mudaram a configuração duas vezes, organizando as cadeiras de diretor em um semicírculo, depois colocando-as novamente enfileiradas. Meu estômago se revirava de ansiedade enquanto eu observava. Cada movimento e som me faziam pular. Eu me senti realmente como se estivesse na TV. Dez minutos antes do horário previsto para o programa começar, Zaidee desapareceu e Jagger surgiu. Ele permaneceu silenciosamente no centro da sala, com os olhos semicerrados e a cabeça inclinada para o chão. Não sabia dizer se ele estava concentrado ou se também estava nervoso por aparecer ao vivo.

Finalmente, era hora de começar.

"Preparem-se!", gritou um dos câmeras. "A abertura está passando!" Após o que pareceu uma eternidade, o câmera disse: "Entrando em... cinco... quatro... três..."

Ele não disse os dois últimos números, só os mostrou com a mão. Quando chegou a um, apontou o dedo para Jagger.

"Boa noite, e bem-vindos à primeira edição ao vivo de *Fat2Fab!* Sou seu apresentador, Jagger Roth. Estamos ao vivo de dentro do refúgio de Hollywood Hills, onde nossas seis candidatas de *Fat2Fab* estão esperando ansiosamente pelas revelações desta noite."

Ele se virou para olhar para nós. "Como estão, garotas?"

"Muito bem!", Alicia gritou.

"Já estive melhor", Luisa admitiu.

"Bem, preparem-se, porque muitas emoções as aguardam!"

Jagger deu início a uma longa recapitulação dos acontecimentos da semana, começando com o jogo de vôlei e passando pelos resultados da pesagem mais recente. "No momento, Kat e Janelle estão empatadas na frente, com uma conta de 120 mil dólares. Alicia está em segundo, mas bem perto, com 117 mil. Luisa e Regan estão com menos de 100 mil. E Maggie, você está na lanterna, com 50 mil. Desde que entrou em *Fat2Fab*, você ganhou 6 quilos."

Levei um susto. Acho que nenhuma de nós tinha percebido que Maggie estava tão atrás.

Jagger caminhou até ficar de frente para ela. "Gostaria de saber sua opinião, Maggie", ele disse. "Você fez vários comentários a respeito do papel que a idade tem desempenhado neste jogo. Você acha que ser a concorrente mais velha a coloca em desvantagem?"

Maggie concordou, com veemência. "Com certeza!"

"Como assim?", Jagger perguntou.

"Sou uma mulher de 40 anos. Não tenho tanta energia como essas jovens. Não podem querer que eu corra todo dia. E meu corpo queima calorias mais lentamente", ela disse.

"Ah, sim, já ia chegar lá. Você acha que ter um filho tornou mais difícil para você perder peso?"

Mais uma vez, Maggie foi inflexível: "Com certeza. Não me entenda mal. Amo muito meu filho Owen, mas ele é em parte responsável por meu problema de peso".

Jagger a pressionou mais um pouco. "Ontem, você disse algo no Confessionário que eu gostaria de explorar."

Olhei para ele, horrorizada. Jagger está planejando revelar todas as coisas particulares que discutimos no Confessionário?

"Você disse, e vou reproduzir: 'É por culpa de Owen que sou gorda'. Está correto?"

Maggie ajeitou os ombros. "Sim, eu disse isso. A verdade é, e nenhuma de vocês vai entender, porque vocês não têm filhos", ela disse, olhando em volta e justificando-se, "mas, depois que você tem um filho, sua vida nunca mais é a mesma. Ganhei peso durante a gravidez, e esse peso não desaparece. Por mais que eu ame Owen e odeie culpá-lo por isso, é culpa dele."

"Owen sabe que você pensa assim?", Jagger perguntou.

Soltei um grunhido. Estávamos ao vivo. Se ele não sabia antes, agora, certamente, saberia.

Maggie engoliu em seco. "Sim, ele sabe."

"E como ele se sente por isso?"

"Ele fica muito magoado pelo fato de seu nascimento ter deixado mamãe gorda. Porque ele é que deixou a mamãe gorda. Mas ele sabe que é culpa sua e aceita isso."

"Owen está nos vendo neste momento?"

"Oh, sim, tenho certeza que sim."

"Tem alguma coisa que você queira dizer para ele?"

"Owen", Maggie falou diretamente para as câmeras, "mamãe te ama e está com saudades. E, embora seja por sua culpa que mamãe tenha que estar aqui, ela não te odeia por isso."

Eu queria me inclinar e dar um soco nela. Ela não podia estar falando sério! Toda mulher ganha peso durante a gravidez, e muitas delas emagrecem depois. Se ela não tinha conseguido emagrecer depois de dar à luz, não era culpa de ninguém, mas dela mesma! Eu não conseguia acreditar que ela culpava Owen por isso.

"Kat, parece que você está louca para comentar", Jagger sorriu, encorajando-me.

O-oh! Talvez fosse mais sábio Kat, A Malcriada não comentar. Mas não consegui me segurar.

"Para falar a verdade, tenho algo a dizer."

Eu vi Janelle se encolher. Eu sabia o que ela estava pensando. Não, Kat. Cale a boca. Você vai se arrepender depois. Mas eu não iria me arrepender. Era um programa ao vivo! Zaidee não poderia distorcer e editar o que eu dissesse. "Não acho justo Maggie culpar o filho. Ela tinha um problema de peso muito antes de ficar grávida."

"Não, não tinha!"

"Sim, você tinha! Quando estávamos discutindo a pior situação por que passamos por sermos gordas, você disse que estava acima do peso há vinte anos."

"Eu..."

Jagger anunciou que estava na hora de um intervalo comercial.

É claro. Bem quando Kat, A Malcriada, estava defendendo uma criança, eles me cortaram. Suspirei, e Maggie e eu esperamos os comerciais olhando feio uma para a outra. Quando voltamos do intervalo, Jagger proclamou: "No final do episódio da semana passada, dissemos que uma reviravolta enorme estava a caminho... Uma reviravolta para abalar as estruturas de *Fat2Fab*".

Eu fiquei reta na cadeira e Regan se mexeu, nervosa.

"Nossas candidatas não têm ideia do que as aguarda, mas posso garantir a vocês que mudanças monumentais estão prestes a acontecer na casa de *Fat2Fab*. Na nossa primeira noite na mansão, vocês irão se lembrar de que as garotas competiram pelos quartos. Eu dei a dica de que a sorte do jogo poderia estar naquela competição. E, hoje, vamos descobrir por quê."

Lá vem, pensei. Olhei ansiosamente para Regan e Janelle. Pelo canto do olho, vi Luisa e Alicia trocando olhares.

"Gostaria de receber uma jovem dama que é a definição da palavra *fabulosa*. Apesar de nunca ter conhecido nossa próxima convidada, vocês estão mais do que familiarizadas com ela. Nos últimos meses, ela tem sido um assunto corrente nas conversas da casa *Fat2Fab*. Agora, tenho orgulho de apresentar", Jagger fez uma pausa, "Briana Borrail!"

Ouvi alguém gritar – Regan, provavelmente –, e a porta da frente se abriu, revelando uma das mulheres mais maravilhosas que eu já vi.

"Regan", Jagger disse. "Diga olá para sua nova colega de quarto! A partir de hoje à noite, você vai dividir um quarto no andar principal com sua irmã, Briana."

Regan colocou as mãos na cabeça e começou a chorar. Era um momento horrível, e não dava para não sentir pena dela. A vida inteira Regan vivera à sombra da irmã.

Até agora, *Fat2Fab* era a única coisa que ela tinha feito totalmente sozinha.

Olhei para Briana. Ela estava usando uma calça cinza justa, salto alto preto e um *top* preto de alças. Ela tinha seios cheios e atrevidos que sustentavam facilmente a blusa. Para ser totalmente honesta, ela tinha os atributos de uma coelhinha da *Playboy*, e eu não conseguia ver nenhuma semelhança entre ela e Regan. O rosto de cada uma delas era totalmente diferente, e Regan tinha tranquilamente 90 quilos a mais que Briana. Parecia uma piada cruel da natureza que elas fossem irmãs.

"E aí?", Briana gritou, erguendo os braços.

"Nosso próximo convidado – que também irá se juntar ao elenco a partir desta noite – é a epítome da classe e do estilo", Jagger disse. "Ele vem até nós da boa e velha Inglaterra. Adoro o nome desse cara, parece algo saído de um romance de Charles Dickens."

Vi a porta se abrir e ouvi Jagger anunciar, como se sua voz estivesse em câmera lenta antes de a guilhotina cair:

"Pessoal, digam olá para Nicholas Appleby!"

19

Nada de Ruim Vai Acontecer

EU CORRI.

Da minha cadeira, pela sala, pelas escadas e para o meu quarto. Dava para ouvir o câmera correndo atrás de mim. Não olhei para trás – nem mesmo para olhar Nick de relance. Continuei correndo até chegar ao *closet* – o único santuário disponível. Voei para dentro e bati a porta. Caí de bruços, puxando vestidos e blusas das prateleiras e me enterrando debaixo delas. Não era um esconderijo muito bom, e eu sabia que não iria durar por muito tempo.

"Kat!", eu escutei uma voz gritar.

Era uma voz de mulher. Zaidee.

"Vá embora", eu gritei.

"Kat, preciso conversar com você."

"Não posso falar", choraminguei. Limpei o rosto com a manga de uma das camisas de Regan. *Como? Como? COMO? Como o programa tinha descoberto Nick? Quem tinha contado para eles?*

"Kat, estamos no meio de um *programa ao vivo* neste momento", Zaidee me reprovou. "Você se lembra do que eu disse no primeiro dia na mansão? Você não pode fugir das câmeras só porque está num dia ruim."

"Isto é um pouco pior que um dia ruim", solucei. "Esta é a porra de um pesadelo que se tornou realidade!", soltei, percebendo o que tinha acabado de dizer.

"Cuidado com a língua!", Zaidee me repreendeu.

Charles Dickens. Jagger disse que o nome de Nick lembrava um personagem de Charles Dickens...

"Estamos ao vivo, Kat. Você tem que voltar para baixo imediatamente!"

É muita coincidência... Eles devem ter somado dois mais dois depois da minha conversa por telefone com Donna!

"Está no seu contrato, Kat. Você é obrigada a participar de todos os programas ao vivo!"

"Zaidee", implorei. "Por favor, não me faça voltar. Não consigo. Não posso. Não posso!"

"Do que você tem tanto medo, Kat?"

Não tinha escolha. Tinha que contar a verdade. "Nick Appleby, que está lá embaixo, não tem ideia de que eu seja gorda", confessei, soltando tudo de uma vez.

Zaidee ficou em silêncio por um tempo. Depois disse: "Eu sei, Kat. Eu sei tudo sobre a sua situação".

"Ai, meu Deus!" Comecei a ofegar. "Ele lhe contou tudo?"

"Nós sabemos, sim."

"Então você entende por que eu não posso sair daqui até ele ir embora!"

"Escute, Kat." Sua voz ficou mais firme. "Eu não venho aqui interferir com a gravação a menos que haja uma quebra de contrato. A menos que uma candidata passe dos limites. Kat, esta noite, você passou dos limites."

Comecei a chorar mais alto, produzindo grandes gemidos que mexeram com meu corpo inteiro.

Zaidee suavizou o tom. "Não queria que você ficasse tão chateada. Mas nada de ruim vai acontecer se você sair. Nick está lá embaixo esperando para te ver pela primeira vez, esperando para conversar com você."

"Não posso deixar que ele me veja", chorei. "Ele vai me odiar."

"Kat." Ela suspirou. "Nick *já* te viu."

"O quê?!", gritei, humilhada.

"Ele sabe", ela me disse. "Pode acreditar, ele *sabe*. Nick já viu fitas do programa. Ele sabe que você está aqui. E ele quer conversar com você. Ele quer esclarecer as coisas com você. Você tem que dar essa chance a ele."

Eu não tinha muita escolha.

"Tudo bem", eu disse, secamente. "Você venceu."

Lentamente, abri a porta.

Zaidee me viu, e seus olhos se arregalaram. "Tate", ela gritou para o câmera, passando os dedos no pescoço como se fosse uma faca. "Corta. Diga ao Roger para ir para a câmera 3." Ele virou a lente para o chão.

Tate. Nunca pensei que meu câmera tivesse nome.

"Querida, vou lhe fazer o maior favor da sua vida." Ela pegou o fone de ouvido de Tate e começou a falar. "Roger, fique na câmera 3 por uns dois minutos, pegue toda a história anterior. Sim, eu sei o que estou fazendo. Ãh-hã, tente deixar interessante. Sim, eu sei que você é o diretor, seu mala." Ela riu. "Sem ressentimentos. Te devo essa, ok? Oh, e mande Stevie aqui para cima *imediatamente* para um retoque rápido na Kat. Diga para vir rápido."

Olhei para ela, surpresa. Tudo estava acontecendo muito rápido. Não conseguia distinguir entre o chão e o teto.

"Kat, linda", Zaidee disse, olhando para mim com carinho. "Não me leve a mal, mas você está um bagaço. Essa sua carinha linda está cheia de meleca de nariz, manchas de lágrimas e maquiagem."

Respirei fundo.

"Não se preocupe, querida. Nosso maquiador está subindo para um procedimento de emergência. Pense nisso como uma ressurreição para o seu rosto", ela disse, rindo da própria piada. "Kat, você não sabe a sorte que tem, criança", ela disse.

Me lembrei na hora de Richard Geddlefinger. Ele sempre me chamava assim. De repente, queria desesperadamente estar de volta a Memphis, de volta à minha vida entediante, participando de uma das longas reuniões de segunda-feira de Richard Geddlefinger.

"Estou brincando de Deus aqui, para desgosto do nosso diretor", Zaidee disse. "Aproveite seu milagre, querida. Vou deixar você se limpar antes de transmitir seu encontro com seu namorado inglês. E você não vai mais me dar trabalho, vai? Nada de fugir das câmeras, hein?" Ela colocou o braço em volta dos meus ombros e me apertou com força.

Concordei, tristemente, olhando para o chão.

"Tate, pode filmar isso, nós vamos cortar entre a câmera 3 e a 4", ela disse.

Tate puxou a câmera de volta para o ombro e a apontou para mim.

"Aqui, ajeite o microfone, Kat", ela ordenou, apontando para meu microfone de lapela. Olhei para minha blusa. O microfone tinha escorregado e agora estava suspenso de lado. Eu o puxei de volta para o colarinho e o prendi no lugar.

Logo depois, uma mulher de cabelo acinzentado e de óculos apareceu, carregando uma grande caixa metálica que parecia um *kit* de ferramentas. Só podia supor que ela era Stevie, a maquiadora.

"Sente-se", Stevie ordenou, praticamente me empurrando para a cama. Ela limpou meu rosto com removedor de maquiagem e começou a trabalhar. Sacou uma variedade de produtos de beleza e começou a aplicar corretor de cor, base e pó-de-arroz. Depois, retocou meus olhos com sombra e uma nova camada de máscara.

"Não estrague isso, ok?", ela disse. E foi embora tão rápido quanto tinha entrado.

Zaidee fez sinal de positivo. "Vá pegá-lo", balbuciou.

Lentamente, levantei-me da cama. Tinha evitado Nick por quase cinco meses, usando todas as desculpas possíveis para não encontrá-lo, porque, então, eu poderia perder peso. E agora aqui estava ele, esperando por mim lá embaixo. Nick Appleby, em carne e osso.

Esperando na casa de *Fat2Fab*.

Comecei a descer as escadas. Era hora de encarar as consequências.

Janelle estava de pé no final da escada, esperando por mim.

"Ai, meu Deus, Kat, você está bem?", ela perguntou. Seu câmera a havia seguido, e ele e Tate tiveram que fazer malabarismos para não atrapalhar um ao outro.

"Não, estou horrível", disse a Janelle. "Esta é a pior coisa que já me aconteceu." Minha voz estremeceu e não consegui continuar. Não parava de pensar em Stevie e suas ordens idiotas para não borrar a maquiagem. "Janelle, isto é terrível."

"Eu sei", ela disse, com o lábio inferior tremendo. "Matt está aqui."

"O quê?!", me assustei. "O ex-marido filho-da-mãe Matt?"

Ela fez uma careta. "Sim. O próprio."

"O que ele está fazendo aqui?", gritei. "O que é isso, uma noite de encontros com o passado?"

"O programa o encontrou em Indiana."

"Puta merda!", eu disse, mais uma vez percebendo tarde demais o que havia dito. Senti uma ponta de culpa por fazer os censores trabalharem um pouco mais, mas logo passou. Se Zaidee e sua equipe iriam me chocar trazendo meu amor secreto, então eles mereciam qualquer coisa que eu fizesse.

"Garotas", Jagger chamou, aparecendo no salão, "preciso que vocês voltem e sentem com o restante do elenco."

Eu me sentia como uma assassina condenada indo para a execução.

Eu era uma mulher morta caminhando.

"Nós temos que sobreviver a esta noite", Janelle disse, pegando minha mão e segurando-a para me dar apoio. "Depois desta noite, tudo vai estar terminado, e as coisas vão voltar ao normal. Ou, pelo menos, ao mais normal possível neste lugar louco."

Quando cheguei à sala, vi que eles haviam colocado mais cadeiras para os novos convidados se sentarem. Janelle se ajeitou ao lado de um homem de cabelos claros com corte militar. Devia ser o ex-marido, Matt. Mas meus olhos passaram por ele com um interesse apenas passageiro.

Tudo o que eu vi foi Nick.

Alto e de cabelos escuros – o belo Nick.

Ele era exatamente como havia se descrito para mim no telefone. Exatamente como nas fotos. Até certo ponto, estava esperando algum defeito terrível em sua aparência. Algum motivo para explicar por que ele havia passado tanto tempo em um relacionamento a longa distância. Quando as pessoas ficam *online* para encontrar um amor é para poder mentir, certo? Para se transformar no que sempre quiseram ser. Exatamente como eu tinha feito. Mas não havia nada de errado com Nick. Ele não tinha 1,20 m. Não estava ficando calvo. Não era um homem de 80 anos precisando de Viagra. Ele era exatamente quem havia dito que era.

E isso só piorou as coisas. Não havia jeito de me redimir. Se pelo menos nós dois fôssemos uma fraude, nossas mentiras teriam se cancelado. Mas não. Eu era a única fraude. Isto era, sem dúvida, 100% culpa minha.

Sentei-me ao lado de Nick.

"Como vocês devem se lembrar", Jagger começou, "bem no começo eu mencionei que 'a sorte do jogo' poderia estar na designação dos quartos. Todo mundo supôs que eu quis dizer os arranjos para dormir da primeira noite. Mas vocês nos subestimaram", ele disse, erguendo uma sobrancelha. "Na verdade, eu estava me referindo a uma de nossas maiores reviravoltas. Desta noite em diante, algumas candidatas terão que dividir o quarto com pessoas de seu passado... Pessoas que tornarão o jogo bastante difícil."

Daria para escutar um alfinete caindo.

"Regan", Jagger disse, virando-se para ela, "assim que o programa ao vivo terminar, você irá arrumar as malas e sair."

"Estou sendo expulsa!", Regan gritou.

"Ah, pelo contrário. Estamos dando a você e a Briana um momento valioso em família. Vocês agora dormirão juntas em um minúsculo quartinho no andar de baixo. Janelle e Kat, fiquem onde estão... por enquanto. Mas quem sabe quando o gênio do quarto pode reaparecer e embaralhar seu destino?"

Resmunguei diante da piada idiota.

Ao meu lado, Nick riu.

"Isso é tão embaraçoso!", eu disse, olhando para baixo.

Por um bom tempo, Nick não disse uma única palavra.

Depois, ele se inclinou sobre a cadeira e me beijou, direto nos lábios. Foi rápido e estranho. Certamente, não foi como eu havia imaginado que aconteceria. Mas, até aí, também não era assim que eu havia imaginado nosso primeiro encontro. Ele voltou à sua posição, cruzando os braços sobre o peito. Dos pés à cabeça, estava vestido de preto. Calça preta, suéter preto, sapatos pretos de couro.

"Oi, eu sou Nick", ele disse, com seu suave sotaque britânico. E estendeu a palma da mão para mim.

Eu bati minha mão gorda e suada na sua. Sua pele era seca e macia.

"Você quer ir para algum lugar quando isto terminar, para conversarmos?", ele perguntou.

"Não posso sair da casa", eu disse, sem convicção. "Não é permitido."

"Eu sei disso." Ele passou uma mão nos cabelos. "Eu também não posso sair. Estou me mudando para cá. Eles não lhe contaram?"

O quê? "Não, eles não me contaram nada", eu disse, anestesiada, consciente de que toda a sala – sem contar os telespectadores – estava escutando a nossa conversa. "Até o momento em que eles te anunciaram, eu não fazia ideia de que você viria para cá. Ver você me deixou em estado de choque."

"Bem, então somos dois."

20

Tentando Nos Manter Ligadas

"O MELHOR A fazer é não se arriscar", Janelle disse. "Espere até Nick te abordar."

"Isso, deixe-o dar o primeiro passo", Regan se intrometeu.

"Porque, se você começar a persegui-lo, implorando para ele falar com você, vai parecer que você está desesperada", Janelle prosseguiu, "o que você, definitivamente, não está!"

"Definitivamente", Regan concordou, enfática.

Estava começando a me perguntar se Regan pensava por si própria. Tudo o que ela fazia era repetir as opiniões dos outros. De qualquer forma, por mais que eu lhes fosse grata pela confiança, não caí na delas. Como elas podiam dizer que eu não estava desesperada, quando eu obviamente personificava o termo? Fazia oito dias que Nick tinha chegado, e até agora mal tinha falado três sentenças comigo. Três sentenças em *oito* dias.

Assim que o programa ao vivo terminou, Nick foi levado pelos produtores, para fazer sabe-se lá o quê. Depois, ganhou "um tempo de privacidade longe das câmeras" (quatro dias, para ser exata) para se acostumar à ideia de estar no programa.

Eu estava morrendo de curiosidade para saber o que se passava na sua cabeça.

E por que ele tinha me beijado no programa ao vivo.

Mas, quando seu "tempo longe das câmeras" terminou, Nick se mudou para a suíte do andar de baixo (anteriormente fechada) com Matt. Tentei várias vezes me aproximar e começar uma conversa, mas ele estava fazendo o possível para me evitar. Ele tinha uma agenda completamente diferente da nossa – comendo, dormindo e se exercitando (como se viu depois, ele era um ávido corredor, e geralmente passava noventa minutos na esteira) quando bem entendesse. Eu poderia tê-lo cercado na Academia do Greg, mas seria muito embaraçoso. Embora eu estivesse me acostumando a não ficar tão inibida quando malhava, não queria ter minha grande confrontação com Nick cercada por esteiras e aparelhos elípticos.

Minha única ligação com ele era por intermédio de Matt, o ex-marido de Janelle. Ele me mantinha razoavelmente informada através de Janelle. De acordo com Matt, Nick estava "tendo muitas dificuldades para se acostumar" a viver num aquário de *reality show*. Não era nada pessoal contra mim, e, quando estivesse aclimatado, ele gostaria de se sentar comigo para "termos uma longa conversa sobre nossos sentimentos".

Era ligeiramente animador, mas, pela maneira como a informação havia sido passada – de Nick para Matt, para Janelle, para mim –, não dava para saber até que ponto era verdadeira. Pelo amor de Deus, não conseguia imaginar Nick dizendo para Matt que gostaria de discutir seus sentimentos. Os homens falavam uns com os outros daquele jeito? Suspeitei que Janelle havia incluído essa parte para fazer eu me sentir melhor.

"Mas e se Nick continuar me ignorando?", perguntei a Janelle. "Ainda temos cinco semanas neste pesadelo. Não consigo evitá-lo por mais de um mês!"

"Oh, duvido que Nick fique aqui todo esse tempo", Janelle disse. "Ele não se encaixa na dinâmica do programa."

"Não tenha tanta certeza", Regan tremeu, projetando o lábio inferior. "Briana fala como se estivesse aqui para *ficar*."

Pela primeira vez, não dava para culpar Regan por fazer bico. Ela estava sob um enorme estresse. Sua vida tinha se transformado numa grande bagunça com a chegada dos hóspedes inesperados. Morar com

Briana no quarto apertado do andar de baixo estava virando um pesadelo. Para piorar as coisas, elas estavam dividindo uma cama *queen size*.

"Zaidee quer que elas fiquem espremidas como sardinhas. Assim, Regan e Briana são forçadas a resolver suas diferenças", Jagger havia revelado para mim em particular, parecendo estar realmente constrangido. Não tinha certeza se ele não estava à vontade com a situação delas ou por confiar o segredo a mim. Fiquei imaginando o que os produtores achavam de Jagger me contar essas coisas.

Não disse para Jagger, mas, no fundo, desejava que Zaidee tivesse me obrigado a me mudar para um quarto (e uma cama) com Nick. Assim, pelo menos ele não teria escolha a não ser reconhecer minha presença. Com alguns minutos para apresentar minha defesa, talvez eu o fizesse perceber que eu era a mesma garota pela qual ele havia se apaixonado – apenas 30 quilos mais pesada. E eu estava trabalhando nisso, desfazendo-me do meu problema de peso. Isso já não era *alguma coisa*?

A porta do quarto de Nick e Matt permanecia fechada, e – incrivelmente – eles tinham uma tranca. Sempre que Nick estava passeando, ele saía com um walkman, cantarolando. Parecia tremendamente injusto que Nick, Matt e Briana tivessem acesso a certas amenidades (como acesso a jogos e aparelhos de CD), enquanto nós sofríamos em isolamento total.

"Não esquente a cabeça com isso", Janelle disse. "Concentre-se na sua estratégia de jogo para perder peso e vencer desafios, é a única maneira..."

"Kat, por favor, saia para a piscina. Sua entrevista com Jagger vai começar em cinco minutos", uma voz chamou pelo sistema de comunicação interna.

"Desculpem, crianças", eu disse, me levantando. "Parece que é aquela hora de novo."

"Por que eles não nos deixam saber nada com antecedência?", Regan reclamou. "Ontem, eu estava quase entrando no chuveiro quando Jagger me mandou ir para o Confessionário. Eu estava suada e nojenta e parecia uma baleia encalhada."

"Eles querem nos manter ligadas, manter as coisas espontâneas. Se soubéssemos com antecedência o que vai acontecer, estaríamos muito preparadas. Eles querem nos ver escorregando e falando coisas estúpidas."

O conhecimento de Janelle sobre *reality shows* nunca deixava de me surpreender. Eu sempre me perguntava como ela tinha sido escolhida, para começar, já que parecia estar sempre um passo à frente dos produtores. "Bem, tanto faz. Tenho muitas coisas na cabeça no momento para ficar me preocupando em me preparar para uma entrevista idiota."

Janelle olhou para mim com simpatia. "Quer que eu pressione Matt por mais informação?"

"Não", eu disse. "Eu mesma vou falar com Nick."

"Sério?", Regan perguntou, incrédula. "Como você vai convencê-lo a falar com você?"

"Quem sabe? Vou dar com um porrete na cabeça dele, se for preciso", brinquei. "Desejem-me sorte, garotas."

Fui para o andar de baixo e para o quintal. Tinha tomado uma decisão. Não importava o que fosse necessário, iria confrontar Nick. Estava de saco cheio de ficar enrolando. Para o bem ou para o mal, precisava saber como estava nossa situação.

Se é que eu tinha alguma chance com ele.

"Então, conte-me sobre esse seu namorado", Jagger disse, ajeitando-se na cadeira à minha frente.

Eu me mexi desconfortavelmente na minha cadeira e olhei para as mãos. "Você quer ouvir sobre meu *namorado*, é isso?", perguntei, incapaz de conter o tom sarcástico.

Meu namorado. Soava estranho, estrangeiro. Era isso que Nick era?

"Sim, estou bastante interessado em saber mais sobre seu relacionamento." Ele sorriu para mim. "Qualquer cara digno da sua atenção deve ser bem especial."

Eu sabia que era uma fala ensaiada. Uma fala bem ruim, provavelmente escrita para ele por Zaidee ou um de seus colegas. Afinal de contas, o trabalho de Jagger era arrancar coisas de nós; e a bajulação, como costumam dizer, te leva a qualquer lugar. Mas eu aceitei. Estava me sentindo o lixo do lixo, e seu flerte era reconfortante, de um jeito estranho. "Não há nada para contar, mesmo", eu disse, sem convencer. "Nós estávamos meio que nos vendo, mas agora as coisas estão meio no ar."

"Ãh-hã. O que você quer dizer com 'no ar'?"

Não era óbvio? Eu tinha que desenhar para ele? "Bem, faz mais de uma semana que Nick entrou na casa. Com que frequência você o vê perto de mim?"

Jagger fez um sinal com a cabeça, como se entendesse a situação. "Vocês estão bem distantes. Qual é a história?"

"Qual é a história?", repeti. "Eu sou gorda. Este é o começo, o meio e o fim – a história da minha vida. Não importa que eu seja esperta, leal ou divertida. Pelo menos espero que eu seja todas essas coisas."

Jagger me olhou com um pequeno sorriso. "Você é."

"Bem, obrigada. De qualquer forma, não importa. Sou gorda, e é só com isso que Nick se importa. Ora, é com isso que qualquer um se importa. Toda a minha vida, sempre foi a única coisa que importou." Minha insegurança tinha atingido o ápice, e eu fiz de tudo para me controlar.

Jagger pareceu assustado. "Você não pode achar isso de verdade."

"Eu não acho; eu *sei*."

"Kat, você está exagerando."

Exagerando? Me lembrei na hora do jogo de vôlei. Do homem e da mulher que tinham me criticado no calçadão. Completos desconhecidos que me odiavam. Eu era uma chorona, eles disseram. Eu era preguiçosa. Estúpida. Maldosa. Antes de eu falar qualquer coisa, Jagger falou novamente.

"Honestamente, Kat, você acredita mesmo que uma suposta 'má' qualidade anula todas as boas que você tem?"

"Não sei. Acho que sim."

"Porque não anula. As pessoas não são tão fúteis. Bem, talvez aqui em Los Angeles você encontre algumas pessoas que sejam assim fúteis." Ele riu amigavelmente. "Mas o que importa o que pessoas superficiais pensam, afinal?"

Suspirei. Se fosse tão simples... "Não me importaria... Mas é que, não sei, eu sempre me comparo a outras pessoas e me sinto inferior.

Às vezes, é como se o mundo fosse um clube exclusivo do qual eu não fizesse parte."

"Ora, isso não é paranoia?" Jagger me olhou com cara feia. "O primeiro passo é parar de ser tão negativa. É autodestrutivo."

"É, eu sei." Para falar a verdade, eu não era normalmente tão autocomplacente. Mas tinha sido humilhada publicamente na frente de todo o país. Tinha o direito de chafurdar um pouco.

"Se você se sente tão mal assim consigo mesma, nunca será feliz, não importa quanto peso perca."

O que ele era, um psicanalista de divã? "Quando eu for magra o suficiente, a autoestima não será problema."

"Mas quando é que alguém é considerado 'magro' o suficiente?", Jagger devolveu. "Quando você puder usar um biquíni? Quando um médico lhe der um selo de aprovação? Quando Hugh Hefner ligar e te convidar para fazer um ensaio para a *Playboy*?"

"Não, não é nada disso", eu disse. "É simples, na verdade. Eu quero ser magra o suficiente para não ficar vermelha como um tomate quando alguém contar uma piada de gorda. Eu quero ser magra o suficiente para nunca me envergonhar quando sair para comprar roupas. Magra o suficiente para que ninguém nunca mais me chame de preguiçosa, ou idiota, ou feia, ou imprestável. Eu quero ser magra o suficiente para que ninguém nem sonhe em me chamar de gorda."

Jagger concordou. "Parece que você está colocando muita ênfase no que as outras pessoas pensam e falam."

Encolhi os ombros. "Talvez."

"Ok, então, e se eu te disser que você é magra o suficiente? Isso conta?"

Fiquei vermelha. "Se você está sendo sincero, talvez. Mas nós dois sabemos que isso não é verdade." Bati na minha barriga saliente, desejando poder encolhê-la, deixá-la chata.

"Digamos que eu esteja sendo sincero. Digamos que eu prefira mulheres que não sejam pele e osso. Digamos que eu prefira mulheres como você, Kat."

"Mas você não prefere", argumentei, com a cabeça girando diante daquela possibilidade.

"Talvez eu prefira."

"Não existe um homem na terra que prefira. Os caras querem as mulheres magras."

Jagger riu. "E você sabe o que todo cara quer, ãh?"

"Desculpe, estou sendo um pé no saco. Não estou de bom humor. Admito." Não consegui deixar de sorrir, apesar de mim mesma. Apesar do fato de Jagger saber todos os detalhes sórdidos da minha vida – incluindo meu peso de verdade –, sentia-me à vontade perto dele. E o sentimento era obviamente mútuo. Jagger estava *definitivamente* flertando comigo, muito. Era uma experiência inesperada – e muito bem-vinda. Depois, ele jogou um balde de água fria.

"Revelação completa: na verdade, eu não prefiro mulheres gordas."

Me senti como se tivesse sido atropelada por um caminhão. Ele me fez acreditar, e depois me deu um tapa na cara com a realidade. "Ah, certo. Viu? Eu disse", falei, deprimida. Quanta rejeição eu teria que aguentar em nome desse maldito programa?

"Não prefiro nenhum tipo de mulher", ele disse, ainda sorrindo. "Gorda, magra, não tem importância para mim. Eu honestamente não penso nesse tipo de coisa. Quando você gosta de alguém, a pessoa se torna mais atraente para você – não importa o que você achava da aparência no começo. E se você não gosta dela, ela é a pessoa mais feia do mundo."

"Certo." Eu não iria cair nesse truque idiota duas vezes.

"Então, voltando ao assunto", Jagger recomeçou. "Fale sobre esse seu namorado."

"Oh, meu Deus, já não fizemos isso?", resmunguei. "Nick não fala comigo. Fim da história."

"Sim, mas eu tenho uma resposta a lhe oferecer."

"Ok, pode mandar. Eu tento qualquer coisa. Bem, quase tudo." Não comeria uma tigela de baratas vivas.

"E se eu arranjar um jantar romântico para vocês dois? Luz de velas, vinho, serviço completo! Assim, vocês passariam um tempo juntos, com privacidade e sem interrupções."

Fiquei surpresa. "Seria incrível", eu disse. "Você poderia fazer isso?"

"É claro", Jagger disse, piscando. "Qualquer coisa por uma de minhas atrizes principais."

Gemi por dentro. Agora que eu estava pensando que Jagger era um cara decente, ele começava com a bajulação. "Quando pode ser?", perguntei, tentando estabilizar a pulsação.

"Que tal às 19h?"

"Sete?", eu repeti. "*Hoje à noite*?"

"Sim, esta noite é a noite." Ele se levantou da cadeira, sinalizando que a entrevista estava encerrada. "Esteja lá embaixo, na sala, às 18h45 em ponto. Vou cuidar de tudo."

Olhei para ele, chocada. Faltava menos de uma hora. Janelle estava certa. Eles gostavam de nos manter ligadas!

"Uau!", eu disse. "Obrigada, Jagger! Não acredito – um jantar só para nós dois!"

"Sim. Só você, Nick, alguns câmeras e o cara do som!", ele gracejou.

"Não importa o que você faça, não se atire para cima dele", Janelle advertiu, enquanto aplicava delineador no meu olho esquerdo. "Não coloque todas as cartas na mesa. Deixe Nick mostrar a mão dele primeiro."

Luisa começou a rir. "Tenho uma ideia melhor. Que tal você deixá-lo mostrar o *pinto* para você?"

"Ai, meu Deus, isso vai ser um desastre", eu gritei. Estava lá em cima me preparando para meu "jantar privado, sem interrupções" com Nick. Janelle, que era muito melhor com cosméticos do que com cabelo, tinha graciosamente se oferecido para me maquiar. Luisa estava fazendo cachos nos meus cabelos.

"Ei, relaxa", Luisa aconselhou. "Do que você tem medo?"

"De um monte de coisas", eu disse. "E se eu rir a ponto de soltar vinho pelo nariz?"

"Pelo menos você estaria rindo", Janelle disse, encolhendo os ombros. "Se você estiver rindo, é um bom sinal."

"E se eu engasgar com um pedaço de comida e Nick tiver que me apertar? Ele terá que colocar os braços em volta do meu corpo e saberá como minha barriga ainda está gorda! Oh, meu Deus, vou morrer de vergonha se isso acontecer!"

"Garota, você precisa se acalmar!", Luisa disse. "Se continuar assim, vai ficar tão nervosa que vai vomitar nos sapatos dele."

Ótimo. Mais uma coisa para me preocupar.

"Tudo vai dar certo", Janelle disse, calmamente. "Relaxe e seja você mesma. Vocês tiveram uma coisa muito importante pelo telefone e *online*. Então tente se basear nisso. Não fique preocupada com o que pode dar errado."

O que era, basicamente, tudo. "Ok", concordei, respirando fundo algumas vezes.

Janelle aplicou gentilmente delineador e sombra no meu olho direito. Ela arrematou com um pouco de máscara, depois passou um pouco de *blush* e *gloss*. Me vesti (toda de preto – eu queria cada centímetro de seu poder emagrecedor), e já eram 18h45 em ponto.

"Desejem-me sorte", eu disse, indo em direção à porta.

Luisa me deu um abraço apertado e Janelle me deu um tapinha nas costas. "Não que você precise, mas boa sorte", ela disse. "Você terá uma noite maravilhosa."

Por Deus, esperava que ela estivesse certa.

21

Claro que Não se tratava de um Plano!

QUANDO COMECEI a conversar *online* com Nick, nunca teria imaginado que nosso primeiro encontro aconteceria diante de todo o país. Embora eu estivesse alguns minutos atrasada, Nick ainda não havia chegado. Corri para o banheiro de baixo para uma última espiada no espelho, e fiquei surpreendentemente satisfeita com o reflexo.

Meu cabelo estava enrolado em cachos e preso elegantemente sobre a cabeça; meu rosto estava delicadamente maquiado para exibir minhas melhores características. E meu corpo? Não estava tão ruim! É verdade que a roupa me emagrecia, definitivamente. Mas meu peso tinha caído para 90 quilos, o que significava 13 quilos a menos do que eu pesava quando entrei no programa. Para alguns, 90 quilos pode parecer bem pesado, mas, para mim, era emocionante. Estava na casa dos dois dígitos! Estava apenas 10 quilos abaixo da casa dos três dígitos, mas, ainda assim... Esse buraco de 10 quilos parecia tão largo quanto o Grand Canyon.

Estava pronta para deixar Nick babando!

Meu câmera da noite, Tate, permaneceu obedientemente ao meu lado, filmando cada movimento que eu fazia. Voltei do banheiro, mas ainda nada de Nick. De acordo com meu relógio, faltavam dois minutos para as 19h. Me lembrei da orientação de Jagger para estar ali às 18h45 em ponto. Obviamente, ela não havia sido seguida à risca.

Após o que pareceu uma eternidade, a porta dupla da sala se abriu.

Como eu, Nick estava vestido todo de preto – mas ele estava usando um terno chique, com uma camisa preta e uma gravata brilhante preta. Seu cabelo escuro havia sido cortado mais curto desde a última vez que o tinha visto, e estava ligeiramente arrepiado.

"Ótimo te ver, Kat", ele disse, sorrindo levemente.

Ele estendeu a mão e eu a apertei.

Senti um calor enorme espalhar-se por minha pele. "Bom te ver também", consegui dizer, separando a mão suada da sua e limpando-a casualmente na calça. Precisava desesperadamente de uma seringa de Botox – Alicia dissera que algumas injeções na palma da mão são suficientes para paralisar as glândulas sudoríparas por seis meses.

Ficamos ali parados, constrangidos por algum tempo; então, Jagger entrou na sala. Estava vestindo um *summer*, e seu cabelo estava alisado para trás. Ele me cumprimentou, curvando-se levemente.

"Saudações, Mademoiselle Katrina", ele disse, imitando um sotaque francês. "Monsieur Nicholas. Serei seu *maêtre d'hôtel* esta noite. Sigam-me, por favor", ele orientou. "Sua aventura os aguarda."

Esperava que nossa "aventura" acontecesse em um restaurante chique em algum lugar do centro de Los Angeles, mas não iríamos nos aventurar além do quintal da mansão.

Literalmente.

Jagger nos conduziu para fora, onde uma elegante mesa para dois havia sido montada. Jantaríamos bem à vista de toda a casa de *Fat2Fab*. E, como Jagger havia prometido, dois câmeras e uma mulher segurando um microfone de vara estavam presentes. Eu não estava intimidada; tinha desistido de ter privacidade há muito tempo.

"Esta noite, preparamos dois menus separados para vocês", Jagger explicou, depois que nos sentamos. "Um menu contém uma refeição preparada por um dos *chefs* mais renomados da Califórnia. O outro contém um jantar macrobiótico de dois pratos para te ajudar a manter a dieta, Kat. Qual deles você irá escolher é uma decisão inteiramente sua." Ele entregou um menu para cada um.

"Eu não estou tentando emagrecer", Nick disse. "Vou querer a refeição *gourmet*."

Olhei no menu a comida macrobiótica de dois pratos. *Deliciosa Couve-nabo-da-suécia seguida por Filé de Peixe com Molho de Mostarda Orgânica.* Eles tinham muita coragem para usar uma palavra como *deliciosa* na mesma sentença que *Couve-nabo-da-suécia.* Não conseguia pensar em nada que parecesse *menos* delicioso. Por outro lado, como eu estava nervosa demais para comer, que diferença fazia?

"Vou ficar com a segunda opção – o jantar macrobiótico de comida saudável."

Nick balançou a cabeça, em sinal de aprovação.

"Ah-ha! Não tão rápido", Jagger disse, alegremente. "Eu disse que vocês poderiam escolher *um* dos menus – não disse que poderiam escolher *ambos.* Infelizmente, vocês terão que chegar a um acordo sobre qual deles vão querer. Vocês dois irão comer o mesmo menu."

Nick abriu o cardápio e torceu o nariz. "Vamos ficar com a refeição *gourmet* de quatro pratos", ele anunciou.

"Odeio quando alguém fala por mim. "Na verdade, Jagger, precisamos de um tempo para decidir."

"Mas por quê?", Nick perguntou. "Deliciosa couve-nabo-da-suécia parece muito desagradável ao paladar."

"Estou tentando ser saudável." Não tinha certeza do que me ofendia mais, o fato de Nick insultar minha decisão ou de ele usar a expressão *desagradável ao paladar* fazendo cara séria.

"Uma noite não vai fazer muita diferença", ele disse.

"Na verdade, vai. Tudo conta!" Tínhamos começado muito mal.

Nick me lançou um olhar frio, e eu decidi que não valia a pena discutir. Escolha suas batalhas, recriminei-me silenciosamente. Ele está certo, uma noite não tem importância. "Sabe de uma coisa? Vamos ficar com o jantar *gourmet.* Que se dane."

Com aquela decisão resolvida, fiquei pensando sobre o que deveria falar primeiro. Então, ele deu o pontapé inicial. "Tem sido difícil para você?", ele perguntou. "Ficar exposta ao público 24 horas por dia, sete dias por semana?"

"Não penso muito nisso", eu disse. "Acho que ainda não caiu a ficha."

"Você não pode *pagar* por esse tipo de exposição."

Exposição? Antes que eu pudesse perguntar o que ele queria dizer, Jagger voltou com uma garrafa de Merlot e começou a servi-lo em duas taças.

"Eu vou provar", Nick erguendo a mão, fazendo Jagger parar no meio da ação. Ele fez uma careta. "Talvez você devesse pegar uma nova taça para podermos recomeçar. Você não sabe servir vinho de maneira correta?"

Jagger pareceu confuso, mas removeu rapidamente a taça e pediu uma nova da cozinha. Serviu uma pequena quantidade e entregou a taça a Nick.

Nick agitou a taça depois a levou até o nariz e inspirou profundamente, antes de finalmente tomar um gole. Ele fechou os olhos momentaneamente, abriu-os novamente e declarou: "Excelente. Pode servir".

Meu Deus! O que era aquela atitude sou-melhor-que-você?

Jagger se retirou, e Nick e eu retomamos a conversa.

"Então, o que você quis dizer com 'Você não pode pagar por esse tipo de exposição'?

"Celebridade. Ninguém vende celebridade como os Estados Unidos", Nick explicou. "Participar deste programa irá abrir portas para mim."

"É por isso que você está aqui?", perguntei. "Porque você quer ser famoso?"

Ele suavizou o tom. "Não, Kat, não é assim." Ele tomou um gole de vinho. Mas eu tive que tirar um tempo de folga considerável para estar aqui. Eu tinha que me certificar de que havia alguma compensação identificável."

Um tempo considerável? Tomei um gole enorme de vinho. "Por que você arriscaria seu emprego depois que descobriu que eu sou, ãh, grande?" Soltei isso antes de perder a coragem. "Eu achei que você não gostasse de garotas gordas." Era humilhante, implorar por sua aprovação. Mas fiquei muito contente por estarmos tendo uma conversa de verdade.

"É meio complexo", ele disse. "Eu não tenho uma impressão negativa a seu respeito simplesmente porque você é gorda."

Franzi o rosto. Preferiria ser chamada de qualquer coisa, menos a palavra *G*.

"Para ser totalmente honesto, Kat, não estou bem certo do que eu sinto."

"Sei."

"Tudo tem sido muito confuso. Mas estou me divertindo na Califórnia." Nick ergueu o copo. "Saúde."

Encostei o copo no seu. "A que estamos brindando?"

"Sapatos", Nick disse. "Sapatos brilhantes, produzidos de maneira magnífica."

"O quê?", perguntei, sem entender.

Ele balançou os pés ao lado da mesa, revelando um par de mocassins de couro preto. "Prada", ele anunciou, radiante.

Eu estava completamente desnorteada. Os sapatos eram dignos de um brinde?

"O bico quadrado é a melhor parte", ele prosseguiu, apontando para os mocassins. "Estou surpreso por você não ter feito nenhum comentário sobre eles." Ele parecia genuinamente ofendido por eu não ter notado seu calçado decadente.

"Seus sapatos são ótimos. Gostei do terno também", disse. "É muito bonito."

"Bonito?" Ele riu. "Por 1.600 libras, era bom ser bonito mesmo."

Fiz as contas rapidamente de cabeça. Não tinha certeza da taxa de câmbio exata, mas sabia que a libra esterlina valia quase o dobro do dólar. O que significava que seu terno tinha custado mais de 3 mil dólares! Isso dava quatro meses de aluguel! Não conseguia pensar em nada para dizer. Eu só fazia compras em lugares baratos.

"Sou esnobe com roupas", Nick disse, sorrindo. "Quem você está vestindo?"

Tentei pensar numa maneira de me desviar da pergunta. Meus sapatos de salto alto eram da Sears, e a calça e a blusa tinham sido fornecidas pelo programa (e eram, eu sabia, da Lane Bryant). Como tínhamos começado a perder um peso significativo, Zaidee havia trazido roupas para escolhermos. Incentivo, imagino. "Não tenho certeza. A roupa foi um presente."

"São Marc?", Nick perguntou, examinando meus pés.

"Marc?", repeti, confusa.

"Marc Jacobs", ele disse. "Que outro Marc existe?"

"Não, não são. Marc Jacobs está um pouco fora da minha faixa de preço." Ele estava começando a me irritar. Tomei um grande gole de vinho.

Nick passou os dedos pela sobrancelha, colocando os pelos no lugar. "Não acredito que fui tolo o bastante para lhe mandar aquele vestido maravilhoso." Nick riu. "Não havia chance de você usar aquilo tão cedo."

A última coisa que eu queria era me aprofundar em uma discussão acalorada sobre o vestido Gucci tamanho 34 em rede nacional. Felizmente, Jagger escolheu o momento certo para ressurgir com nosso primeiro prato da noite. Dei um enorme suspiro de alívio quando o vi chegar com uma bandeja de garçom na mão.

"Pimentão assado e torteletas de queijo de cabra", ele anunciou, colocando dois pratos à nossa frente. "*Bon appétit!*"

Considerando as circunstâncias, meu *appétit* não estava tão bom, mas eu estava meio bêbada, e achei que era melhor colocar um pouco de comida no estômago. Peguei o pequeno garfo e comecei a cortar a torteleta em quadrados.

Passamos o tempo num silêncio constrangedor, falando sobre assuntos gerais de forma tensa durante o primeiro e o segundo prato. O tempo todo, traguei taça após taça de vinho, matando uma garrafa de Merlot e depois começando outra. Minha língua parecia áspera e seca pelo excesso de álcool, e eu deveria ter tido o bom senso de diminuir um pouco o ritmo.

O prato principal chegou – filé em pedaços com pesto de sementes de abóbora. Assim que Jagger colocou nossos pratos na mesa, Nick sacou um maço de Marlboro Lights.

"Você não me contou que fumava!", exclamei, assustada.

"Bem, você não me disse que estava acima do peso, então acho que estamos quites", Nick respondeu, colocando o cigarro entre os lábios e acendendo um fósforo. "Fumo antes e depois de cada refeição. Me ajuda a digerir melhor a comida."

Bufei.

"Você sempre planejou encontrar um homem *online* e iludi-lo?", Nick perguntou, colocando o prato de lado e concentrando-se no cigarro. "Ou foi uma ideia que você teve na hora?"

Eu quase engasguei com um pedaço de filé. "É claro que não se tratava de um plano!" Não acreditava que ele tinha dito aquilo. "Eu só disse que era magra porque parecia muito importante para você que eu parecesse uma supermodelo." Acalme-se, eu avisei a mim mesma.

"Uma garota não precisa parecer uma supermodelo para me deixar interessado. Eu realmente prefiro mulheres excepcionalmente esbeltas, mas apenas por motivos de saúde. Eu quero que a mulher que eu amo tenha uma vida longa e cheia de realizações."

Motivos de saúde*?* Encarei Nick enquanto ele continuava a tragar seu palito de câncer. "Você sabe", eu disse, "algumas mulheres desenvolvem distúrbios alimentares para ficar 'excepcionalmente esbeltas'."

"Sim, mas as pessoas gordas nunca são saudáveis", ele devolveu. Ele deu uma tragada longa e lenta em seu cigarro e soltou um anel de fumaça perfeito. "Há uma boa diferença entre ter peso normal e ser obeso", ele continuou.

"Não dá para discutir", eu disse, largando o garfo e me levantando. Dei alguns passos e depois parei. "Mesmo se eu perdesse uns 40 quilos você nunca gostaria de mim, gostaria?" Ele começou a dizer algo, mas eu continuei. "Vamos acabar logo com isso para eu deixar de fazer o papel de idiota." Eu estava pronta para fazer uma saída dramática quando Jagger veio correndo até a mesa.

"Calma, Kat!", ele sussurrou, colocando a mão no meu braço.

Tive uma sensação estranha, excitante quando ele me tocou, embora soubesse que ele só estava me encorajando pelo bem do programa.

"Não ceda. Não é a sua cara desistir." Sua expressão era séria e reconfortante. "Você consegue aguentar mais meia hora?"

"Meia hora?!", exclamei. "As coisas estão indo muito mal para isso." Estava começando a sentir que poderia explodir em lágrimas.

"Não me faça nenhum favor", Nick disse, apagando o cigarro. "Vou ficar muito bem sentado aqui sozinho. Jagger, você pode chamar Briana Borrail, se quiser."

"É, acho que ela é mais o seu tipo", esbravejei, agarrando Jagger para me equilibrar. A garrafa de Merlot que eu havia tomado estava começando a fazer efeito.

"Briana é absolutamente linda", Nick concordou. "Mas é um meio pata."

"Pata?", repeti, agarrando-me firmemente ao braço de Jagger. A garota provavelmente pesava 45 quilos, e não era nada desajeitada. "Você está brincando, não é?"

"Pata aqui", ele esclareceu, batendo na cabeça. "Outro dia ela me disse que estavam construindo uma ponte para podermos ir de carro dos Estados Unidos para a Grã-Bretanha. Ela disse que a nova ponte iria da Califórnia a Londres."

"Mas a Califórnia é do lado errado do país!", eu disse, oscilando. Olhei para Jagger – ele tinha permanecido estranhamente calado, observando silenciosamente nosso diálogo.

"Sim, eu sei." Nick deu um sorriso falso. "Ela também ficou surpresa por eu falar um inglês tão perfeito, considerando que eu não sou americano..."

"Não!", exclamei.

"Sim! Briana acha que todo mundo no exterior fala francês."

Não tinha certeza do que responder. Uma parte de mim queria rir; outra parte se sentia mal por ele estar caçoando dela.

"Ei, não fique tão triste, Kat. Eu só estava te enchendo a paciência antes", Nick disse de repente, inclinando a cabeça e fitando meus olhos. "Sente-se; vamos terminar de comer."

"Bem, acho que tudo bem."

"Não vou morder. Prometo." Ele piscou.

Jagger me levou de volta à mesa e me colocou na cadeira. "Vou trazer a sobremesa assim que vocês terminarem os filés. Aproveitem", ele disse, afastando-se lentamente.

"Por que você tem me evitado?", perguntei.

Nick suspirou e largou o garfo. "Você quer mesmo saber?"

"É uma pergunta lógica."

"Sim, suponho que sim. Não estou a fim de responder, só isso." Ele fez uma pausa. "Embora esta seja uma hora tão boa quanto qualquer outra para fazer isso."

"Fazer o quê?", perguntei, nervosa. Por favor, que não seja o que eu estou pensando.

"Estas últimas semanas têm sido bem difíceis, desde que eu descobri que você não é quem afirmava ser", ele explicou. "Eu precisava de um tempo para organizar meus sentimentos e decidir como iria agir." Ele deu um sorriso desanimado.

Respirei fundo. "E você chegou a alguma conclusão?"

"Você precisa entender uma coisa, Kat. Eu passei a vida procurando pela mulher certa. Com você, achei que tinha finalmente encontrado a mistura perfeita de todas as qualidades que eu buscava. Mas fui ingênuo, e você foi desonesta." Nick suspirou. "Assim sendo, culpo a nós dois por isso."

Comecei a me sentir mal.

"Você é uma garota adorável, Kat, e provavelmente fará algum outro homem feliz um dia."

Algum outro homem. Olhando para o chão, perguntei: "Você está dizendo o que eu acho que está dizendo?"

"Receio que sim."

Ele colocou a mão sobre a minha. Eu a puxei.

"Por favor, não fique chateada. Isso não é fácil para mim também. Eu também investi um tempo considerável nisso."

Eu não conseguia falar. Nada do que eu dissesse seria apropriado. Fiquei mexendo no meu microfone de lapela e desviei os olhos dos dele. "Mas você disse que me amava", sussurrei, finalmente.

"Eu amava uma pessoa que não existe." Ele fez uma pausa. "Você nunca foi quem eu pensava que fosse, Kat. Olho em seus olhos e vejo uma estranha. Uma estranha que eu não estou interessado em conhecer melhor." Respirei fundo, surpresa com a dureza de suas palavras.

"Foi uma tolice me envolver pela Internet", ele prosseguiu. "O que eu posso dizer? Estava entediado, e você me ofereceu uma rara promessa de algo diferente."

"Nunca tive a intenção de mentir." As lágrimas se formaram em meus olhos, ameaçando transbordar. "Fui idiota e eu me deixei levar. Só queria que você gostasse de mim. Tínhamos tanto em comum..."

Enquanto eu falava, comecei a reparar nas evidências. Nick e eu não gostávamos das mesmas músicas e comidas. Eu não sabia praticamente nada sobre sua família. Nunca havíamos discutido nossos objetivos e sonhos, o que esperávamos da vida. Ele era obcecado por marcas; eu ficaria feliz em comprar na Gap, se as roupas deles me servissem. Onde estavam essas características que nós supostamente compartilhávamos?

"Se seu corpo combinasse com sua personalidade, você teria homens fazendo fila por quilômetros", ele disse com cuidado. Ao ver minha expressão de choque, ele acrescentou: "Isso foi um elogio".

"Então, estamos terminando." Traços amargos de suco gátrico subiram até minha boca. Fiz força para engolir, forçando-os de volta para dentro.

"Espero que possamos ser amigos", ele disse, de modo pouco sincero.

"Claro, podemos", eu disse. "Pode ser divertido." Divertido como TPM. Divertido como uma ressaca.

"Gostaria que mantivéssemos uma boa relação, considerando que vamos morar juntos pelo próximo mês, mais ou menos."

"Sim, considerando...", repeti, sem entusiasmo. Então, Regan estava certa – Nick e os outros hóspedes ficariam conosco até o final do programa.

"Tem uma coisa que eu gostaria de perguntar", eu disse, sem rodeios. "Por que você me beijou na noite do programa ao vivo?"

"Parece meio estranho, na verdade", ele começou. "Primeiro, eu te beijei porque queria saber como me sentia. Eu queria te beijar, Kat. Não duvide disso."

Eu sorri. "E o que você achou?"

"Embaraçoso. Estranho."

Estranho? Isso não parecia promissor.

"E eu fiz isso pelo jogo."

"Jogo?"

"Peso do Mundo ou algo assim. Não lembro o título exato."

Não estava entendendo nada. "O que queria dizer aquilo?"

"Zaidee me mostrou os episódios anteriores, e eu sabia que, se nos bejássemos, você ganharia 75 mil dólares. Ninguém me pediu para fazer aquilo, eu queria ajudar."

Nick era meu encontro às escuras? Era muito idiota, muito irônico para ser verdade. Mas o *timing* não estava batendo. "Como você poderia ser meu encontro às escuras? Isso era para ter acontecido semanas atrás."

Nick passou a mão no cabelo. "O que importa?"

"Importa." Esforcei-me para terminar o raciocínio. "Porque não bate."

"Não tenho certeza absoluta, mas creio que o plano era fazer algum ex-namorado seu vir ao programa. Depois, quando Zaidee descobriu a meu respeito, ela mudou as coisas no último minuto."

Não fazia sentido. "Mas... quando você deveria estar aqui?"

"Fui notificado para vir em junho, mas não consegui folga no trabalho até agora. Os prazos..."

"Você me viu todo esse tempo?", exclamei horrorizada, cobrindo o rosto com as mãos. "Zaidee garantiu que *Fat2Fab* não passaria na Inglaterra!"

"Não passa, Kat. Do que é que você está falando?"

Então eu perguntei – a pergunta que eu deveria ter feito logo no começo: "Como você descobriu que eu estava em um *reality show*?"

Nick golpeou um pedaço de bife com o garfo, molhou-o no pesto e o colocou na boca. Ele mastigou por um tempo, depois o engoliu. "Sua amiga Donna me contou."

"O que é que você está dizendo?", eu perguntei, atordoada.

Nick pegou outro pedaço de bife e o saboreou lentamente. "Você quer mesmo saber?"

"Sim", eu disse, tremendo. De repente fiquei sóbria, alerta.

"Você fez aquela garota me mandar aqueles e-mails ridículos, fingindo ser você. O que não era muito convincente, a propósito. Então, um dia, ela escreveu a verdade, confessando que você pesava 90 quilos."

"Você está mentindo!", eu disse, indignada. "Donna não faria isso."

"Aparentemente, faria." Ele se virou para as câmeras e anunciou dramaticamente: "Pergunte a Zaidee, se você não acredita em mim. Ela vai te dizer exatamente a mesma coisa."

Sacudi a cabeça, incrédula. "Por que Donna faria isso? Pelo amor de Deus, ela não faria isso! Somos as melhores amigas há quase cinco anos. Ela tem a chave do meu apartamento! Nós confiamos uma na outra incondicionalmente!"

Nick parecia visivelmente irritado. "Vai saber, mas ela fez o que fez. Não estou mentindo."

Senti aquilo tudo pesar sobre mim.

Em todos os nossos anos de amizade, eu nunca tinha feito nada para magoar Donna intencionalmente. E ela tinha me apunhalado pelas costas! Todos esses anos eu tinha sido a coadjuvante, e Donna, a estrela linda e maravilhosa... Talvez fosse isso que ela quisesse. Eu nunca tinha superado Donna em nada. Aquela era minha chance de ficar sob os holofotes, e Donna não pudera suportar.

Me lembrei de nossa conversa naquela noite no On the Border, do jeito como ela havia me reprovado, insistindo que Nick era um partidão. Insistindo – de modo indireto – que ele era bom demais para mim. E então, quando tivera a chance, ela tinha me desmascarado, fazendo-me passar pela pior experiência da minha vida.

Ondas de náusea começaram a tomar conta de mim. "Não consigo lidar com isso agora", eu disse, levantando.

Meu estômago fez um movimento e eu corri para dentro da casa, trombando com o câmera. A vista começou a girar, o chão parecia se inclinar sob os meus pés. Mal consegui chegar à sala antes de me curvar para a frente e soltar o conteúdo do meu jantar *gourmet* no chão. O líquido grosso e amarelo formou uma poça, penetrando no tapete. Sem fazer um movimento para limpar a sujeira, saí tropeçando, procurando consolo no banheiro mais próximo.

Entretanto, aqueles terríveis acontecimentos tinham um lado bom. Pelo menos eu não tinha vomitado nos mocassins Prada de Nick.

22

Defina Lixo

Eu estava um bagaço. Meu cabelo tinha caído embaraçado sobre os ombros. Meu rosto estava vermelho e inchado, manchado com riscos de rímel. Eu estava esparramada no azulejo frio do chão do banheiro, choramingando.

"Você está bem?", Jagger chamou, batendo de leve na porta.

"Estou bem", chorei. Claro que não estava.

"Você quer conversar sobre isso ou precisa ficar um pouco sozinha?", ele perguntou.

Eu não queria conversar, na verdade, mas também não queria ficar sozinha. "Você pode ficar", solucei, fungando. Inclinei-me para a frente e abri a porta.

Ele entrou e se sentou na beirada da banheira. "Posso fazer alguma coisa para ajudar?"

"Não." Comecei a chorar novamente.

Jagger tirou um pequeno pacote de Kleenex do bolso interno do *summer* e o entregou para mim. Assoei o nariz ruidosamente.

"Vai melhorar", ele disse. "Tenho boas notícias para você. Por causa do beijo que você trocou com Nick, vocês venceram o desafio Peso do Mundo em Seus Ombros. Vou fazer o anúncio oficial amanhã cedo, após o café-da-manhã. Mas Zaidee disse que eu podia contar para você hoje à noite. Ela achou que isso poderia te animar."

Estava longe de me animar com qualquer coisa. "Você sabe o que é mais irônico?", eu disse, rindo amargamente. "Eu nunca nem descobri se estávamos namorando oficialmente. Sinto-me como se esse relacionamento fosse fruto da minha imaginação. Será possível que eu passei quase seis meses da minha vida num relacionamento que não existia de verdade?"

"É claro que existia. Nick é um ser humano que vive e respira."

"É, talvez esse seja o problema."

Jagger ergueu a sobrancelha. "O quê, você geralmente prefere caras sem pulso?"

Apesar do mau humor, dei um sorriso. "Não exatamente. O que eu quis dizer é que, enquanto Nick estava na Inglaterra, tudo era fácil e seguro. Ele podia ser o homem dos meus sonhos."

"E você podia ser a garota dos sonhos dele?"

"Exatamente", eu disse. "Isso não é doente? Eu sou tão esquisita que não consigo lidar com um relacionamento de verdade?" Limpei o meu nariz com as costas da mão, enojada. "Qual vai ser a próxima, uma amizade por correspondência com um prisioneiro?"

"Você não é esquisita", Jagger disse.

"Pelo menos Nick tinha coragem de ser ele mesmo *online*. Eu sou a pessoa insegura, a infeliz que fingiu tudo. Eu é que disse que tinha a barriga chata." Me retorci só de lembrar.

Jagger encolheu os ombros. "Não era tudo falso, era? Até onde eu sei, você mentiu sobre seu peso, mas você disse a verdade sobre o resto. Nick conheceu a verdadeira Kat, apenas a aparência não era o que ele esperava."

"Isso não melhora as coisas. Ainda sou uma mentirosa. Ele tem todo o direito de me odiar."

Jagger fez uma pausa, e depois tirou o seu microfone. "Seu garoto, Nick, não é tão – como posso dizer? Ele não é tão puro quanto parece."

Olhei para ele, confusa. Ele tinha permissão para tirar o microfone?

"Nick concordou com o jantar porque servia a seus propósitos; ele não estava nem aí para conversar com você. Ele estava pronto para te desprezar até o final do programa. Ele age como se fosse um tipo de mártir, mas tem uma programação."

"Uma programação? "Que tipo de programação?", perguntei, acreditando.

"Ele mesmo lhe disse isso durante o jantar", Jagger lembrou, com um olhar expressivo.

"Ele está fazendo isso para chamar a atenção de Briana?"

"Pense grande."

"Regan?"

Jagger riu, depois disse: "Estou falando sério. Relembre a conversa de ontem. Você vai entender". Ele colocou seu microfone de volta e saiu antes que eu pudesse sondá-lo melhor.

Pela manhã, as alegações de Nick sobre Donna pareciam absolutamente ridículas.

De jeito nenhum ela me entregaria assim, de jeito nenhum. Eu tinha deixado minha paranoia, uma característica desfavorável – que tinha ficado em evidência desde que eu entrara em *From Fat to Fabulous* –, tomar conta de mim completamente. Assim que meu estômago melhorasse e eu pudesse me levantar e caminhar sem cair, iria até o Confessionário e exigiria que Zaidee me contasse a verdade. A verdade verdadeira.

Eu tinha um grande dia pela frente.

Os produtores estavam nos dando um excitante e raro privilégio: uma ligação para nossos pais. Eles vinham dando pistas há alguns dias de que a "infraestrutura do jogo" estava mudando. Pasmem, teríamos permissão para contatos "rotineiros, mas limitados" com o mundo exterior por meio de telefonemas semanais de cinco minutos. Não me importava que fossem breves ou monitorados – estava morrendo de vontade de falar com qualquer um. Essa semana nos deixaram falar com a família.

Algumas horas depois, fui até o andar de baixo e devorei um punhado de biscoitos água e sal acompanhado de um refrigerante antes de ir até ao Confessionário. Estava ansiosa para que as coisas voltassem ao normal.

Ou tão normal quanto possível num *reality show.*

Nick tinha voltado a me evitar. Regan me disse que ele não tinha saído do quarto toda a manhã. Por mais que tentasse, não conseguia entender o que havia acontecido com o homem carinhoso, impecavelmente educado e inteligente que eu havia conhecido *online* e pelo telefone. Eu era mesmo tão desprezível que havia trazido à tona seu pior lado?

"Como você está hoje, Kat?", Zaidee perguntou, enquanto me sentava na cadeira vermelha felpuda do Confessionário.

"Bem, eu tomei um pé na bunda ontem à noite. Como você acha que eu estou?"

"Explique melhor, por favor", Zaidee disse.

"Me sinto um lixo."

"Defina lixo."

"Não acho que precise de definição", respondi, incomodada.

"Há graus de lixo, você sabe."

Fiz cara de tédio. "Há outra coisa que eu gostaria de discutir. Nick me contou uma história ontem à noite que é uma mentira na caradura." Soltei uma risada grave e áspera. "Não que eu aposte alguma ficha no que ele diz, mas, só para ter certeza absoluta, você pode esclarecer uma coisa para mim?"

"Posso tentar."

"Ele jura que minha amiga Donna te contou sobre *Fat2Fab*, mas eu sei que isso não é verdade. Eu sei que foram vocês que o encontraram e o trouxeram aqui. Eu só queria que vocês soubessem que ele é um mentiroso." Anunciei isso como se fosse uma grande descoberta.

"Kat, querida, odeio lhe dizer isso, mas Nick está certo. Ele é que ligou para nós e não o contrário."

"Ok, mas ele não descobriu por Donna."

"Donna de fato deu a notícia a ele. Eu mesma falei com ela não muito tempo depois."

"Não", eu disse, balançando a cabeça. "Ela não é assim. Ela não teria contado para ele. Quero dizer, por que ela contaria? Por quê?", eu perguntei, olhando para onde a câmera estava, como se estivesse falando com Donna diretamente. "Por que você faria isso comigo? Foi algum tipo de brincadeira idiota?" Eu estava chorando agora. "Eu não significava nada para você? Você não valorizava nem um pouco nossa amizade? Nem um pouquinho?"

"Vá em frente, Kat; conversar ajuda."

"Não", eu disse, levantando-me da cadeira. "Não tenho nada a dizer para ninguém. Vocês podem ir para o inferno!", anunciei, saindo louca da vida pela porta, sem ao menos esperar a ligação para meus pais.

Eu estava me transformando numa melodramática de primeira.

Não era à toa que tinham me dado o apelido de Kat, a Malcriada.

Mais tarde, após um longo cochilo e um tempo maior ainda deitada na cama pensando, decidi que era hora de uma mudança. Fazer comentários sarcásticos era parte da minha personalidade, e não dava para mudar isso. Mas com certeza poderia fazer algo a respeito da minha escorregadela para a imaturidade. E era melhor eu fazer algo rápido.

Comecei com Jagger. Ele estava lá fora, perto da piscina, entrevistando Maggie sobre sua falta de progresso. Esperei pacientemente na porta de trás até que eles terminassem. Quando a entrevista acabou, acenei. Jagger sorriu, soltou seu microfone e veio em minha direção.

"Está se sentindo melhor hoje?"

"Estou bem, sim", eu disse, fazendo um esforço deliberado para ser positiva. Estava determinada a deixar para trás o jantar constrangedor da véspera e começar de novo. Maggie passou empurrando, entrando na casa. "Ela está bem?", perguntei.

"Isso é uma mudança de estilo de vida", Jagger disse, "e Maggie está tentando chegar a um acordo com esse fato. Ela quer uma solução rápida."

"Ninguém mais usa a palavra *dieta*, chamam de 'mudança de estilo de vida'. Como se isso, de alguma forma, tornasse tudo mais fácil, mais excitante, com menos chances de fracasso."

Ele riu amigavelmente. "Faz sentido."

"Então, gostaria de saber se poderia falar com você por uns minutos."

Ele olhou para o relógio. "Tenho uma reunião com a produção em cinco minutos."

"Oh, vou ser rápida."

Jagger ergueu uma sobrancelha. "Agora você consegue?"

"Sim! Bem, não. Quer dizer, às vezes." Tínhamos começado de um jeito estranho. Seu comentário tímido tinha feito eu me perder.

"Sobre o que você precisa falar, Kat?", perguntou ele, fazendo-me voltar ao tópico.

"Queria me desculpar pela maneira como tenho agido ultimamente. Tenho sido uma chata. Muito mal-humorada e argumentativa. Me desculpe."

"Não, você é legal", Jagger disse.

"Toda essa situação com o Nick está mexendo muito comigo. Hoje mesmo eu perdi a ligação para meus pais."

"Fiquei sabendo. Algum motivo em particular?"

"Levei um pé na bunda e fui apunhalada pelas costas", eu disse. Semicerrei os olhos sob o sol forte. "Mas minha mãe provavelmente acha que eu a odeio agora."

"Considerando as circunstâncias, ela vai entender."

"Você não conhece minha mãe", eu disse. "Ela leva tudo para o lado pessoal."

"Então, ligue para ela agora."

"Você fala como se eu pudesse simplesmente pegar o telefone e discar."

"Não, claro que não pode. Mas vá até o Confessionário e pergunte a Zaidee se ela deixa", Jagger sugeriu.

Balancei a cabeça. "Ela nunca deixaria; não tenho tanta sorte."

"Só pergunte. Zaidee pode ser áspera, mas não é má."

"Não sei..."

Jagger inclinou a cabeça e fitou meus olhos. "Olhe, não deixe Nick Appleby estragar essa experiência. Haverá tempo de sobra para analisar seus relacionamentos pessoais quando o programa terminar. Mas você não pode fazer nada a respeito agora, então, por que se estressar? Estes são seus quinze minutos de fama; divirta-se com eles."

Talvez ele estivesse certo. Valia a pena tentar. "Obrigada. Eu estava precisando de um incentivo."

"Disponha", ele disse, afastando-se em direção à casa.

Como Jagger havia previsto, Zaidee me deixou ligar para casa.

"Estamos com sua mãe, Lynne Larson, na linha. Pode atender, Kat."

Peguei o telefone.

"Kat!", minha mãe gritou. "Graças a Deus! Estávamos morrendo de preocupação com você. Seu pai foi ao médico e não pode falar", ela se apressou. "Mas pode ficar tranquila, ele não está no leito de morte. Por mais que isso te decepcione."

"*O quê?*"

"É muito desrespeitoso", ela disse, severamente, "sair por aí dizendo que seu pai está morrendo de uma doença rara. Você nos odeia tanto assim, Kat? É isso o que você deseja?"

Oh, Deus! Lembrei a conversa que tinha tido com Nick: "Tenho que ir a Denver por algumas semanas... Talvez mais. Meu pai não está bem", eu havia dito.

"Seu pai ficou arrasado quando descobriu", ela disse.

"Como ele descobriu?", perguntei, já imaginando a manchete: "KAT, A MALCRIADA, MENTE SOBRE DOENÇA TERMINAL". Talvez Donna tivesse tagarelado sobre isso também.

"Nicholas ligou", ela disse. "Ele descobriu nosso número e ligou para oferecer condolências. O pobre-coitado estava morrendo de preocupação. E você", ela repreendeu, "você se importa tão pouco com seus pais que sai por aí dizendo que estamos morrendo."

"Mãe, eu juro que não tive a intenção!"

"Nós te constrangemos, Kat?"

"Não, não é nada disso!"

"Porque eu diria que você se saiu muito bem em constranger a família. As coisas que você vem dizendo em rede nacional! Assuntos sexuais e outras coisas!"

"Mãe, me desculpe", eu disse. "O que eu posso dizer? Sexo vende."

"Sim, mas tem que ser o seu sexo?"

Ela continuou a me chamar a atenção por causa do meu comportamento "perturbador". Quando Zaidee finalmente entrou na linha para nos informar que a ligação havia terminado, dei um tremendo suspiro de alívio. Nunca tinha ficado tão feliz ao fim de cinco minutos.

Não conseguia me concentrar em nada além de Nick. Minha pesagem tinha dado apenas 89 quilos, mas eu só conseguia falar e pensar em Nick e sonhar com ele. E eu estava deixando todo mundo louco.

"Que diabo é tão interessante nele, afinal?", Janelle perguntou, enquanto dobrávamos roupas no nosso quarto. "Porque eu não consigo enxergar. Embora Regan e Luisa estivessem falando ontem sobre como ele é gostoso."

"Eu acho que, tratando-se daquelas duas, tem um pouco a ver com o dinheiro dele." Comigo, isso nunca teve nada a ver. "Embora, na verdade, ele não seja rico, seus pais é que são."

"Não sou rico, meus pais são", Alicia repetiu ao entrar no quarto. "Ei! Se seus pais são ricos, então, *ipso facto*, você é rico."

"O que você quer?", perguntei. Não estava a fim de aguentá-la.

"Nada de mais, só passei para ver como estão as duas fracassadas", ela disse, afastando as roupas de Janelle e sentando-se na cama.

Eu ignorei a provocação. Ela abriu bem a boca, bocejando exageradamente.

"E aí, o que seu homem objeto Nick faz para ganhar tanto dinheiro?"

Fiquei enfurecida. Ele não era meu homem objeto. Ele mal tinha sido meu namorado. "Nick é editor de moda da *Status*. É uma revista masculina metida da Inglaterra, do tipo de *Esquire*."

"Eu sei o que é", Alicia disse com indiferença. "O que eu quis dizer é: como Nick tem dinheiro para um guarda-roupa de estilistas famosos? Porque salário de editor de revista é pouco maior que o de um escravo."

"Não é Nick, lembra?", eu disse. "Seus pais é que são ricos."

"Quanto você acha que eles têm?" Dava para ver que ela estava planejando alguma coisa.

"Não faço ideia", eu disse. "Eu sei que eles têm umas casas de veraneio. Ou propriedades de férias, acho que ele as chamou assim."

"Pode ser interessante saber. Você pode perguntar para mim uma hora? Se vocês, por acaso, voltarem a conversar num futuro próximo", ela acrescentou.

"Sem problemas", respondi, com minha voz mais doce.

"Essa garota é mesmo um pé no saco", eu disse, assim que Alicia saiu do quarto à procura de outra pessoa para atormentar.

"Você percebeu que ela vai dar em cima de Nick", comentou Janelle, que vinha escutando tudo calada.

"Deixa ela." Encolhi os ombros. "Ela não vai muito longe. Alicia é bonita, mas não atende aos padrões impossíveis de Nick. Ninguém atende."

23

Um Par Perfeito

"PARA A COMPETIÇÃO de hoje, decidimos misturar as coisas", Jagger começou. Era a manhã seguinte, e todos os nove – as candidatas originais de *Fat2Fab* mais Nick, Matt e Briana – estavam circulando no quintal. Três cabines em forma de coração haviam sido montadas em fileira. Havia uma enorme TV ao lado delas.

"Já que agora temos três convidados adicionais na casa, achamos que seria justo deixá-los competir", Jagger prosseguiu. "Então, eu lhes apresento o desafio de hoje, Um Par Perfeito. Esta competição reveladora irá testar sua compatibilidade. Vocês serão divididos em três equipes de dois: Janelle e Matt, Regan e Briana e Kat e Nick. Seu sucesso – ou fracasso – está diretamente ligado ao seu conhecimento sobre o parceiro."

Jagger explicou rapidamente as regras de Um Par Perfeito: "Vocês começarão preenchendo pesquisas sobre uma variedade de tópicos incomuns e sedutores. Depois nos encontraremos aqui novamente para um rápido jogo de perguntas e respostas. O objetivo é adivinhar as respostas de seus parceiros. Cada vez que vocês acertarem uma resposta, ganham cinco pontos. Ao final do jogo, a dupla com o maior número de pontos vence!"

"Não diga!", comentei, sarcasticamente.

Jagger deu uma pequena risada. "O prêmio de hoje será um pouco diferente, um pouco exorbitante... Mas falaremos sobre isso em instantes."

Briana levantou as mãos e soltou um grito. Ela se virou e mostrou a língua para Luisa. "Babacas! Aposto que vocês gostariam de ter alguém para formar par!"

Jagger ergueu a mão. "Não tão rápido. Você não achou mesmo que deixaríamos três de nossas melhores damas de fora, achou? Quem você acha que escreveu as perguntas de Um Par Perfeito?"

Regan levou um susto. "Não!"

Jagger a olhou pelo canto de olho. "Ah, sim. Hoje cedo, convocamos Alicia, Maggie e Luisa até o Confessionário, onde, com a ajuda de nossos produtores, elas elaboraram vinte perguntas divertidas para Um Par Perfeito. O objetivo delas era surpreendê-los. Porque, a cada resposta errada, Alicia, Luisa e Maggie ganharão cinco pontos. No final do jogo, se elas ganharam mais do que vocês, elas levarão os prêmios."

Ele nos deu um momento para digerir a informação. Depois, Janelle, Regan e eu fomos levadas para dentro da casa para preencher os questionários, enquanto os outros permaneciam do lado de fora. "Sejam rápidas", Jagger avisou. "Vamos começar em apenas alguns minutos."

Eu não fazia ideia de que tipo de respostas Nick daria, ou se ele conseguiria deduzir as minhas. Estava ansiosa por descobrir.

Sentei no sofá da sala e respondi rapidamente às perguntas, que iam da mais engraçada à mais estranha. *Você acredita em fantasmas? Quantos anos você tinha quando ganhou o primeiro beijo? Qual é o seu chocolate preferido? Qual foi a coisa mais corajosa que você já fez? Quem é a pessoa mais mandona que você conhece? Qual é a fofoca mais picante que você já espalhou?*

Uns dez minutos depois, Jagger reapareceu e recolheu nossos questionários.

"Muito bem garotas, é hora do *show*!", ele anunciou, levando-nos para o quintal.

"Por favor, sentem-se na cabine do amor ao lado de seu parceiro", ele instruiu. Cabine do amor?, resmunguei silenciosamente enquanto avançava em direção a Nick.

"Oi", eu disse timidamente, espremendo-me ao seu lado.

"Bom te ver", ele balbuciou, sem se virar para me encarar.

"Silêncio no *set!*", Jagger ordenou. "Preciso que todos fiquem em silêncio até eu dar o comando."

Fiz uma cara de desaprovação. Alguns assistentes de produção que eu nunca tinha visto antes estavam correndo, ajustando freneticamente o equipamento de iluminação e os microfones. Gigi Rucker veio até nós, trazendo Alicia, Luisa e Maggie com ela. Elas se sentaram em cadeiras dobráveis, de frente para nós.

"Adoro a vista", Alicia disse, olhando para Nick. Jagger rapidamente a mandou ficar calada.

Após o que pareceu uma eternidade, Jagger começou a falar: "Até agora, nossos desafios sempre tiveram uma recompensa em dinheiro. Hoje, vamos enlouquecer um pouco. Desta vez, vamos oferecer algo mais doce!" Ele se virou dramaticamente, apontando o dedo para a TV. Neste momento, a TV ganhou vida. Um pneu preto brilhante apareceu, depois a câmera cortou para revelar um Subaru Impreza prateado rodando por uma estrada. Ele fazia as curvas fechadas sem esforço, enquanto uma voz nos informava sobre a grande potência do carro e sobre o motor turbo.

"E este carro maravilhoso pode ser seu!"

"Se o preço estiver certo!", me intrometi, sem conseguir me conter.

Jagger deu uma risada abafada. "Melhor, se os *pontos* estiverem certos. Se vocês tiverem a maior pontuação, ganharão cada um não somente um lindo Subaru Impreza, mas também isso!", Jagger anunciou, enquanto a TV mudava a imagem repentinamente para cenas de praia com areia fofa e palmeiras. "Uma estada de sete dias em Maui, com todas as despesas pagas!"

Aí está uma ideia sedutora. Recompense um grupo de garotas acima do peso com uma viagem à praia.

"E, como se isso não fosse bom o bastante", Jagger prosseguiu, "vocês também ganharão um par de *mountain bikes*!", ele anunciou, enquanto uma imagem de um homem pedalando numa trilha de terra surgia na tela. Ah, sim. Equipamento de exercício. Por mais que tentasse, não conseguia entender por que eles entravam tanto nesse clima de *game show*.

Assim que a videomontagem terminou, uma assistente de produção veio correndo com uma pilha de grandes cartões vermelhos. "Colocamos as respostas dos questionários aqui", ela me informou. "Levante esses cartões quando Jagger der o sinal. Até lá, mantenha-os aqui." Ela se inclinou e apontou para uma sacola que havia sido colocada ao lado da cadeira. "Eles estão numerados na parte de trás, então, certifique-se de não embaralhar a ordem." Ela se virou e deu uma pilha para Nick. "Mesma coisa", ela disse, e depois correu para distribuir cartões para o resto dos jogadores.

Quando todos estavam acomodados, o jogo começou. "Vamos passar pelas respostas do questionário", Jagger disse. "O objetivo é ler a mente, de cada um. Adivinhe como eles responderam. Lembrem-se, cada resposta correta os deixa mais próximos daquele possante e da aventura havaiana. Janelle, vou começar com você." Ele foi até ela. "Se Matt pudesse fazer a viagem de seus sonhos para qualquer lugar do mundo, para onde ele iria?"

Janelle sorriu. "Essa é fácil. Tailândia", ela disse. "Matt é obcecado. Ele tem uma prateleira de guias de viagem sobre o Sudeste Asiático."

Jagger fez sinal para Matt, e ele levantou um de seus cartões vermelhos. Estava escrito *Tailândia*.

"Cinco pontos para os ex-pombinhos!", Jagger anunciou, e um sino começou a tocar.

"E Regan? Para onde Briana iria na viagem de seus sonhos?"

"Praia", ela disse, automaticamente.

"Seja mais específica."

"Não sei... Bahamas."

Briana mostrou o cartão, que dizia Bahamas.

Jagger se voltou para mim.

Me deu um branco. Até onde eu sabia, Nick já tinha visitado algumas das maiores cidades do mundo – Madri, Roma, Nova York. Além disso, não fazia ideia se suas férias ideais seriam deitado numa praia, perambulando por um museu ou esquiando nos Alpes.

"Paris", eu disse, finalmente, achando que era uma resposta tão boa quanto qualquer outra.

Nick soltou um grande suspiro e puxou seu cartão. "África do Sul', ele resmungou. "O que você estava pensando? Não suporto os franceses."

Jagger limpou a garganta. "Vamos em frente. Se seu parceiro pudesse usar um boneco vodu em alguém, quem seria essa pessoa e por quê?"

"Sammy, porque ele ferrou Matt num negócio", Janelle respondeu, corretamente.

"Darlene, que roubou o noivo de Briana em março", Regan disse, ganhando mais cinco pontos.

Eu não fazia ideia de quem Nick queria espetar com um boneco vodu. Fique pensando por um instante. "Posso dizer eu mesma?", brinquei. Jagger balançou a cabeça negativamente. "Ok então, Johnny Depp?"

Jagger ergueu as sobrancelhas. "Esse é um palpite incomum, Kat. Explique melhor, por favor."

Eu sabia que era ridículo, mas não conseguia pensar em mais nada. "A seção de Nick na revista foi reduzida porque seu colega conseguiu uma entrevista de última hora com Johnny Depp."

Nick riu. "Sabe, ela está certa." Ele levantou seu cartão.

Eu fiquei chocada. De todas as perguntas que eu esperava acertar, essa não era uma delas.

"Bom trabalho, pessoal! Vocês estão tendo sucesso em manter as solteiras em dificuldades. Por enquanto, elas só ganharam cinco pontos. Próxima pergunta... Qual é o talento mais incomum de seu parceiro?"

"Eu tenho que dizer tricô", Janelle disse. "Parece estranho, mas Matt é extremamente bom nisso. Ele faz os melhores suéteres." Matt ergueu seu cartão, mais uma vez com a resposta idêntica à dela.

"Dançar", Regan disse, esquivando-se do fato de que tinha que citar algo incomum.

"Maluca", Briana disse, "você sabe que meu talento mais incomum é fazer um nó numa haste de cereja com a minha língua."

Jagger fez a pergunta para mim e eu fiquei desconcertada. "Seu conhecimento sobre sapatos", eu disse, timidamente.

"Errado!", Nick me disse, segurando um cartão que dizia *surfar.* Surfe? Quando Nick tinha aprendido a surfar? Até onde eu sabia, não era um esporte muito popular no Reino Unido.

Prosseguimos por mais alguns minutos, e as perguntas iam ficando cada vez mais pessoais. "Quando foi a última vez que seu parceiro chorou?"

Janelle mordeu o lábio. "Quando a mãe dele morreu, na Páscoa passada", ela disse, e Matt confirmou.

Regan se deu mal, chutando, equivocadamente, que Briana tinha chorado pela última vez por ter terminado com um cara chamado Gibbo.

Quando chegou minha vez, fiquei tensa. Em toda a minha vida, nunca tinha visto um homem chorar. Meu pai não era do tipo que extravasava suas emoções — a menos, é claro, que as emoções fossem de raiva ou agitação –, e nenhum de meus amigos homens tinham sequer soltado uma lágrima na minha frente. As lágrimas vinham fácil para Nick, ou ele era do tipo machão que chorava uma vez a cada década? "Nick chorou quando sua avó morreu", soltei. Não tinha ideia da resposta, em todas as nossas conversas por telefone, nunca tínhamos discutido avós.

Nick grunhiu: "Eu chorei quando alguém riscou meu Jaguar numa vaga da Boots."

Jaguar? Boots? Não estava entendendo nada. "Você tem um Jaguar?!", perguntei, surpresa.

"É do meu pai", ele explicou rapidamente. "Eu pego emprestado de vez em quando."

"O que é a Boots?"

"Estou me referindo a um acidente que tive no estacionamento da Boots, a farmácia. É uma rede de drograrias bem famosa na Europa", ele disse, irritado.

"Muito bom, Janelle", Jagger falou, cortando nossa conversa, "diga quando foi a última vez que Matt ficou realmente com medo."

"Pobre Mattie. Ele teve um ataque de pânico quando ficou preso num elevador no centro de Indianápolis", ela disse, batendo de leve em seu braço.

Matt confirmou. "Não acredito que você se lembra disso!", ele disse, parecendo verdadeiramente impressionado.

Regan respondeu em seguida, acertando que Briana tinha ficado horrorizada quando capotara seu utilitário na estrada.

Quando chegou minha vez, usei a única coisa em que conseguia pensar: "Nick teve medo de me encontrar cara a cara".

Nick puxou seu cartão e o ficou segurando. "No voo de Londres para Los Angeles", ele disse. "Morro de medo de voar."

"Droga", xinguei.

Vi Alicia e Luisa comemorando.

Jagger partiu para a pergunta seguinte: "Quem na vida de Nick é mais crítico em relação a ele?"

Fiz uma pausa. Era uma escolha difícil. "Seu pai", chutei.

Nick suspirou, irritado. "Não chegou nem perto", ele disse, segurando seu cartão. Estava escrito *Minha irmã, Sophie.*

Nick tinha uma *irmã*? Em todas as nossas conversas por telefone e *e-mails*, ele nunca a havia mencionado, nem uma única vez. Como uma coisa tão importante como essa nunca tinha sido mencionada? Do outro lado do jardim, podia ver Alicia sorrindo, provavelmente empolgada por eu ter acabado de dar a ela mais cinco pontos.

Me afundei na cadeira para ficar pensando.

Janelle e Matt continuavam a dominar a competição, e mesmo Regan e Briana – que, por todos os motivos, pareciam ser inimigas mortais – estavam indo surpreendentemente bem. Enquanto isso, fui tropeçando nas perguntas restantes, errando coisas do tipo: Nick já tinha colado numa prova? (Não). Ele já tinha tido um caso de uma noite? (Sim). Acertei algumas – se ele pudesse ficar preso numa ilha deserta com alguma celebridade, escolheria Jennifer Garner. Mas eu não conseguia ignorar o fato de que tinha errado algumas das perguntas importantes. Meu Deus, ele tinha uma irmã e eu nem sabia!

Quando terminamos de passar pelas respostas de nossos parceiros, Jagger começou a fazer perguntas para Matt, Briana e Nick.

"Qual foi a fofoca mais apimentada que Janelle já espalhou?", ele perguntou.

"Janelle não faz fofocas. Ponto", Matt respondeu com firmeza.

Ela confirmou. "Bom trabalho, querido."

Querido? O-oh...

"Regan contou para todo mundo que eu tenho um *piercing* no mamilo", Briana disse, e Regan olhou feio.

"Eu nunca contei isso para ninguém", ela resmungou, puxando seu cartão, que dizia, *Caso com professor.*

Briana começou a rir. "Ah, sim, você está certa. Dormir com meu professor é mais picante." As duas começaram a dar risadinhas.

"Nick?", Jagger espetou.

Nick piscou, surpreso. Ele parecia muito distante. "Ah, certo. Vamos ver... A fofoca mais apimentada que Kat espalhou provavelmente tem a ver com seu chefe, Richard. Ela sempre fica falando sobre suas reuniões cansativas..."

Meu rosto ficou vermelho. Era exatamente do que eu precisava. Meu descontentamento com Richard Geddlefinger transmitido em rede nacional! E, para piorar, nem era a resposta certa. Puxei meu cartão, que dizia *Donna terminando com Chip.*

Jagger prosseguiu: "Matt, quem é a pessoa mais mandona que Janelle conhece?"

Ele encolheu os ombros timidamente: "Minha mãe. Janelle e minha mãe nunca se entenderam".

Janelle tomou um susto. "De jeito nenhum, Mattie! Eu adorava sua mãe."

Ele ficou radiante. "Sério? Eu achei que você a odiasse."

"Não, pode acreditar, ela era fantástica!" Janelle riu e levantou seu cartão, que dizia *Alicia Combs.* "Essa valeu a perda dos cinco pontos."

"Pode rir quanto quiser. Mas lembre-se de quem está ganhando esses pontos", Alicia cantarolou.

Regan e Briana também erraram a pergunta.

Depois, foi a vez de Nick. "A pessoa mais mandona da vida de Kat é ela mesma."

"Receio que não possa aceitar essa resposta", Jagger disse. "É contra as regras."

"Podem fazer as regras que quiserem", Nick disse. "Estou falando a verdade absoluta; vocês decidem se aceitam ou não."

"Não sou mandona." Fiquei enfurecida com o insulto.

"Você diz para todo mundo o que fazer", ele argumentou. "O tempo todo."

Jagger ergueu as sobrancelhas. "Voltando ao jogo, vamos colocar um pouco de romance na equação. Matt, diga-me, quantos anos tinha Janelle quando foi beijada pela primeira vez?"

"Eu sei que foi com Troy Coltrone, e acho que ela tinha 15", ele disse. "Estou certo?"

Janelle sorriu de orelha a orelha. "Meu Deus, é tão legal que você saiba essas coisas!", ela disse, confirmando sua resposta.

"Briana?"

"Oh, Regan tinha 16? Não, 18", ela decidiu.

Regan sacudiu a cabeça. "Eu tinha 14, Briana! Você não presta atenção em mim mesmo", ela choramingou, apertando os olhos enquanto as lágrimas começavam a se formar. No começo, achei que ela estava exagerando; um segundo depois, eu estava pronta para me juntar a ela.

"Nick, quantos anos tinha Kat quando foi beijada pela primeira vez?"

Ele respirou fundo e expirou lentamente. Parecia que estava pensando na resposta, mas, na verdade, estava tomando coragem.

"Vinte e sete", Nick anunciou.

Alicia riu bem alto.

"Está louco?", perguntei, segurando meu cartão, que dizia *16*. Ele obviamente estava brincando.

"Eu acho que Kat tinha 27 quando ganhou seu primeiro beijo de verdade", Nick disse, arrogantemente. "Pela sensação que eu tive na noite em que a beijei, dava para dizer que era a primeira vez."

Olhei para ele, horrorizada. Que tipo de golpe baixo era esse, insultando-me em rede nacional? Ele não se importava nada com meus sentimentos, ou, pelo menos, com a integridade do jogo?

Antes de passarmos para outra pergunta, um assistente de produção foi até Jagger e entregou para ele um envelope. Ele não o abriu. "O que eu tenho aqui em mãos é um convite e um teste", ele disse, andando à nossa frente. "É um teste de compatibilidade... E um convite para fazer as coisas progredirem."

Oh, meu Deus! Do jeito que eu era azarada, eles obrigariam Nick e eu a nos beijar e deixariam Alicia, Luisa e Maggie criticar nossos movimentos.

"Desde o programa ao vivo, Regan tem dividido um quarto com sua irmã. Tem sido uma experiência divertida para as duas, oferecendo ampla oportunidade para se aproximarem."

Ri dissimuladamente. Não acho que *divertida* seria o termo que Regan usaria para descrever a experiência.

"Como prometido, suas designações de quartos estão prestes a ficar um pouco mais interessantes." Jagger ergueu o envelope. "Eu tenho aqui as chaves para dois quartos aconchegantes e românticos, anteriormente trancados para nossos hóspedes. Vocês podem continuar nos seus quartos originais ou se mudar para um novo esconderijo romântico. Dizer sim reflete até que ponto vocês acreditam no relacionamento. Dizer não reflete dúvida. Preciso de suas respostas agora."

Janelle ficou vermelha. "O que você quer fazer, Mattie?"

A voz de Matt ficou suave. "Não sei... Acho que devíamos tentar."

Janelle engoliu em seco. "Que se dane", ela disse, mostrando um sorriso. "Pode ser interessante."

"Sim", Matt disse, sorrindo, "pode ser."

Era incrível ver como, apesar do tempo e das circunstâncias, os dois continuavam ligados.

"Nick e Kat?", Jagger perguntou, fazendo um gesto para nós. "Eu preciso de sua decisão."

Respirei fundo. "Oh, Deus..." Era uma escolha difícil.

"Não estou nem um pouco interessado", Nick disse, simplesmente. Aparentemente, era uma escolha difícil apenas para um de nós.

"Isso foi bem abrupto. Pode nos dar os motivos?", Jagger perguntou.

"Acho que são bem óbvios", Nick disse. "Por que alguém iria querer morar com Kat?

Ele disse meu nome como se fosse um palavrão.

Algo estranho aconteceu naquele momento. Meu corpo estava assando sob as luzes quentes, mas, por dentro, me senti congelada.

Minha mente ficou distante do jogo. Fiz os movimentos, levantando obedientemente os cartões na minha vez, mas sentia-me sem vida. Não me importei quando Janelle e Matt ganharam os carros, a viagem e as *mountain bikes*. Não liguei quando Alicia e Maggie começaram a importunar Jagger por causa da "injustiça" do sistema de pontuação. Nem estava interessada no fato de Nick ter realmente acertado algumas respostas (apostando que eu acreditava em fantasmas e acertando a marca do meu chocolate favorito).

Só me importava com o fato de ele ter sido cruel, e de eu me sentir horrível perto dele. E havia coisas que eu não sabia. Em todas as vezes que tínhamos conversado, ele nunca havia mencionado seu medo de voar, seu talento para o surfe ou sua própria irmã, Sophie.

Talvez fosse culpa minha por não fazer as perguntas certas, ou talvez Nick tivesse deliberadamente mantido parte de sua vida em segredo.

De qualquer forma, não conseguia me livrar da sensação de que nunca o havia conhecido de verdade.

24

Eu Estava Vendo Estrelas

"Você está com 87 quilos", Greg disse, enquanto eu descia da balança no domingo seguinte. Desde que levei o fora de Nick e fui apunhalada pelas costas por Donna, mergulhei num frenesi de exercícios.

Alicia, por outro lado, tinha se atirado em Nick.

Ela flertava, exibia o decote e ficava ali na Academia de Greg, incomodando Nick enquanto ele corria na esteira. Ela conseguiu ser ainda mais baixa – passeando de biquíni para chamar sua atenção. Era doloroso de ver. Alicia não apenas tinha cabelos loiros perfeitos, pele perfeita e clara e seios perfeitos e atrevidos, mas tinha também, sem muito esforço, perdido os quilos a mais, revelando um novo físico maravilhoso. Claro, ela ainda tinha um pequeno pneuzinho e um pouco de celulite nas coxas, mas, no geral, estava linda.

Parecia que a campanha não estava fazendo efeito. A não ser por alguns cumprimentos amigáveis, Nick não tinha reagido muito a ela. Mas, pelo menos, ele estava conversando com Alicia.

"Eu achei que seríamos amigos", eu disse a Luisa mais tarde, enquanto cortávamos um abacaxi para comer. "Não entendo por que ele é uma parede de silêncio."

"Ele provavelmente está bravo porque vocês foram mal naquele último desafio", ela disse.

"Como eu iria saber que Nick tem medo de aviões ou que adora surfar? Ele nunca me contou nada disso. Ele só sabia falar de moda."

"Nick é louco", Luisa disse. "Muito maluco mesmo."

"Ele precisa tomar uns remédios", Regan concordou. "É óbvio que ele é polar", ela disse, e eu ri.

"Você quer dizer bipolar, certo?"

"Polar", ela insistiu. "Uma hora ele está alegre, na outra, deprimido. É uma doença."

"Sim, claro", concordei. Não queria iniciar uma discussão de semântica com ela – e, além disso, eu queria intitular minha autobiografia *Altura/Peso Desporcional*. Não podia falar nada.

"E aí, Kit Kat?", Alicia disse, entrando na cozinha. "Outras..." Ela acenou para Luisa e Regan. "Acho que vocês gostariam de saber que estou fazendo muito progresso com Nick. Considerando como vocês têm pouca coisa em comum..." Ao ver minha expressão de choque, ela acrescentou: "Sem querer ofender, querida, mas você nem sabia que ele tinha uma irmã. Até *eu* sabia!"

Levei um susto. Alicia sabia mesmo de Sophie? Eu me senti como uma idiota completa.

"Então, Zaidee está armando um jantar romântico para mim e Nick amanhã à noite. Não é ótimo?"

"O quê?", Luisa gritou.

Esforcei-me para não reagir. Ela só está fazendo isso para me provocar. "*É* ótimo." Decidi que era hora de usar uma tática diferente. "Fico feliz em ver que Nick está seguindo em frente com sua vida", eu disse, com entusiasmo.

"É?"

"Sim", eu disse, pensando: mantenha seus amigos perto de você, e seus inimigos, mais perto ainda. Larguei o abacaxi que estava cortando e me virei para ela. "Desejo o melhor para vocês dois." Vocês dois são esnobes. Vocês se merecem.

"A única coisa chata é que Jagger irá nos servir. Eu achava que ele era bonitinho, mas agora percebi que ele é tão..." – ela fez uma pausa, como se estivesse procurando a palavra certa – "... simples".

"Simples?"

"E ele provavelmente tentará flertar comigo durante o jantar."

"Duvido muito." Por favor.

"Sou um ímã de homens. Então, nunca se sabe", ela disse. "E, se tudo der certo, Nick pode até acabar me convidando para seu quarto."

"Boa sorte", eu disse, alegremente. Depois, como se nada fosse me deixar mais feliz no mundo, inclinei-me e abracei-a rapidamente. "Mas não se esqueça de ir descalça", eu a aconselhei, docilmente. "Nick tem fetiche por pés."

Na noite do jantar romântico de Alicia e Nick, matei o tempo brincando bêbada de charadas com os outros hóspedes da casa. Até Maggie, que agora passava a maior parte do tempo cochilando em sua suíte particular, desceu e se juntou a nós. Luisa pegou algumas caixas de cerveja *light* da Tumba da Tentação, e nós passamos duas horas bebendo e matando o tempo.

Foi uma distração maravilhosa, e eu me esqueci de Nick.

Até por volta das 23h.

Tínhamos terminado nosso jogo, e o efeito do álcool já tinha passado. Eu não estava nem um pouco cansada, então me aventurei lá fora para ficar perto da piscina observando as estrelas. Olhando para o alto, vendo o céu à noite, que se estendia por vários quilômetros além da casa, me senti livre. Estava lá havia algum tempo quando ouvi:

"Ei, Kit Kat, o que está pegando?", Alicia disse, aparecendo sorrateiramente atrás de mim.

Eu pulei. "Não ouvi você sair. Como foi o jantar?"

"Hummm. Minha cabeça está rodando."

"Bebeu demais, é?"

Ela sorriu e fez uma expressão de você-não-gostaria-de-saber.

Tentei me conter, mas minha curiosidade foi mais forte, e eu caí direitinho em sua armadilha. "O quê, rolou alguma conexão ou algo assim?", zombei.

Ela se jogou na espreguiçadeira ao meu lado e esticou as pernas longas e magras. "Nick foi in-crí-vel na cama. Vi estrelas."

Senti náuseas. "Você é uma mentirosa!", esbravejei. "Você espera mesmo que eu acredite que você dormiu com Nick? Porque é tão ridículo que nem é engraçado."

"Não dormimos." Ela se virou para olhar diretamente para a câmera. "Foram 45 minutos de ação ininterrupta. É um milagre eu ainda conseguir andar. Vou estar toda dolorida amanhã." Ela riu e massageou as pernas, para enfatizar.

Fiquei boquiaberta. Ela só podia estar brincando.

"Você não faz ideia do que está perdendo", Alicia prosseguiu. "Você devia tê-lo agarrado quando teve chance."

"Você é uma mentirosa!", gritei. "Você só está falando isso para conseguir atenção!"

"Pare de ser amarga, Kit Kat. Você o perdeu, eu o encontrei. E você sabe como é o ditado – achado não é roubado."

Ela era inacreditável. Eu não conseguia escutar mais um segundo daquilo; tinha que sair de lá. "Vocês se merecem", eu disse, saltando da espreguiçadeira. Entrei correndo na casa. Precisava de um tempo sozinha para pensar.

E, bem, quem não pensa melhor de estômago cheio?

Eu não tinha voltado à Tumba da Tentação desde aquela primeira vez com Regan. Claro, tinha provado algumas coisas que as outras tinham pegado, mas conseguira não sucumbir à sua sedução. Não mais. Tropecei na cozinha, quase caindo em cima de Regan, que estava agachada no chão. "Eles estão fazendo sexo", explodi, tremendo. "Eles estão fazendo sexo!"

Ela olhou para mim lentamente e deu de ombros.

"Você nem quer saber de quem eu estou falando?"

Ela não disse nada.

"Alicia e Nick! Eu achava que ele tinha uma queda por sua irmã – e até aceitaria isso, porque ela é maravilhosa. Mas não, ele está dormindo com Alicia! Trepando. Comendo. Fazendo amor", eu disse, procurando todas as palavras de que podia me lembrar para descrever o ato. Nenhuma se encaixava.

"Ãh."

Estava a ponto de explodir. Queria algum tipo de reação – um simples "que chato" seria suficiente. Alguma coisa, qualquer coisa! Mas Regan mal estava escutando. "E, mais tarde, Janelle e eu vamos correr no quintal peladas!", gritei, tentando conseguir alguma reação.

"Sim, vamos fazer isso."

"Regan!", gritei, agachando-me ao lado dela. "Qual o problema? Por que você não está dizendo nada?"

"Acabei de gastar 45 mil dólares." Ela fechou os olhos, depois reformulou a frase: "*Perdi* 45 mil dólares da minha conta *Fat2Fab*."

Meu queixo caiu. Me esqueci momentaneamente de Alicia e Nick. "Como?"

"Eu comi."

"O quê?!"

Ela apontou para a Tumba da Tentação. "Agora custa dinheiro."

Olhei para ela, incrédula. "O que você quer dizer com 'custa dinheiro'?"

"A gente não pode mais simplesmente entrar e pegar o que quiser. Temos que comprar." Ela apontou novamente, e eu vi. Presa à porta da Tumba da Tentação havia uma pequena tela, do tipo usado em caixas eletrônicos. "Você digita o que quer na tela, e o produto é dispensado. Como uma grande máquina de vendas."

"Mas bebemos cerveja de lá hoje à noite... E foi de graça."

"Eles mudaram as regras." Ela fungou. "Acabei de comprar uma caixa de biscoitos e um pacote de salgadinho."

"E isso custou 45 mil dólares?"

"Também comprei uma pizza média", ela disse, soluçando. "Salame e cebolas."

Ela não estava mentindo sobre a última parte. Dava para sentir o cheiro de cebola em seu hálito. "Mas isso não deveria custar mais do que 20 dólares!"

"É caro", ela disse, suspirando. "Tipo 10 mil por um *donut*."

"Oh, Regan!", eu disse, abraçando-a. "Por que você comeu essas coisas?"

"Eu estava chateada. Tinha que comer."

"Não importa o que estivesse te incomodando, você deveria falar com alguém a respeito. Você não pode correr para a Tumba da Tentação toda vez que alguma coisa ruim acontece. Você não pode comer seus problemas", eu disse. Assim que as palavras saíram da minha boca, percebi que hipócrita eu era. Eu mesma estava totalmente pronta para uma farra com *donuts*, doces e salgadinhos. Eu não era melhor que ela.

"É a Briana", Regan sussurou. "Não consigo morar nesta casa com ela. Ela está me deixando louca."

"Ela não é tão ruim", eu disse, embora não tivesse passado tempo suficiente com ela para dizer isso. "Vocês foram muito bem em Um Par Perfeito, o que prova que são, de alguma forma, compatíveis."

"Quem se importa se somos compatíveis? Briana diz que eu sou uma porca nojenta. Ela diz que, mesmo se eu perder peso, vou ficar com todo esse excesso de pele e ainda serei uma gorda nojenta."

Ui. "Briana também disse que estão construindo uma ponte que vai ligar a Califórnia à Grã-Bretanha", eu falei.

"Sim." Regan concordou. "Ouvi falar sobre isso também. Deve ficar pronta em 2007."

Aparentemente, a burrice estava no sangue. "Bem, eu não daria muito crédito a nada do que Briana diz." Tomando emprestada uma fala de Jagger, acrescentei: "Além disso, ela é fútil. O que importa o que as pessoas fúteis pensam?"

"Nick é fútil, e você se importa com o que ele pensa."

Ela me pegou ali. Ao ouvir o nome de Nick, fiquei arrasada novamente. "Você tem alguma sobra de pizza?", perguntei.

Ela balançou a cabeça. "Mas há muito mais de onde esta veio."

Eu me levantei e comecei a ver os preços das comidas no menu. "Meu Deus! Não acredito que estão cobrando 15 mil dólares por um pedaço de bolo!"

Regan concordou, com tristeza.

Pensei por um instante, depois falei: "Dane-se, toda garota merece gastar uma grana de vez em quando". Pedi uma garrafa de vodca por 15 mil dólares.

"Cerveja antes de destilado, nunca fiquei tão enjoada", ela advertiu.

"Pode acreditar, não tem como eu ficar mais enjoada do que eu já estou."

Os olhos de Regan encontraram os meus e começamos a rir loucamente. Inclinei-me para a frente, segurando o estômago com as mãos, e ri tanto e por tanto tempo que achei que fosse vomitar.

Jagger puxou gentilmente a manga da minha camisa. "Kat?"

Entre a quinta e a sexta vodca com Coca *diet*, eu tinha apagado, caindo de lado no chão da cozinha. Pisquei, tentando entender onde estava. Olhei pela cozinha e vi que Regan não estava mais lá. "O que você está fazendo?", balbuciei. "Você nunca fica aqui até tão tarde."

"São 6h da manhã", ele disse. "Eu chego aqui a esta hora todos os dias."

"Puta Merda!", eu disse, despertando na hora. Dava para ver pequenos feixes de raios de sol entrando pela janela da cozinha. "Onde está Regan?"

"Ela desmaiou no sofá. Eu a levei de volta para seu quarto. Aqui", ele disse, ajudando-me a levantar. "Coloque o braço sobre o meu ombro e eu te levo para cima."

"Não, eu consigo", eu disse, fazendo força para me levantar. Minha cabeça estava girando.

"Fiquei sabendo o que houve com Alicia", ele disse.

A lembrança voltou na hora, e meu corpo se entortou. "Eles tiveram uma bela noite...", eu disse, amarga.

Jagger confirmou. "Ouvi o áudio." Ele me puxou, colocando os braços em volta da minha cintura. "Jogue seu peso em mim."

"Estou bem", insisti. Estava muito envergonhada de colocar meu peso sobre ele. Não queria que Jagger sentisse todos os meus 87 quilos. A casa estava escura, mas a equipe de filmagem estava lá mesmo assim, captando tudo.

"Tudo bem", Jagger disse, enquanto eu começava a desmoronar sobre ele. Ele me equilibrou em seus braços. "Está virando padrão... Toda vez que armamos um jantar para Nick, você acaba ficando bêbada."

"Nossa, é verdade. Eu normalmente não costumo beber. O que está havendo comigo?"

"Nada, você é humana", Jagger disse. "Qualquer um ficaria chateado." Ele me segurou mais forte, puxando-me num abraço estranho. "Desculpe", ele disse. Depois, seus lábios se moveram levemente para cima, logo abaixo da minha orelha. "Nick está dormindo com ela porque isso o coloca em evidência", ele sussurrou. "Zaidee sugeriu que ele apareceria mais na TV se tivesse um 'enredo'. Eles planejaram tudo. Ela mesma me disse. Não sei se isso faz alguma diferença."

Andei para trás, olhando para ele por um longo momento.

Fiquei grata pelo que ele havia dito, e ao mesmo tempo chocada. O rosto de Jagger flutuou à minha frente e, encorajada pelo álcool e pela gratidão, dei-lhe um beijo rápido e inesperado. Na boca. "Obrigada", gaguejei. "Por me ajudar."

Ele pareceu surpreso. "Por nada", ele disse, guiando-me para cima e levando-me até o quarto.

Ele estava me colocando na cama quando Janelle enfiou a cabeça pela frente da porta. "O que vocês estão fazendo?", ela perguntou, desconfiada.

Jagger riu. "Eu devia te perguntar a mesma coisa. Você não deveria estar toda aconchegada com Matt neste exato momento?"

"As coisas entre nós não são assim", ela disse. "Estamos nos conhecendo de novo. De qualquer forma, eu não estava conseguindo dormir. Matt ronca, sabe?" Ela olhou para mim. "Kat, você está machucada ou algo assim?"

"Ela bebeu demais", Jagger explicou. "Precisa dormir para melhorar."

Janelle entrou bem rápido, tirando meus sapatos e ajudando a me ajeitar sob os lençóis. Ela colocou um travesseiro sob minha cabeça e me cobriu com um cobertor.

"Que diabos está acontecendo com você?", Janelle perguntou, agachando-se ao meu lado e acariciando meus cabelos. "Nunca te vi tão desorientada."

Comecei a responder, mas minhas pálpebras começaram a cair e eu sabia que não conseguiria ficar acordada o suficiente para fazer jus à história. "Amanhã", balbuciei, acomodando-me sob as cobertas. Antes de apagar, virei a cabeça procurando por Jagger, mas ele tinha ido embora.

Há muitas coisas que uma boa noite de sono consertam, mas Alicia e Nick não eram uma delas. À luz do dia, a situação com eles era ainda mais perturbadora para mim. Para piorar, eu estava horrorizada por ter dado um beijo grande, molhado e bêbado na boca de Jagger.

Provavelmente, tinha arruinado qualquer chance de sermos amigos.

"Não acredito que eles dormiram juntos", eu disse, com a voz pouco mais alta que um sussurro. Janelle, que estava sentada na beirada da cama, bateu de leve em meu pé. "Todo esse tempo eu achei que não poderia ficar com Nick porque não usava tamanho 34. Ele abre uma exceção para ela, mas eu não ganho nem uma chance?"

Janelle suspirou. "Kat, por que você ainda se preocupa com o que Nick faz?"

"Não posso simplesmente ligar e desligar meus sentimentos, como se fossem um botão."

"Mas o cara não tem personalidade! Ele é uma cópia carbono de um ser humano."

Pensei por um instante. "Você não o acha charmoso mesmo?"

"Sim, é muito charmoso o jeito como ele te ignora o tempo todo."

Suspirei. Ao telefone, nos *e-mails*, Nick parecia brilhante, cheio de vida. Achei que ele poderia me mostrar uma parte do mundo que eu nunca tinha visto, me ensinar coisas. Tinha passado muito tempo da minha vida esperando; quando conheci Nick, parecia que finalmente minha vida tinha começado. Mas, pessoalmente, ele era só um babaca. "Ao telefone ele parecia tão diferente, tão apaixonado..."

"Paixão nem sempre é uma coisa boa", Janelle ressaltou. "Hitler era apaixonado."

Fiz uma careta. "Nick é bonito."

"Sempre achei que a aparência de uma pessoa é a coisa menos interessante", Janelle filosofou. "Matt, por exemplo. Ele estudou linguagem de sinais no colégio, e agora trabalha como voluntário numa escola para surdos. Acho isso tão incrível! E isso são coisas que você nunca saberia só de olhar para uma pessoa."

"É a mesma coisa com Jagger", concordei. "Quando o conheci, achei que ele era bonito, mas de um jeito exibido e arrogante. Mas ele ficou ainda mais atraente quando o conheci melhor."

"Sabia que havia alguma coisa entre vocês dois!" Janelle piscou para mim.

"Que nada." Suspirei. "Mas somos amigos." Ou éramos até o beijo bêbado.

"Você está ficando vermelha."

"Está quente aqui", argumentei.

"Ah, claro", ela disse.

Pensei em contar a Janelle sobre o beijo, mas achei melhor não. Se fôssemos só nós duas, num bar ou sozinhas no meu apartamento, teria contado facilmente. Mas, como tudo o que conversávamos era aberto para os telespectadores... Não havia necessidade de colocar mais roupa suja no que já era uma pilha enorme.

25

Mate-me Agora

As últimas três semanas de *Fat2Fab* se passaram de um jeito nebuloso.

Alicia e Nick estavam feito casalzinho, exibindo-se pela casa de mãos dadas, flertando e se beijando. Fiz o que pude para evitá-los, mas não era fácil. Nick estava fazendo de tudo para estar sempre por perto.

"Bom dia, Kat", ele dizia quando ele e Alicia saíam do quarto juntos e entravam na cozinha para tomar café-da-manhã de roupão. "Ótimo te ver", ele dizia, enquanto se sentava ao meu lado. Ele me olhava pelo canto do olho enquanto a abraçava. Depois, eles passavam um bom tempo trocando beijos barulhentos.

Me concentrei em perder peso, mas já tinha perdido o jogo.

Depois de torrar 65 mil na Tumba da Tentação naquela noite com Regan, tinha caído para terceiro lugar, atrás de Janelle e Alicia. Numa só tacada, minha pequena indiscrição tinha me tirado da corrida pelo primeiro lugar. A menos que Janelle e Alicia fizessem uma besteira muito grande, eu estava destinada ao terceiro lugar. E Janelle estava indo tão bem que, provavelmente, teria me derrotado de qualquer maneira, mesmo se eu não tivesse estragado tudo. O engraçado é que eu perderia o jogo mesmo tendo perdido uns 20 quilos. E Regan, que tinha perdido mais peso que todas (quase 27 quilos!), estava em último. Comer lanches na Tumba da Tentação tinha zerado sua conta.

Estava começando a entender que *Fat2Fab* tinha pouco a ver com perder peso.

Estávamos saindo em grande estilo, num episódio final especial, ao vivo. De acordo com Zaidee, a introdução de Nick, Briana e Matt tinha dado "um tremendo impulso na audiência". Estava morrendo de curiosidade para saber os números da audiência, mas teria que esperar até sair da casa.

Esperei pelo final ao vivo com grande nervosismo.

Não dava para esquecer o que tinha acontecido no último episódio ao vivo.

"Nunca pensei que diria isso, mas vou sentir falta deste lugar", Janelle comentou no último dia, enquanto fazíamos as malas, preparando-nos para a grande saída da casa. Apesar de ter se mudado para o quarto de Matt, Janelle ainda tinha duas gavetas cheias de roupas no meu quarto. Ela olhou em volta para as paredes vazias e piscou. Seus olhos ficaram brilhantes.

"Quais são seus planos?", perguntei, achando que não teria nem um pouco de saudades da casa.

"Provavelmente, vou visitar meus pais em Nova York, e depois voltar para a galeria. E você?"

"Vou para Denver por uns dias. Meus pais arranjaram essa visita na última vez em que nos falamos por telefone", eu disse. Eles estavam finalmente convencidos de que eu não os queria mortos, o que era um alívio. "Depois disso... Quem sabe?"

"Trinta minutos para o programa", o câmera da noite, Tate, nos informou.

Era apenas a terceira vez que eu o ouvia falar. "Foi bom conversar com você, Tate." Eu esperava uma resposta, mas ele continuou rígido, como se eu não tivesse dito uma palavra.

"Você acha que vai manter contato com Jagger?", Janelle perguntou.

"Seria legal, mas duvido muito." Jagger não estava mais amigável e flertando comigo.

Ela inclinou a cabeça para o lado. "Vocês ficaram meio próximos no final."

Até eu estragar tudo com um beijo enquanto estava bêbada. "Vamos ver o que acontece", eu disse, vagamente.

"Vou me trocar", Janelle disse, pegando uma calça e correndo para o banheiro. "Volto num segundo."

Meus olhos passearam pelo quarto, olhando tudo pela última vez e guardando as imagens na memória. Parecia inconcebível que eu não dormiria mais ali, ou tomaria café-da-manhã lá embaixo, ou conversaria com Janelle todo dia. Ela tinha se tornado uma grande amiga, e quem sabe quando eu a veria novamente?

Mesmo se a visse, não seria a mesma coisa.

Eu estava tomada pela incerteza e apreensão. Não dava para saber o que me esperava do lado de fora. Zaidee havia mencionado que teríamos que dar uma série de entrevistas (TV e rádio por satélite) assim que o programa terminasse. Além disso, tudo ficou nebuloso. De alguma forma, eu teria que voltar à vida normal. A única coisa é que voltaria para Memphis sem Nick e sem minha melhor amiga. Meus sonhos de estrelato e uma carreira de escritora não tinham se realizado. Ainda estava lutando contra a barriga. Eu tinha perdido peso, e agora usava tamanho 44. Ainda não era magra, mas estava orgulhosa de mim mesma.

No final das contas, estava feliz por ter me arriscado a entrar no programa. Meu rompimento com Donna, meu relacionamento fracassado com Nick – tudo isso ia acabar acontecendo um dia. Talvez *Fat2Fab* não tivesse mudado minha vida de verdade – apenas a tinha acelerado.

"Você está pronta?", Janelle cantarolou.

"Mais pronta do que nunca."

"Vamos fazer este programa andar", ela se animou, surgindo do banheiro. Estava vestida com um lindo *top* vermelho e um *jeans* elegante, completados por um lindo par de botas pretas de salto alto. Seus longos cabelos escuros estavam presos na nuca num elegante rabo-de-cavalo, e ela tinha feito uma linda maquiagem.

"Você está fabulosa", eu disse, com sinceridade.

Ela sorriu e fez uma reverência. "Mas a pergunta continua: eu fui de *gorda* a *fabulosa*?"

Coloquei um braço em volta dela e peguei a bolsa com a outra mão. "Com certeza", eu disse. "Indiscutivelmente."

"Comportem-se esta noite!", o diretor anunciou, enquanto nos sentávamos. "Estamos com um atraso de cinco segundos, mas cuidado com o linguajar!"

Olhei em volta da sala, memorizando tudo: as luzes fortes, as enormes câmeras nos tripés, a movimentação frenética dos contrarregras produtores e técnicos de som. Não havia percebido o *glamour* de tudo isso até agora.

"Preparem-se", o diretor gritou. "Entrando ao vivo em cinco... quatro...", eu o escutei contar, e meus olhos se marejaram.

Era isso.

Depois dessa noite, eu iria sumir na obscuridade; minha vida não estaria mais sob os holofotes.

"Bem, pessoal, a jornada foi longa e excitante", Jagger começou, andando à nossa frente. Ele estava incrível usando um *jeans* desbotado e uma camisa cinza-clara. "Nossas candidatas passaram por quinze semanas infernais, marcadas por drama, tristeza e triunfo. Agora, é hora de descobrir quem foi de gorda a fabulosa!"

A cena era surreal. Eu observei enquanto Jagger recapitulava os eventos dos últimos dias e passava para a "grande revelação: qual das garotas venceu a batalha contra a balança para se tornar o mais fabuloso novo ícone de *reality shows* do país?"

Duas surpresas marcaram o episódio final.

A primeira foi quando Jagger anunciou a nossa colocação. Como eu (e, provavelmente, todos os que estavam assistindo) previa, Janelle levou para casa todo o dinheiro. Ela tinha perdido peso em catorze das quinze semanas em que ficamos no programa, e teve sucesso em todos os desafios. Mas eu fiquei em segundo, Luisa em terceiro, Maggie em quarto, e Regan em quinto. Alicia ficou em último!

"O que aconteceu, Alicia?", Jagger perguntou. "Parecia que você estava preparada para vencer. Como acabou perdendo?"

"Bem, Jagger, quando Nick entrou na casa, minhas prioridades mudaram", ela disse. "Eu percebi que havia coisas mais importantes na vida do que dinheiro e perda de peso."

"Sim, mas você sempre comentava nas suas sessões diárias que seu lema era 'você nunca é rica demais ou magra demais', ele devolveu. "Isso mudou?"

"Não mudou", ela disse, de forma convencida. "Mas eu sabia que não tinha chances de ganhar. Temos que admitir – Janelle era uma guerreira amazona quando se tratava de dieta, exercícios e desafios. Não dava para derrotá-la. Então, decidi relaxar e me divertir um pouco."

"E como, exatamente, você relaxou?"

"Gastei minha conta *Fat2Fab* comprando coisas da Tumba da Tentação. Garrafas de vinho, chocolates importados – coisas românticas que Nick e eu poderíamos aproveitar juntos", ela explicou.

"Vocês dois irão continuar juntos?", Jagger perguntou, olhando para Nick.

"Alicia significa tudo para mim", Nick se entusiasmou. "Quando entrei nisso, nunca imaginei que encontraria uma namorada tão linda e incrível."

"Mate-me agora", murmurei, afastando a boca do microfone de lapela.

"E Kat?", Jagger perguntou, fazendo-me pular ao som de meu nome. Ele fez contato visual comigo brevemente e depois olhou para outro lado. "Você veio para a casa para encontrá-la. O que deu errado?"

Eu me encolhi ainda mais na cadeira, desejando desaparecer.

"Kat e eu éramos namorados *online*", Nick disse, e eu fiz uma careta ao ouvir o termo. "Como descobri, esse tipo de coisa não se traduz bem em relacionamentos de verdade. Se o tempo permitir, gostaria de ser seu amigo."

Se o tempo permitir? Que diabos ele queria dizer com isso? Lancei-lhe um olhar cheio de veneno.

Piedosamente, Jagger mudou de assunto, optando por fritar Regan e Briana sobre como era dividir um quarto minúsculo por quase dois meses.

"É impossível conseguir uma boa noite de sono quando você está dormindo com uma baleia", Briana reclamou, e eu levei um susto.

A pobre Regan parecia que ia chorar. "Eu tentei ficar do meu lado da cama, mas era uma cama muito pequena!", ela choramingou.

Felizmente, Jagger mudou de assunto. "Agora, tenho certeza de que o país inteiro está morrendo de curiosidade de saber como vocês mudaram nos últimos três meses. Regan, vou começar com você. Resuma brevemente seus números de antes e depois e o que você aprendeu durante o tempo que passou no programa."

"Comecei pesando uns 155 quilos, e agora peso 128! Aprendi a ser forte e a lutar por aquilo em que acredito. Meu corpo está mais magro, mas eu estou mais forte emocionalmente", ela anunciou, com orgulho. Isso era ser emocionalmente forte? Não conseguia imaginar quão sensível Regan devia ser antes.

"Eu encontrei o amor", Alicia disse, apertando a mão de Nick. "E melhorei meu corpo. Ganhei e perdi peso a vida toda. Desta vez, estou magra em definitivo. Eu sei como me colocar e ficar sob os holofotes, e como valorizar minhas melhores características. Sei como conseguir atenção quando preciso. Como ser uma estrela, foi isso o que eu aprendi."

"E seus números?", Jagger perguntou.

"Ah, sim. Fui de 79 para 60."

Jagger apontou para Luisa, que disse: "Eu tinha 95 antes, agora estou com 79. Não é tão ruim. Mas não é muito bom também". Ela encolheu os ombros. "O que me importa? Sou uma ótima mulher; qualquer homem seria um sortudo se estivesse comigo."

Maggie mostrou-se menos entusiasmada. "Este programa me deixou gorda. Deveria se chamar *From Fabulous to Fat!*", ela se queixou. "Eu estava nos 90 e poucos quando entrei aqui; agora, estou com quase 105! Vocês deveriam ser processados por propaganda enganosa."

Janelle foi um pouco mais diplomática: "Algumas de nós mudaram, outras não. Perdi uns 20 quilos, e agora estou com 76. Mas é por dentro que as maiores mudanças ocorreram. Enxergo as coisas de maneira diferente agora".

Jagger concordou e se virou para mim. "Kat, guardei a melhor para o final."

Fiquei vermelha, perguntando-me se era apenas uma fala ou se ele estava sendo sincero.

"O que você aprendeu em sua temporada em *Fat2Fab*?

"O que eu aprendi?", repeti. Era uma pergunta enganosamente complexa. "Sempre achei que eu fosse uma candidata ruim para perder peso. Mas, como você pode ver, perdi quase 20 quilos, então isso não é verdade. Sabe, eu costumava olhar para pessoas magras e me perguntar por que elas tinham problemas. Eu achava que ser magro fosse a mesma coisa que ser feliz. Aprendi que minha vida não vai ficar perfeita num passe de mágica, e que, não importa quanto peso eu perca, há coisas sobre as quais eu nunca terei controle. Quando aceitei isso, perder peso não parecia mais tão amedrontador. Não me preocupo tanto se sou gorda ou magra, porque, no final, não importa. Parei de ser tão dura comigo mesma."

Meus olhos se fixaram em Jagger, esperando que ele me desse algum sinal de que sentiria minha falta, de que tínhamos sido amigos. Ele se manteve desapegado e concentrado, mostrando dramaticamente o cheque de Janelle – que foi o segundo evento impressionante da noite. Ao longo do programa, Janelle tinha juntado 220 mil dólares em sua conta. Mas os produtores, "de coração", como Jagger disse, haviam feito um cheque de 250 mil.

"Como você se esforçou muito, achamos melhor arredondar esse número", ele explicou, entregando a ela um cheque enorme. "Alguém tem considerações finais?", Jagger perguntou, dando a deixa.

"Fiquem de olho em mim!", Alicia disse. "Vou fazer muito sucesso."

"Até logo", Maggie disse, "e um alô para todos em Jackson, especialmente para meu filho maravilhoso, Owen."

Aproveitando o momento, eu soltei esta: "Se você precisa de uma firma de RP, ligue para Hood & Geddlefinger". Algumas pessoas riram, e Jagger rapidamente me cortou.

"Obrigado, pessoal", ele disse: "E até a próxima! Eu sou Jagger, encerrando a transmissão de *Fat2Fab*".

E estava terminado.

"Tudo certo", ouvi o diretor gritar.

Nesse momento, Zaidee entrou caminhando pela sala, vestindo um de seus terninhos de estilista famoso e acenando animadamente, e todos pararam e ficaram olhando. Foi um momento estranho, porque me levou de volta à grande entrada que ela havia feito no fim de semana da seleção, tantos meses atrás.

"Garotas!", ela gritou. "Todas vocês arrasaram hoje à noite, simplesmente arrasaram! Nem sei como agradecer pelo seu esforço nesses últimos meses. Mas nós conseguimos! Vocês foram incríveis! Está rolando uma festa de encerramento aqui do lado. Fiquem à vontade para ir até lá e aproveitar a comida. Vejo vocês depois. Foi demais."

E assim ela se foi, saindo pela porta tão rapidamente quanto havia entrado.

26

Não Estou Ficando Mais Jovem

NA NOITE DO episódio final, eu estava confusa demais para tomar qualquer decisão racional. Pulei de uma entrevista para outra, respondendo uma série de perguntas idiotas e geralmente invasivas.

Qual o seu lanche preferido do McDonald's?

"Chicken McNuggets."

Qual o tamanho do seu sutiã?

"Por quê? Você está planejando comprar *lingerie* para mim?"

Qual o seu reality show preferido?

"Se eu dissesse *Fat2Fab*, você me chamaria de narcisista?"

Qual foi a sensação de perder 250 mil?

"Estou muito, muito feliz por Janelle."

Como você se sente em relação a Nick e Alicia?

"Como você acha que eu me sinto?"

Você está namorando alguém no momento?

"Acabei de voltar para a civilização. Não tive tempo de conhecer ninguém ainda." (Felizmente, ninguém do lado de fora parecia saber nada sobre meu quase-beijo em Jagger. Deve ter sido cortado na edição.)

Quando as entrevistas acabaram, eu me despedi de Janelle, Luisa e Regan com lágrimas. Trocamos telefones, endereços de *e-mail* e promessas de nos encontrarmos. "Adoro o Tennessee", Luisa disse. "Vou sempre para Nashville a trabalho. Poderíamos nos encontrar." Janelle estava indo para Nova York por alguns dias para visitar a mãe, e Regan ficaria na Califórnia para "procurar trabalho como atriz". Maggie havia se livrado de metade das entrevistas, citando "fadiga extrema", e Alicia e Nick estavam passando por tudo juntos.

Como um casal.

"Nós somos o maior sucesso do momento", Alicia provocou. Nick ia a todas as entrevistas, enroscando-se todo nela, e olhando ocasionalmente para mim de um jeito caprichoso.

Quando o circo da mídia terminou, eu estava anestesiada e desorientada. Embarquei no vôo para Denver um pouco confusa, alegremente despreocupada com o fato de que quase todos a bordo – dos passageiros aos comissários – me conheciam pelo nome. Eu sabia que era uma coisa fugaz. Logo eu iria cair no esquecimento, entrando silenciosamente no Hall da Vergonha de Ex-Participantes de Reality Shows.

Ficar com meus pais servia como um tipo de câmara de descompressão. Depois de passar quatro meses monitorada por uma frota de câmeras, os olhos curiosos de minha mãe pareciam uma coisa natural.

Passei a maior parte dos meus primeiros quatro dias de liberdade andando pela casa de meus pais, de pijama, fuçando a Internet e vendo TV. Desejava as principais notícias da CNN da maneira como costumava desejar batatas fritas. Muita coisa havia acontecido no mundo exterior enquanto eu estava no programa, e eu estava ansiosa para me atualizar.

Depois de meses vivendo sob pressão constante, era surreal dormir e comer quando eu quisesse; falar ao telefone; tomar banho sem escutar o barulho de uma câmera do circuito fechado. No final da minha primeira semana fora da casa, recebi duas ligações da equipe de *Fat2Fab*. A primeira foi de uma assistente de produção, de voz anasalada, que me bombardeou com perguntas.

"Esta é uma ligação de cortesia", ela começou.

Eu quase desliguei, supondo que fosse um operador de telemarketing.

"Gostaria de saber como você está se ajustando."

"Oh – bem, bem. Estou pegando o jeito das cosias."

"Dormindo bem? Comendo? Está tendo algum problema físico ou psicológico?"

Tive a sensação de que ela estava lendo uma lista.

"Além do fato de o país inteiro achar que sou malcriada? Estou bem."

Ela não entendeu a piada.

"O programa mantém um psicólogo para o caso de você sentir necessidade de conversar. Mas, por favor, esses serviços só estarão disponíveis até dezembro deste ano. Depois disso, você está por conta própria."

Concluí que era menos que uma ligação de cortesia, e mais uma ligação vamos-tirar-o-nosso-da-reta-em-caso-de-processo.

A segunda ligação foi infinitamente melhor. Estava saindo do chuveiro numa noite, quando minha mãe bateu na porta do banheiro.

"Atenda", ela disse, empurrando-me o telefone sem fio. "Um homem para você." Ela ficou ali, curiosa, esperando para escutar meu lado da conversa.

"Mãe, que tal um pouco de privacidade?", impliquei. "Já que eu quase não tive nenhuma nos últimos meses, seria bom, para variar."

Ela ficou visivelmente irritada, mas atendeu ao meu pedido. "Não sei o que você tem a dizer para um homem que não possa dizer na minha frente", ela espetou.

"Alô?", eu disse, caminhando pelo corredor até o quarto de hóspedes. Honestamente, não tinha ideia do que esperar. Minha lista de amigos homens era praticamente inexistente, e eu sabia que o inferno iria congelar antes de Nick entrar em contato comigo novamente.

"Kat?", uma voz familiar perguntou. Levei um segundo para reconhecê-la.

"Jagger?", respondi. Fiquei surpresa – e muito contente.

"Peguei seu número com Zaidee. Você pode falar agora?"

"Sim, você tem um *timing* perfeito." Apertei mais a toalha contra o corpo. "Cinco minutos antes e eu estaria no chuveiro."

Ele riu. "Tenho que me lembrar de ligar mais cedo da próxima vez."

Fiquei vermelha. "E aí?", perguntei, tentando soar casual.

"Nada de mais. Estava trabalhando no meu livro quando pensei em fazer um intervalo e ligar para você."

Seu livro. Não pude deixar de imaginá-lo, todo duro e poético, preenchendo página após página com sua prosa. "Quer ler uma passagem para mim?", perguntei.

"Tenho que dar uma melhorada. Acho que é melhor se você ler de uma vez."

Enfiei o pijama e joguei a toalha no cesto. "Eu adoraria. Tem ideia de quando vai estar pronto?"

"Um mês ou dois. Estou meio travado no momento, então pensei em ligar para ter um pouco de inspiração."

Meu coração começou a acelerar. Jagger me achava inspiradora!

"Quando estou com bloqueios, sempre acho que conversar com alguém ajuda", ele continuou. "Já tive conversas com o lixeiro, só para recarregar a mente. Você ficaria surpresa se soubesse como isso pode ser inspirador."

Ah, que ótimo! Eu estava na mesma categoria do lixeiro.

"O que você conta de novo?", perguntei, por falta de coisa melhor para dizer. De repente me deu um branco. Uma coisa era falar com ele quando as câmeras estavam ligadas. Já tinha feito isso, e ficava à vontade. Mas agora era diferente.

"Tenho uma audição na próxima semana para um trabalho de dublagem", ele disse. "Meu agente está tentando me colocar num filme da Disney."

"Uau!" Respirei. "Que legal. Eu sempre me esqueço de como você é famoso."

Ele começou a rir. "De jeito nenhum."

"Ora, vamos", eu disse. "Você é o Mister Televisão e Estrela de Cinema."

"Eu fiz um programa de TV, alguns comerciais e talvez – *talvez* – consiga um trabalho de dublagem num filme da Disney. É um papel bem pequeno. Literalmente. Vou fazer o teste para dublar um caracol falante."

Eu ri. "Você ainda é bem famoso."

"Você é tão famosa quanto eu. Estávamos no mesmo programa, lembra?"

Caí na cama. "Acho que você está certo. Nunca pensei assim."

"Por falar em *Fat2Fab*, você mantém contato com as outras garotas? Regan? Janelle? Eu sei que vocês eram próximas."

"Não tenho falado com elas, não. Mas trocamos contatos. Tenho certeza de que vamos nos falar."

"Que ótimo!", Jagger disse. "Me sinto meio estranho falando isso, mas tenho saudades daquelas garotas. Me senti como se tivesse conhecido vocês muito bem."

"Pode ligar para elas", sugeri.

"Não acho que seja o caso."

"Você me ligou", lembrei.

"Mas é... diferente. Você e eu somos diferentes."

"Somos?", perguntei, quase ofegante. "Como assim?"

"Agora você está me deixando envergonhado." Ele limpou a garganta. "Vou ficar todo tímido."

"Você? Tímido? Fala sério! Você é uma das pessoas mais extrovertidas que eu já conheci!"

"Estou falando sério, Kat." Jagger baixou a voz. "Você provavelmente acha que eu levo uma vida louca e agitada, mas na verdade, eu sou totalmente caseiro."

"Verdade. Você sabe tudo sobre mim, e eu não sei praticamente nada a seu respeito", eu disse. "E eu nem sei seus dados vitais."

"Meus dados vitais?", ele repetiu, rindo. "Tipo o quê? Idade, posto, número de série?"

"Você sabe do que estou falando. Sua idade, cor favorita, esporte favorito, atores favoritos. Coisas simples como essas, das quais não tenho a menor ideia."

"Ah, entendi. Ok, então. Tenho 28 anos; vou fazer 29 em março. Sou de Peixes, se você liga para essas coisas. Minha cor favorita é azul, e meu esporte favorito é basquete. Meu ator favorito é Kevin Spacey. Minha atriz favorita é Nicole Kidman. Mais alguma coisa?"

"Acho que é o suficiente."

"Por falar nisso, você sabe que a rede está planejando uma segunda temporada, não?"

Fiquei tensa. "De *Fat2Fab*?"

"É uma possibilidade concreta, mas não diga nada a ninguém. Estou a dois passos de perder esse trabalho no momento."

Fiquei surpresa. "Não brinca! Eles não fariam *Fat2Fab* sem você como apresentador."

Jagger fez uma pausa. Talvez eu tivesse tocado num assunto delicado. "É complicado", ele disse, finalmente. "Digamos apenas que Zaidee não ficou 100% entusiasmada com meu desempenho."

"Sério?" Fiz uma careta ao lembrar de suas palhaçadas ridículas.

"Ela achou que eu não era dramático o suficiente, entre outras coisas. Há também uma grande possibilidade de eles escolherem uma apresentadora da próxima vez. Ela acha que vai criar todo tipo de drama na casa uma modelo de biquíni apresentando o programa. Pessoalmente, não acho."

Aparentemente, ele não percebia como as mulheres podem ser invejosas. "Que chato saber disso..."

"Bem, pelo menos em parte sou culpado pela situação. Em alguns aspectos, excedi os limites do meu papel."

Não consegui deixar de perguntar: "Como?"

"Você quer mesmo saber?"

"É claro", eu disse. "Mas você não precisa me contar se não quiser."

"Não, tudo bem. Eu quero". Ele fez uma longa pausa. "Foi porque eu te beijei", ele disse, com a voz baixando até chegar a um sussurro.

Dava para ouvir de verdade meu coração batendo.

"Não era para eu me envolver com nenhuma das candidatas – na verdade, está no meu contrato. É por isso que eu estava tão frio no final. Zaidee ameaçou me demitir se eu não parasse de me envolver com você."

Então, ele não estava bravo comigo...

"Agora, ela está preocupada que eu dê em cima das candidatas na próxima temporada. O que é idiota, porque não sou assim."

Senti minha voz pegando na minha garganta. "A culpa é toda minha", eu disse, rapidamente. "Fui eu que te beijei, não o contrário. E eu estava bêbada."

"Isso significa que você se arrepende?"

Engasguei. "Honestamente?"

"Sim."

Respirei fundo. Era difícil falar aquilo em voz alta. Eu praticamente me forcei a dizer: "Não me arrependo, não!"

"Kat, pode ser difícil para você acreditar, mas, quando estou perto de mulheres, fico tão tímido e nervoso que tudo o que eu digo sai errado." Ele fez uma pausa. "Mas com você foi diferente desde o começo. Você era cheia de vida, e não tinha medo de falar o que pensava. Ganhando ou perdendo, você se mostrou do jeito que era. Você assumiu riscos. E, por algum motivo, me senti à vontade perto de você. Eu demoro muito tempo para ficar à vontade com as pessoas, mas com você isso aconteceu de cara."

Ouvi-lo dizer aquilo foi incrível. Me esforcei para manter a compostura. "Obrigada", consegui dizer.

"No começo, só pensava em nós como bons amigos, mas então você me beijou..."

"Katrina!", meu pai gritou, pegando a extensão. Meu pai tem um péssimo senso de oportunidade. "Você ainda está no telefone?"

"Ãh, sim, estou falando com um amigo."

"Preciso ligar para meu amigo para falar sobre a loteria esportiva. Você pode terminar em cinco minutos?" Ele desligou a extensão antes que eu pudesse responder.

"Oh, meu Deus!", resmunguei. Estava morrendo de curiosidade para ouvir o que Jagger tinha a dizer.

"Que corte de clima..."

Que merda! Era como estar no colégio novamente. "Estou me sentindo ridícula!", eu disse.

"Não precisa. Talvez possamos conversar em breve."

"Ok. Seria ótimo."

"Ainda estou esperando!", meu pai falou na extensão novamente.

"Pai, não deu nem um minuto! Você disse que eu tinha cinco!"

"Quando você pagar a conta de telefone, pode falar quanto tempo quiser."

Ele desligou e eu soltei um suspiro.

"Quando exatamente você vai para Memphis?", Jagger perguntou, rindo.

"Em cinco dias", respondi, chateada. "Mais cinco dias."

27

Você Não Sabe?

A ÚLTIMA SEMANA no condomínio de meus pais passou voando. Esperava que fosse demorar, mas, antes que eu percebesse, estava subindo num avião de volta para Memphis. Jagger e eu tínhamos trocado vários *e-mails*, já que eu não tinha coragem de falar ao telefone com ele novamente até estar em meu próprio apartamento. Ele era intrigante e complicado – duas qualidades que eu adoro em um homem –, e continuamos com nosso flerte.

Mas nunca discutimos o beijo.

Queria muito saber quais eram suas intenções em relação a mim.

Cheguei em casa e encontrei as coisas em excelentes condições.

Meu apartamento nunca parecera tão bonito. Estava imaculado.

Melhor, impecável.

Alguém havia limpado muito bem o lugar. O chão da cozinha havia sido esfregado e encerado. A geladeira – vazia, exceto por alguns refrigerantes em lata e cervejas *light* – tinha sido limpa. Meu banheiro estava limpinho. Tinham tirado o pó e passado aspirador na minha sala e no quarto, e a cama estava arrumada com lençóis limpos. Meus peixes estavam vivos e bem-alimentados.

Donna era a única pessoa que tinha acesso a meu apartamento enquanto eu estava fora.

Por que ela faria algo assim? Uma proposta de paz? Consciência pesada?

No meio da mesa de centro havia um envelope com meu nome, escrito com a letra de Donna. Eu o ignorei, optando por tomar uma ducha e desfazer as malas. Depois, como não havia comida na casa, liguei para o serviço de entrega de comida chinesa mais próximo e pedi uma porção de legumes e brócolis ao alho. Quando a comida chegou, devorei a refeição em silêncio, nem me importando em ligar a televisão. Era um sentimento intenso e confuso estar sozinha novamente.

Tinha acabado de comer quando o telefone tocou. O som era tão ensurdecedor no apartamento vazio que eu quase pulei. O identificador de chamadas mostrava o código de área de Los Angeles, o que fez meu coração se agitar no peito. Só podia ser uma pessoa. Jagger.

"Oi, Kat", ele disse. "É uma boa hora para conversar?"

"É claro", eu disse, "é sempre uma boa hora para conversar com você".

Ele estava estranho no começo. "Você voltou bem?"

"Sã e salva", brinquei. "Nossa, é muito bom estar em casa."

"Tenho certeza que sim. Quanto tempo faz, quatro meses?"

"Algo assim."

"Você mora com alguém?", Jagger perguntou.

"Só eu e eu mesma."

"Como você manteve o lugar enquanto estava em Los Angeles?"

Era uma pergunta lógica, mas me fez lembrar de Donna e da carta que ela havia deixado. "Ãh, minha amiga ficou cuidando dele."

"Ótima amiga", ele disse, sem fazer mais perguntas a respeito.

"E aí, como andam as coisas?"

"Fiquei sabendo ontem que não consegui o papel da Disney. Não haverá um caracol falante no meu futuro."

"Oh, não! Sinto muito. Se isso ajuda, tenho certeza de que o outro cara fará um trabalho horrível. Eles vão se arrepender por não terem te contratado."

"Mulher", ele corrigiu. "Eles optaram por uma mulher."

"Bem, deveriam ter optado por você." Fiz uma pausa, criando coragem. "Tem uma coisa que eu queria te perguntar. Naquela noite em que estávamos conversando no telefone e meu pai interrompeu, você ia dizer alguma coisa. O que era?"

"Ah", ele disse, rindo. "Estava imaginando quando voltaríamos ao assunto. Você não pode me ver, mas minhas orelhas estão ficando vermelhas agora."

"Não fique nervoso", eu disse, mas, por dentro, estava achando adorável.

"Então, ãh, sim, o que eu estava dizendo naquela noite... Eu achava que éramos amigos. Eu gostava de estar perto de você e de me divertir com você. E achei que poderíamos manter contato depois que o programa terminasse."

"Ãh-hã. Era isso?", perguntei.

Ele riu. "Mas depois, quando você me beijou, foi estranho."

"Estranho?" Oh, meu Deus, meu beijo era estranho?

"Inesperado é provavelmente um jeito melhor de descrever. Me senti muito mal sabendo o que Nick tinha feito com você. Você deu uma de durona, mas dava para ver que estava chateada. Por isso, não estava pensando que pudesse haver algo entre nós. Mas então você me beijou, e foi incrível. E eu não esperava por isso. Mas achei que talvez você tivesse feito aquilo porque estava vulnerável e se recuperando."

Meu corpo formigou. "Não, não foi nada disso. Eu fiz porque eu quis. Mas estava tão bêbada que, honestamente, não me lembro muito bem." Assim que as palavras saíram da minha boca, queria pegá-las de volta. "Não era isso que eu queria dizer..."

"Eu sei o que você quis dizer. Isso me dá uma desculpa para refrescar sua memória", ele provocou.

"Seria legal", eu disse. Não acreditava que isso estava acontecendo. Me belisquei para ter certeza de que não estava sonhando.

"Tive uma ideia outro dia", ele começou, lentamente. "Espero que não seja muito ousado, mas você gostaria de me visitar em Los Angeles?"

Não tinha certeza se ele estava brincando ou não, mas decidi entrar na brincadeira . "Adoraria. É só falar que eu estou aí."

"Que tal a semana depois da próxima?"

Engasguei. Aparentemente, ele estava falando sério. "É mesmo?"

"Claro, por que não? Adoraria te ver novamente."

"Tenho que voltar logo a trabalhar na Hood & Geddlefinger. Quer dizer, preciso ligar para o meu chefe e marcar uma data para começar. Além do mais, estou totalmente apertada de dinheiro."

"Eu posso comprar sua passagem", ele se ofereceu. "Meu pai é piloto da Delta e consegue passagens bem barato. Sairia por uns 100 dólares, no máximo."

"Isso é muito gentil da sua parte", eu disse. "Onde eu ficaria?"

"Minha casa. Tenho um quarto de hóspedes que nunca uso. Poderia te levar para sair, mostrar uma pouco de Los Angeles. O que você acha?"

Parecia incrível, mágico, sedutor... Assustador. "Você me dá alguns dias para pensar?"

Ele riu. "Claro. Mas há uma coisa que eu provavelmente deveria te contar. Eu tenho um motivo oculto para fazer o convite."

Fiquei radiante.

"Uma amiga minha chamada Ronnie Mandhelson está trabalhando num projeto para a MTV", ele disse. "Ela está desenvolvendo um programa matutino, *Wake-up Call*, para jovens de 18 a 25 anos."

"Ok", eu disse, sem entender aonde ele queria chegar.

"Bem, eu mencionei a Ronnie como você e eu éramos próximos, e ela ficou muito animada. Eles ainda têm duas vagas de apresentadores, e estão querendo preenchê-las com uma beldade de novela e uma estrela de *reality show*."

Minha pulsação se acelerou. "Isso quer dizer o quê?", perguntei, sem querer avançar o sinal.

"Era para eu manter isso em segredo, mas não resisti a contar para você. Ronnie disse que você estava entre as pré-selecionadas, junto com uma garota do *Big Brother* e um finalista do *American Idol*", Jagger disse. "Então, falei bem de você, disse que você é muito divertida e encantadora, e que não há um momento de tédio quando você está por perto. Quando terminei de falar, ela estava com água na boca!"

Não sabia o que era mais excitante – o fato de Jagger me chamar de "divertida e encantadora" ou de estar entre as pré-selecionadas para um programa da MTV! "Você está brincando, não é?"

"Não, estou falando supersério. Só não sei se você estaria interessada em fazer outro programa de TV. Isso é você quem tem que decidir. Mas Ronnie está louca para conversar com você. Minha intuição me diz que você consegue essa vaga fácil, Kat. Se você viesse para cá, poderia matar dois coelhos com uma cajadada só – ficar comigo e encontrar Ronnie e a equipe da MTV pessoalmente."

"Mas por que diabos ela se interessaria por mim? Por que não contratar uma gostosona de 20 anos?" Muito bem, Kat. Tente convencê-los a não te dar o emprego. Mas não podia evitar. Tinha que ser honesta. "Não tenho currículo. Sou uma ex-participante esquecida de *reality show*. Sou 'Kat, a Malcriada!' De que vou servir para eles?"

Jagger riu. "Você não está entendendo? Sim, você era 'A Malcriada', mas todo mundo sabia o seu nome. Muitas pessoas te adoravam e muitas pessoas te odiavam, mas, de qualquer maneira, todos eles ligavam a TV para te ver. Kat, você não sabe? Você era a grande estrela!"

Vinha adiando aquilo por muito tempo e sabia que estava na hora. Com um caroço do tamanho de uma rocha no estômago, peguei a carta de Donna da mesa de centro e a abri:

Querida Kat,

Te devo uma explicação. Não sei se o que tenho para dizer mudará alguma coisa ou não. Mas tenho que tentar.

Sim, eu contei a Nick sobre o programa. Não que isso tenha alguma importância agora, mas vou explicar meus motivos. Quando você foi para Los Angeles, eu mandei os e-mails *exatamente como você havia me pedido, e as coisas estavam correndo sem problemas.*

No começo, Nick ficou preocupado com seu pai. Mas depois ele ligou para a casa de seus pais e descobriu que ele não estava doente, e ficou furioso. Queria saber por que você tinha mentido. Ele estava ameaçando terminar tudo – e nunca mais falar com você. Disse que não importava que a verdade fosse dura, era melhor do que mentir.

Então, eu contei para ele. Contei sobre Fat2Fab. *Achei que se ele soubesse do esforço que você estava fazendo – que você estava disposta a perder peso só para estar com ele –, finalmente se convenceria de que você era sincera. Quantas mulheres passariam por uma humilhação em rede nacional só para conquistar o coração de um homem? Achei que ele entenderia, e que tudo daria certo para vocês dois.*

Nunca, em um milhão de anos, eu sonharia que poderia acontecer aquilo. Quando descobri que Nick havia entrado em contato com Zaidee e seria levado ao programa, não sabia como reagir. Eu queria te proteger, te avisar. Mas não havia nada que eu pudesse fazer. Eu tinha criado esse monstro, e agora tinha que ver você passar por tudo aquilo em rede nacional.

Quando o programa terminou, não conseguia te encarar. Estava muito envergonhada. Eu via o jeito como você vinha falando a meu respeito, e sabia que você estava zangada. Não tinha nada para dizer em minha defesa. Não achava que conseguiria fazer você entender.

Não estava tentando ser maliciosa. Eu realmente achei que estava fazendo a coisa certa. Isso não resolve nada, mas pelo menos agora você sabe por quê.

Há mais uma coisa que eu quero que você saiba. Se você nunca mais quiser falar comigo, acredite: eu te amo, Kat. Você é a melhor amiga que eu já tive. No programa, você perguntou bem alto se eu poderia citar pelo menos uma coisa que eu valorizasse na nossa amizade. Não posso citar uma coisa. Eu valorizo tudo.

Beijo,
Donna

Dobrei a carta e a coloquei de volta no envelope, tentando absorver as palavras de Donna.

Pela primeira vez, entendi a posição em que a havia colocado. Ela tinha ficado contra a parede, presa na rede idiota de mentiras que eu tinha criado. Ela só estava querendo ajudar.

Olhei em volta do meu imaculado apartamento. Minhas plantas tinham sido regadas, meu peixes tinham sido alimentados. Sem os cuidados contínuos de Donna, minha casa teria virado uma grande bagunça. Mas ela estivera ali, cuidando meticulosamente dos detalhes da minha vida enquanto eu estava fora. Não conhecia outra pessoa no mundo que teria feito isso por mim. Com as mãos tremendo, peguei o telefone sem fio e liguei para o seu celular. Ela atendeu no quarto toque.

"Oi", eu disse, timidamente.

"Eu ia deixar cair na caixa postal, porque estava com medo de você gritar comigo. Mas depois achei melhor encarar as coisas."

"Não vou gritar."

"Você tem todo o direito."

Balancei a cabeça veementemente, embora soubesse que ela não podia me ver. "Donna."

"Me desculpa."

"Não", eu disse. "Por favor, não. Eu é que fiz besteira. Nunca deveria ter te metido nisso."

Ela fez uma pausa. "Ele é um babaca, Kat. Você está melhor sem ele."

"Sei disso", eu disse, com a garganta apertada. Estava quase chorando. "Adorei o apartamento. Está incrível. Não tenho como te agradecer por cuidar dele."

"Ora, para que servem os amigos?"

Fiquei sem saber o que dizer por um bom tempo, e depois soltei: "Você quer fazer alguma coisa amanhã? Tomar um café, ver um filme?" Parecia melhor nos encontrarmos em território neutro.

"Você me conhece. Eu bebo uns dez copos de café por dia. O que é um a mais?"

"Starbucks?"

"Tenho uma ideia melhor", ela disse. "Um pequeno café que eu descobri. É bem incomum, e garanto que você vai gostar. E nem vai precisar ir disfarçada. Duvido que alguém lá tenha ouvido falar em *Fat2Fab.*"

"Claro, parece ótimo", eu disse. Um tratamento de canal pareceria ótimo. Estava louca de vontade de encontrá-la.

"Pegue um lápis; vou dar as coordenadas", ela disse.

Fiquei procurando na minha mesa algo para escrever. "Você organizou tão bem este lugar que não consigo achar nada", eu disse, rindo.

Nos encontramos no Otherlands, um café bacana no centro da cidade. Já tinha passado por ali de carro um milhão de vezes, mas nunca pensei em parar.

"Eu descobri!", Donna disse, embora o lugar estivesse ali há pelo menos dez anos. "Eles fazem os melhores cafés", ela garantiu. "E, como eu disse, duvido muito que você seja reconhecida aqui."

Ela estava certa nas duas coisas. Não somente o café era divino, mas o barista tatuado e cheio de *piercings* parecia desconhecer completamente meu *status* de estrela de *reality show*. Ou isso, ou ele foi gentil o suficiente para não fazer uma cena.

"Para beber aqui ou para viagem?", ele perguntou, sem me olhar uma segunda vez. O lugar – que atendia a uma clientela eclética de artistas e poetas rebeldes – era uma fuga estimulante da rotina do Starbucks.

Me sentei num *futon* perto da janela da frente, mexendo meu *capuccino* desnatado e me aquecendo no calor do anonimato, enquanto Donna esperava o barista esquentar um bolinho de amora. Pouco depois, ela se sentou ao meu lado com um sorriso amigável.

"Bom te ver de novo."

"Bom te ver também", respondi, um pouco tensa.

"Você está ótima, a propósito. Dá para ver que você perdeu bastante peso."

"Obrigada", eu disse, alisando a blusa contra o corpo, perceptivelmente menor. Não estava magra, nem de longe, mas era ótimo vestir um tamanho 44.

"Parece que o programa te deixou bem fabulosa, no final das contas."

Ficamos sentadas em silêncio por algum tempo, bebendo o café e olhando de forma constrangida uma para a outra.

"Estas coisas são incríveis", Donna disse, passando manteiga de limão em seu bolinho. "Sério! É demais."

"O cheiro é bom."

"Adoro bolinhos. São a mistura perfeita de consistência e sabor."

Não estava certa de como responder, então me concentrei no meu *capuccino*. Era estranho ver alguém comer e não ficar com inveja por não estar comendo nada. Meu desejo por porcarias não havia desaparecido – não completamente –, mas era menos urgente. Viver sob o microscópio de *Fat2Fab* me obrigou a examinar o que eu comia. Ficou dolorosamente óbvio que eu geralmente comia mais do que percebia, para amenizar raiva, tédio e dor. Não era uma coisa fácil de superar. Mas ter consciência, como dizem, é meio caminho andado.

"Sabe, eu costumava adorar *donuts*, mas agora eles são demais para mim", ela disse entre as mordidas. "Os bolinhos estão na medida certa."

Era a isso que nossa amizade havia se reduzido? Conversas patéticas sobre bolinhos?

"Kevin e eu vimos aqui sempre", ela disse, e piscou. Com dois minutos de conversa, eu já estava perdida.

"Quem é Kevin?"

"Ah, desculpa. Meu namorado. Sempre me esqueço de quanto tempo você ficou fora."

Aparentemente. "Agora você tem um namorado?"

Ela deu uma risadinha tímida. "Sim, o nome dele é Kevin Arp. Ele é um advogado de St. Louis. Mudou para Memphis no mês passado para ficar comigo."

"Parece sério." Me senti excluída de sua vida.

"É", Donna admitiu. "Acho que desta vez acertei. Ela fez uma pausa. Talvez eu me case com ele."

"Você não parece estar à vontade com isso", comentei. Era verdade; ela parecia envergonhada.

"É porque eu sei como as coisas estão bagunçadas neste momento", ela disse, com tristeza. "Não quero piorar ainda mais as coisas."

"Que coisas?", eu perguntei, embora já soubesse.

"Nossa amizade", Donna disse, mordendo um pedaço de bolinho. "Quero que as coisas fiquem normais novamente."

Apertei sua mão, com os olhos cheios de lágrimas. "Também quero", eu disse, sentindo-me uma tola. "Mas tudo está tão diferente agora! Você vai sair com esse cara novo o tempo todo... Não sei mais onde eu me encaixo."

Ela se virou para mim. "Como você pode me falar isso? Você não leu minha carta?"

"Claro que li."

"Você significa muito para mim, Kat. Nunca tive uma amiga como você antes. É brega, eu sei, mas imaginei nós duas envelhecendo juntas..."

Eu ri.

"Eu e você, bebendo muito café e fofocando sobre os homens – não quero perder isso nunca." Ela apertou minha mão de volta.

Eu sorri. "Isso não vai acontecer."

Abracei-a rapidamente e depois me afastei. Não tinha percebido como sentia falta disso. Era tão bom estar de volta a Memphis, ser normal! Começamos a bater papo depois disso, fofocando sobre as últimas novidades. Pusemos em dia nossa vida amorosa, e eu até contei a história de Jagger. "Então, me fale desse Kevin Arp. Ele deve ser muito legal, se você está pensando em se casar com ele."

"Mal posso esperar para te apresentar. Acho que você vai gostar bastante dele. Ele é inteligente e divertido – e bem bonito também. Mas me conte mais sobre Jagger. Ele é um partidão. E famoso!"

"Não atravesse o sinal. Ainda não o fisguei." Fiquei vermelha, olhando em volta timidamente. Não parecia certo discutir nosso relacionamento em público. Felizmente, ninguém no Otherlands estava prestando a mínima atenção em nós.

"Então você vai fisgá-lo em breve", Donna me garantiu. "Pelo que você me disse, esse cara é louco por você."

"Talvez", eu disse, bebendo as últimas gotas do meu *capuccino*. "Mas ainda é muito cedo para dizer."

"Quando você vai vê-lo novamente?"

"Engraçado você perguntar isso", eu disse. Contei que Jagger me convidara para visitá-lo e falei do teste para *Wake-up Call*.

O queixo de Donna caiu. "Que diabos você está esperando? Se eu fosse você, teria subido no primeiro avião!"

"Não é tão simples."

Ela fez uma cara de desaprovação, fingindo irritação. "Querida, é simples! Você reserva uma passagem e vai, fim da história. Kat, isso é incrível!"

"Mas eu acabei de voltar!", esbravejei. "Estou em Memphis há apenas 24 horas! E o que vou dizer para Geddlefinger? Tenho que começar a trabalhar logo."

"Memphis pode esperar; a cidade não vai a lugar nenhum. E quanto a Richard? O que você quer com aquele emprego, afinal? Você tem a chance de conseguir um emprego bem pago na TV e está preocupada com a H&G?"

"Sim, mas a H&G é uma certeza; *Wake-up Call* é apenas uma possibilidade."

"E daí se você não conseguir? Vale a pena tentar. Jagger vale a pena tentar. Você pode arrumar outro emprego de relações públicas, se precisar."

"Com a situação econômica do jeito que está?"

Ela me olhou bem nos olhos. "Eu sei, Kat. Mas se você não fizer isso, sempre irá se arrepender." Donna pegou a bolsa e me passou seu celular. "Ligue para Jagger agora mesmo e diga que você vai. Se você for até lá e der tudo errado, sempre pode voltar. Do que você tem tanto medo?"

"Não sei... Do desconhecido, talvez? Neste momento, meu relacionamento com Jagger está perfeito. Só pode piorar daqui em diante."

"Kat, você beijou o cara uma vez. Pode acreditar, as coisas só podem melhorar. Imagine como será incrível conhecê-lo sem as câmeras. Todas as longas conversas que vocês terão. As viagens pelo litoral. As noites na cama..."

"Você está confirmando minha teoria. E se eu for até lá e ele se revelar um monstro ou algo do tipo?"

"Você acha mesmo que isso vai acontecer?"

"Não." Jagger não era esse tipo de homem. Nem de longe.

"Mas, se você está tão constrangida assim com a situação, pague a sua própria passagem."

"Com que dinheiro? Caso você não se lembre, fiquei fora do trabalho por quatro meses."

Donna pensou por alguns segundos, depois ofereceu: "Deixe que eu compro".

"De jeito nenhum! Não posso."

"É o mínimo que eu posso fazer", ela disse. "Eu arruinei um de seus relacionamentos; deixe-me ajudar outro."

"Você não o arruinou", eu disse.

"Mesmo assim, eu vou comprar essa passagem."

Respirei fundo. "Você acha mesmo que eu deveria ir até Los Angeles e fazer isso?"

Ela me deu um abraço apertado. "Eu te ajudo a fazer as malas!"

"Ãh, com licença, desculpe te incomodar."

Donna e eu demos um pulo e nos separamos rapidamente.

"Oh, oi", Donna disse.

"Não pude deixar de notá-la." O cara era bonitinho, pouco mais de 30 anos, de cabelo loiro cortado na altura do queixo. Ele dava a impressão de que estaria mais à vontade numa praia da Califórnia do que num café em Memphis. "Eu sou Blake", ele disse, com os olhos fixos nos meus.

"Meu nome é Kat", respondi, "e essa é Donna." Sua expressão era tão calorosa e amigável que eu me peguei sorrindo.

"Eu estava pensando – e espero não estar sendo muito atrevido – em te convidar para sair comigo um dia", ele disse, olhando-me nos olhos .

Pensei por um instante, e então a ficha caiu. "Você me conhece do *show*, certo?"

Ele franziu a sobrancelha, confuso. Depois, estalou os dedos: "É isso! Sabia que você parecia familiar. Você estava no *show* do Coldplay mês passado, certo?"

Eu ri. "Pouco provável."

"Ah, então talvez eu tenha te visto por aí em algum outro lugar." Ele fez uma pausa. "Adoraria te levar para jantar."

A sensação era muito estranha e desconhecida. Mas eu adorei. "Obrigada!", respondi, radiante, "Mas estou saindo com alguém no momento."

Blake entendeu. "Não podem me culpar por tentar." Ele acenou rapidamente e foi embora.

Assim que ele estava longe o suficiente para não ouvir, Donna me cutucou. "Olha só!", ela disse, parecendo genuinamente contente. "Acho que aparecer na TV fez maravilhas pela sua confiança."

Sorri. Ela estava certa.

Donna se virou e piscou para mim. "Sabe de uma coisa, Kat? Neste exato momento, eu diria que você é a definição de fabulosa!"

28

Um Suspiro preso no peito

"VOCÊ ESTÁ LINDA", Jagger disse, radiante, enquanto pegava minhas malas no estacionamento do aeroporto de Los Angeles, duas semanas depois.

Eu estava usando uma saia preta na altura dos joelhos e uma blusa rosa-clara, compradas na semana anterior na Gap. Era a primeira roupa que eu comprava lá. Fazer compras – uma coisa que tinha sido a maldição da minha existência – agora era excitante, embora, de certo modo, amargo. Apesar de Cara e eu ainda sermos amigas, ela tinha recusado meu convite para fazermos compras juntas. A dinâmica entre nós havia mudado.

"Ah, obrigada." Fiquei vermelha ao encontrar o olhar de Jagger. "Você também está ótimo."

Sempre que me elogiam, meu primeiro instinto ainda é argumentar, provar que eles estão errados. Se dizem que estou bonita, eu imediatamente começo a apontar os defeitos do meu corpo. Essa era a velha Kat. Mordi a língua.

"Sabe, nunca te imaginei com um carro como este", eu disse. Era um Mercedes conversível.

Jagger segurou a porta do passageiro para mim. "É um pouco extravagante", ele admitiu.

Entrei e me ajeitei no macio banco de couro. "Também nunca te imaginei dirigindo um conversível."

Jagger colocou minha bagagem no porta-malas. "Bem, não tem nada melhor do que dirigir pela praia com a capota abaixada." Ele se sentou no banco do motorista e ligou o motor. "E, considerando que este carro foi de graça, não iria recusá-lo."

"De graça?"

"Zaidee o deu para mim", ele contou, saindo do estacionamento do aeroporto.

Meu queixo caiu. "Você está brincando, não é?", exclamei.

Jagger riu. "Não. Foi um presente do programa. Zaidee foi quem aprovou." Ele dirigiu o Mercedes até a rampa de acesso, esperou pelo sinal verde e entrou na estrada. "Na verdade, é um empréstimo, como um carro de empresa."

Logo estávamos viajando pela estrada, com o vento nos cabelos. "Posso levantar a capota", Jagger ofereceu.

"Não, pode deixar abaixada", eu disse, levantando a cabeça para sentir o vento. Gostava da sensação do ar quente na minha pele.

"Antes que eu me esqueça", Jagger disse, gritando por causa do barulho da estrada, "tive notícias de Nick Appleby."

Meu coração se acelerou. Lá estava eu, viajando num Mercedes maravilhoso, com um cara incrível, e Nick Appleby tinha encontrado um jeito de entrar na minha vida novamente. Nem gostava mais dele, mas uma parte de mim ainda estava, inexplicavelmente, ligada a ele. Nick tinha desaparecido da minha vida tão rápida e completamente que eu queria uma chance de enterrá-lo de uma vez por todas.

"Que notícias?", perguntei.

"Ele conseguiu um comercial."

Não podia acreditar. Exatamente como Nick havia previsto, seus sonhos de estrelato estavam se tornando realidade.

Jagger mudou de faixa para ultrapassar uma picape velha. "Alicia também vai participar."

"Acho que eles realmente foram feitos um para o outro", eu disse, aceitando aquilo pela primeira vez. Observei a paisagem por um instante, enquanto passávamos rapidamente por ela. "Então, o que é esse comercial?", perguntei finalmente, com o cabelo batendo no rosto por causa do vento.

Jagger riu, mudando de marcha e acelerando. "Essa é a melhor parte. Eu ia esperar para te contar quando chegássemos em casa, mas é bom demais. O comercial é sobre o Limpador de Vaso Sanitário Lucky Flushes."

"O quê?", gargalhei. Eu esperava Armani ou vinhos finos, ou, no mínimo, algo como um desodorante. Mas limpador de vaso sanitário? "Como você ficou sabendo?", perguntei, enquanto Jagger pegava a saída seguinte, entrando no Hollywood Boulevard.

"Gigi Rucker", ele disse, reduzindo a marcha e parando em um sinal. "Ela falou com Alicia. Lucky Flushes quer que Nick use um avental e reclame que fazer a limpeza irá estragar sua roupa chique. Depois, Alicia chega e esfrega o vaso."

Fiquei pasma.

Jagger estendeu o braço e me apertou a mão. "É tão bom que você esteja aqui!", ele disse, soltando minha mão para trocar de marcha.

"Estou feliz por ter vindo", eu disse.

Passamos a manhã visitando pontos turísticos de Los Angeles e passeando de carro ao longo da costa, e depois almoçamos num pequeno restaurante mexicano de West Hollywood. Às 2h da tarde eu estava exausta, então fomos para sua casa descansar um pouco.

Eu estava inquieta, cansada após os eventos do dia, e tensa por passar tanto tempo sozinha com Jagger. Iria ficar com ele por cinco dias. E se ficássemos sem assunto?

Jagger morava numa casa de dois andares em Beverly Hills, decorada em estilo espanhol e pintada com cores lindas e vibrantes. Os cômodos eram abertos e arejados, e o pé-direito, bem alto.

"Isso é incrível!", exclamei ao entrar entusiasmada.

Jagger entrou logo atrás. "Vou te mostrar", ele disse, deixando minhas malas perto da porta da frente e guiando-me pelo corredor. "Este é o quarto de hóspedes", ele disse, entrando num quarto aconchegante. As paredes tinham um tom de pêssego vibrante, e a cama de casal parecia confortável, coberta com uma macia manta branca. "Há um banheiro logo ali", ele disse, mostrando o caminho. Ele mostrou a cozinha, decorada com lindos azulejos, a sala de estar, o escritório e a espaçosa suíte.

"Sua casa é fantástica", eu disse.

Ele sorriu. "Eu adoro, mas é meio solitária às vezes."

Não sabia o que dizer, então olhei para baixo. "O assoalho é maravilhoso."

"Obrigado. Veio junto com as paredes e o teto", ele brincou.

Me deu um branco. "Bem, isso é bom. Jagger também está nervoso, lembrei a mim mesma.

"Tenho uma surpresa para você amanhã", ele disse, pigarreando.

"Uma reunião com a MTV?" Eu estava com sérias dúvidas sobre fazer o teste. Tinha pensado nisso o tempo todo enquanto estava no avião.

"Não, ainda estou esperando Ronnie me ligar de volta marcando um horário definitivo. Por falar nisso, você provavelmente precisa ter um representante. Posso ligar para o meu agente na ICM e perguntar se ele está disposto a te representar. Senão, tenho certeza que ele pode me indicar alguém."

"Oh, não sei. Está tudo acontecendo muito rápido." Conversas de agentes e testes me deixavam nervosa. Já estava me arriscando muito só em visitá-lo.

Ele me olhou de um jeito enigmático. "Você está bem?"

"Estou cansada, só isso", menti.

"Por que você não tira um cochilo?", ele sugeriu. "Podemos conversar sobre isso mais tarde. Enquanto isso, vou ligar para Ronnie e avisar que você está na cidade. Tenho certeza de que ela vai querer te encontrar assim que possível."

"Ok", eu disse, indo para o quarto de hóspedes. Coloquei o pijama, deitei na cama e esperei impacientemente o sono chegar. Cinco minutos antes, eu estava muito cansada, mas naquele momento meu corpo se recusava a relaxar. Fiquei ali deitada, amaldiçoando-me em silêncio por conter meus sentimentos. Enquanto me revirava na cama, o mesmo pensamento angustiante não cessava de me atormentar. Talvez eu estivesse cometendo um erro enorme. Devia ter ficado em Memphis, no meu pequeno apartamento, onde tudo era confortável, entediante, e seguro.

Acordei com o cheiro que vinha da cozinha, um aroma delicioso e leve que fluía pela casa. Desorientada, saí da cama cambaleando e coloquei uma muda de roupas limpas. Depois, esfregando os olhos, fui andando pelo corredor em busca de Jagger.

Eu o encontrei inclinado no balcão da cozinha, cortando pepinos e cenouras enquanto falava ao telefone. Uma panela de água fervia no fogão.

"Ãh-hã", ele disse, equilibrando o telefone entre o ombro e a orelha. Não sabia se deveria interrompê-lo ou não, então fiquei ali, escutando em silêncio. "Que ótimo. Sim, vou me lembrar. Bem, ela vai ficar até domingo. Então, pode ser qualquer dia até lá. Vamos sair amanhã. Vou levá-la para um piquenique em Catalina Island."

Um piquenique! Um largo sorriso se espalhou pelo meu rosto. Então, era essa a surpresa! Me afastei da cozinha para ele não perceber que eu havia escutado a conversa.

"Sexta às 10h parece perfeito. Vou confirmar com Kat e te aviso se houver algum problema. *Ciao*."

Esperei alguns minutos e depois entrei na cozinha.

"Oi!", ele disse, parecendo contente em me ver. "Não tinha percebido que você estava acordada. Como está se sentindo?"

"Revigorada", eu disse. "E aí, o que você está fazendo?"

"Só cozinhando um pouco. Acredite se quiser, mas não sou tão ruim na cozinha. Mesmo que não saiba 'servir vinho adequadamente'", ele disse, piscando para mim. "Eu ia preparar para mim *penne* e uma salada. Mas, se você não estiver a fim de comida italiana, ou se preferir sair esta noite, isso fica para depois."

Ele cozinha também? Isso está ficando perigosamente próximo da perfeição.

"Não, comida italiana está ótimo", eu disse, sentando numa banqueta da cozinha.

"Você está com sede?", Jagger perguntou. Fiz que sim, e ele pegou uma água mineral da geladeira para mim. "Então, acabei de falar com Ronnie. Ela quer saber se você pode encontrá-la na sexta às 10h."

"Como você a conheceu?", perguntei, tentando mudar de assunto.

"Ela dirigiu alguns comerciais que eu fiz e mantivemos contato", ele explicou, jogando as cenouras numa grande tigela de salada. "Pode ser na sexta?"

"Talvez", me esquivei.

"Está tudo bem?", ele perguntou, olhando-me com preocupação.

Mordi o lábio. "Quase tudo."

Ele pareceu surpreso. "Foi alguma coisa que eu fiz?"

"Nossa, não. É que... não sei como explicar."

Jagger largou os legumes e se virou para mim. "Tente."

Decidi confessar. "É esse negócio da MTV. Está me deixando assustada", eu disse, soltando um suspiro que estava preso no peito.

Ele pareceu confuso. "Sério? Por quê? Não é grande coisa", ele me garantiu. "Bem, claro que é uma grande coisa, mas não deixe que isso te estresse."

"É exatamente isso. Há muita coisa em jogo. Não sei se consigo dar conta." Pronto, tinha falado. Acabava de admitir que não tinha sido feita para esse negócio, que era covarde demais para experimentar a máquina da fama de Hollywood.

Jagger deu um sorriso enviesado. "Em *Fat2Fab,* havia muita coisa em jogo, e você foi lá e fez."

"Era diferente. Não era *show business* de verdade."

"Então? Com *Fat2Fab,* você estava arriscando muito mais. Você estava sendo filmada *o tempo todo.*" Jagger se aproximou e se pôs à minha frente. "Do que você tem medo, Kat?" Ele pousou a mão gentilmente no meu braço e eu respirei fundo. Era difícil me concentrar com ele tão perto de mim.

"Você acha que eu sou destemida, mas está errado. Sinto medo o tempo todo", admiti.

"Nunca disse que você é destemida. Eu disse que você deu a cara para bater. Há uma diferença. É isso que eu admiro em você. Você se arrisca. Você é muito mais corajosa do que imagina." Ele colocou as mãos na minha cintura e gentilmente me tirou da banqueta.

Me inclinei para a frente, abraçando-o. Ele tinha um cheiro maravilhoso, áspero, de colônia misturada com loção pós-barba. "Você também", eu disse, descansando o queixo em seu ombro. Era excitante tocá-lo depois de tanto tempo. Parecia que meu coração ia pular do meu peito e sair flutuando. "Tenho medo dos 'e se'. E se eu fizer o teste e eles me odiarem? E se eu conseguir entrar no programa e ele for um fracasso?", eu disse, numa voz pouco mais alta que um sussurro. "E se eu me mudar para cá e, um mês depois, tiver que arrumar as malas e voltar para Memphis?"

Jagger me apertou com força. "Hollywood é um lugar difícil, mas você vai conseguir. E se você tiver que voltar, não vai ser o fim do mundo. De qualquer forma, não quero perder isto", ele disse, acariciando meu rosto. "Nós." Ele gentilmente beijou o meu pescoço. "Além disso", ele murmurou, com o hálito fazendo cócegas na minha orelha, "eu sempre quis visitar Graceland."

Ele beijou meu pescoço por mais um tempo com aqueles lábios macios e sedutores. Depois, afastou-se abruptamente, e eu fiquei desejando mais.

"Melhor eu colocar a massa na panela, se quisermos comer num horário decente", ele disse, parecendo ligeiramente atrapalhado. "Posso fazer pão de alho, se você quiser."

"Parece bom." Fiz força para recuperar a compostura. "Pensando bem, talvez seja melhor sem alho."

Jagger deu um sorriso tímido. "Bem pensado."

Ficamos ali, num silêncio agradável, por alguns minutos. Sua naturalidade me tranquilizava. Me lembrei de como ele tinha me deixado mais calma naquela noite do meu jantar desastroso com Nick. "Está bem", eu disse, tomando uma decisão. "Pode ligar para Ronnie e confirmar com ela."

Ele ergueu as sobrancelhas. "Então você vai tentar?"

Eu sorri. "Sim."

"Não dá para prever o que vai acontecer, você sabe."

Era uma observação pertinente. "Alguns meses atrás, eu nunca teria imaginado que estaria aqui, sentada nesta cozinha, vendo você preparar o jantar para mim."

Jagger pegou uma garrafa de azeite e começou a temperar a alface. "Ainda assim, aqui está você." Ele sorriu.

"Aqui estou eu."

Epílogo

LOGO DEPOIS QUE saiu a notícia de que eu havia conseguido o trabalho de apresentadora de *Wake up Call*, Nick me ligou e perguntou se eu havia pensado em reconciliação.

No começo, achei que ele estava brincando.

Ele se comportou como se não soubesse de nada, como se não tivesse lido as últimas revistas de fofoca. Jagger e eu éramos um casal. Um casal muito feliz.

"Que ótimo que você vai estar na MTV, Kat!", Nick disse. "Isso torna o que eu tenho a dizer ainda mais difícil. Me comportei como um tolo quando nos encontramos. Não reconheci o seu potencial. Só estava pensando no que seria melhor para mim naquele momento."

Ele continuou a falar dizendo que não tinha ficado apaixonado por Alicia, apenas a estava "ajudando", e que ela também o estava "ajudando". Em outras palavras, eles estavam usando um ao outro. "Zaidee me pressionou para fazer aquilo, dizendo que um namoro iria impulsionar a audiência. Nunca deveria tê-la escutado", ele disse. "Era com você que eu queria estar, não com Alicia."

"Que pena!"

"Na próxima vez em que eu estiver em Los Angeles, vamos nos encontrar para tomar um café", ele disse. "Eu vou para aí com bastante frequência agora. Estou pensando em alugar um apartamento aí."

"Estou muito ocupada e, você sabe, tenho um namorado sério e um emprego novo agora."

"Entendo."

"Sinto muito", eu disse, e então parei. Não tinha motivos para me desculpar.

"Bem, então, se você não se importa, poderia falar bem de mim na MTV?"

"Sim, se eu tiver tempo", eu disse, e desliguei o telefone.

Então, Alicia e Nick estavam terminando. Parecia que todos os outros estavam se unindo: Donna e Kevin Arp estavam noivos, e Janelle estava pensando em se reconciliar com o ex-marido, Matt (estranhamente, o fato de ter participado do programa havia realimentado os sentimentos de um pelo outro). Até Regan tinha um novo namorado – e participaria de *Fat2Fab 2* como consultora especial. Todas nós nos comunicamos por *e-mail* regularmente, e estamos planejando um encontro em breve.

Hoje em dia, minha caixa de correio da AOL está sempre cheia. Apesar de ter sido apelidada de A Malcriada, tenho meus fãs. Mulheres gordas de todo o país me mandam *e-mails*, agradecendo-me por falar em seu nome. Às vezes me param na rua ou em restaurantes para me cumprimentar.

Não tenho ilusões. Sei que a fama é efêmera, e que ficar sob os holofotes por mais de quinze minutos é um feito admirável. Mas estou otimista. E estou me arriscando. Não estou mais esperando a vida começar.

Este livro foi composto em Garamond
para a Editora Planeta do Brasil
em abril de 2009.